走进天堂鸟之乡

巴布亚新几内亚瑞木镍钴矿工程亲历记

刘传凯 著

华夏出版社
HUAXIA PUBLISHING HOUSE

图书在版编目（CIP）数据

走进天堂鸟之乡：巴布亚新几内亚瑞木镍钴矿工程亲历记 / 刘传凯著.
——北京：华夏出版社有限公司，2021.10
ISBN 978-7-5222-0178-8

Ⅰ. ①走… Ⅱ. ①刘… Ⅲ. ①纪实文学–中国–当代 Ⅳ. ①I25

中国版本图书馆 CIP 数据核字（2021）第 182647 号

走进天堂鸟之乡：巴布亚新几内亚瑞木镍钴矿工程亲历记

著　　者	刘传凯
责任编辑	霍本科
封面制作	殷丽云
出版发行	华夏出版社有限公司
经　　销	新华书店
印　　装	三河市少明印务有限公司
版　　次	2021 年 10 月北京第 1 版　2021 年 10 月北京第 1 次印刷
开　　本	710×1000　1/16
印　　张	15.5
插　　页	8
字　　数	260 千字
定　　价	59.00 元

华夏出版社有限公司　社址：北京市东直门外香河园北里 4 号　邮编：100028
网址：www.hxph.com.cn　电话：010-64663331（转）
投稿邮箱：hbk801@163.com　互动交流：010-64672903
若发现本版图书有印装质量问题，请与我社营销中心联系调换。

巴新瑞木红土矿地貌

巴布亚新几内亚瑞木镍钴项目奠基仪式

建成后的瑞木冶炼厂

建成后的瑞木矿山基地

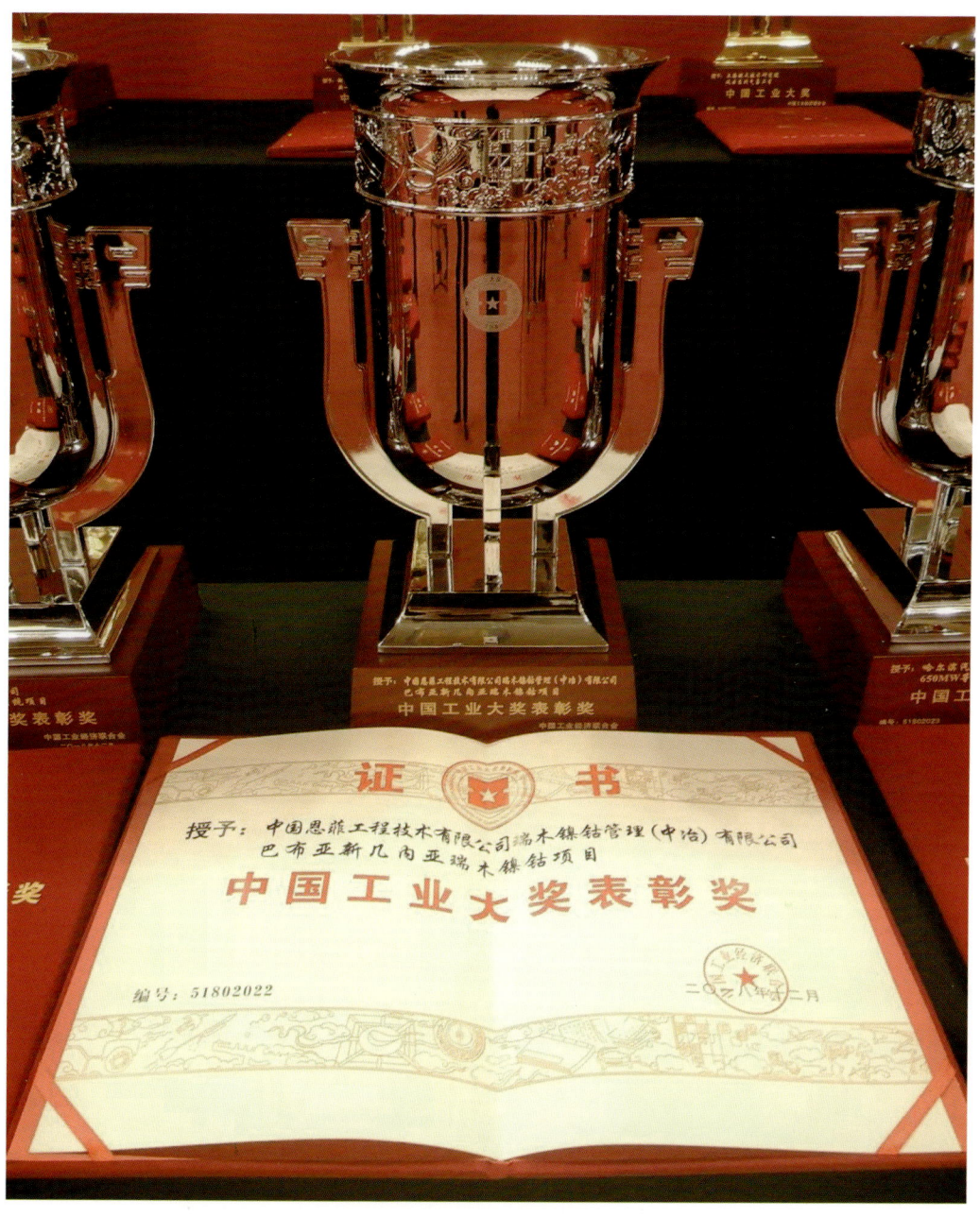

"巴布亚新几内亚瑞木镍钴项目"荣获中国工业大奖表彰奖

奠基仪式上当地民众载歌载舞

瑞木镍钴项目竣工暨投产庆典

有着百年历史的土著村子明珠村

中方帮助当地村子举办培训班

中方员工与当地人共度圣诞（左三为本书作者）

马克全家来营地向中方员工祝贺中国新年（右二为本书作者）

本书根据作者的亲身经历写成，希望能为读者展现中国企业走出国门的一个建设实例，帮助读者了解其中的艰辛以及经验和教训，了解工程所在的国家——被誉为"天堂鸟之乡"的巴布亚新几内亚。

国际公司的成功与失败向世人警示：搞不好与当地人的关系，就不要搞矿业开发。中国基建走出国门的实践同样证明：唯有与世界有效"嫁接"，实现双赢，才能取得成功。

谨以此书献给几十年来勇于"走出国门"、在"一带一路"上奋战的中国工程建设者们。他们前仆后继、奋力向前，表现出大无畏的创业精神，是值得我们效仿的先驱楷模。

2021年恰逢我的母校清华大学110周年华诞，借此机会，也将拙作奉献给母校，作为学子的人生答卷和一份薄礼，祝愿母校人文日新，光耀千秋。

序

　　读完《走进天堂鸟之乡》，我掩卷凝思，心潮难平。作者根据亲身经历写成这部纪实作品，以娓娓道来、饱含深情的笔触，把工程建设初期的一步步进展、遭遇的一个个困难、发生的一件件意想不到的重大事件，以及失败与成功、经验和教训，秉笔直书，如实记录下来。瑞木项目的辉煌背后，充满了各种各样的动人故事，堪称传奇。犹如从时间的长河中捧出浪花一束，作者将瑞木项目开发建设初期这一特定阶段的精彩篇章，呈现在读者面前。作品承载的不只是对往日的怀旧情怀，它更让读者深切地感受到，瑞木项目开发建设路上的艰难困苦，以及开拓者们迎难而上、战而胜之的可贵精神。作品生动地描述了中国实施"走出去"战略过程中，中冶集团作为一支生力军，踏入资源开发领域，成功开发瑞木镍钴项目的显著业绩。尤为难得的是，这一成功的实例将为后继者们提供可资借鉴的宝贵经验。

　　巴布亚新几内亚，是一个原始和现代两种文明交织共存的国家，充满着神秘色彩。她拥有800多个习俗各异的部落，美拉尼西亚文化多姿多彩。由于饱受接踵而至的欧洲殖民者长期统治的蹂躏，又经历第二次世界大战的创伤，目前她在联合国人类发展指数排名中尚位列在后，属于欠发达国家。在这样的国度里，唤醒沉睡的矿藏可不是一件容易的事情，更不可能一帆风顺、一蹴而就。

　　正所谓"不经历风雨，怎能见彩虹"。瑞木镍钴矿藏于1962年被发现，当时西方诸多矿业公司进行勘探、可行性技术经济评价，但都对它的特殊性、复杂性束手无策，均以挫折和失败告终。

　　中冶集团的开拓者和运营者们在新世纪接受了挑战。他们明知山有虎，偏向虎山行，义无反顾地投身探索未知的实践，认真吸取教训，及时总结经验，多方学习研究，不断提升能力，终于一步一个脚印地走上了成功的道路。

本书作者是中国恩菲瑞木镍钴项目部工程初期冶炼厂现场负责人，他以花甲之年走出国门，在巴布亚新几内亚的热带雨林中，以无畏的开拓精神踏勘现场，探索工程建设的起步工作，筹建项目开工典礼，在艰辛与困难中不断铺垫、推动工程发展。以他为代表的瑞木人克服了难以想象的困难，认知不断从模糊到清晰，在困境中获得柳暗花明的惊喜，在难以逾越的障碍中锤炼出无坚不摧的队伍，在挑战对峙的剑拔弩张中化解矛盾，融入当地族群，与巴新民众建立了真挚的友谊。他们付出了血和泪的沉痛代价，收获了国际工程的宝贵经验和教训，昭示了中华民族博大精深的文化和优良的传统美德可以克服一切困难；他们以亲身实践证明，中国人能够把别人干不了的项目不断推向成功。

　　我作为瑞木镍钴项目的一员，继往开来，见证了该项目实施工程收尾、投料试车、达产达标的关键里程碑。我也目睹了瑞木项目在原始荒芜、人迹难至的地方拔地而起，发展成为一座现代化的花园式工厂，进而打赢了"达产达标"和"减亏增效"两场战役，在世界红土镍矿 11 个湿法冶炼项目中走到了领跑地位。如今，它持续高产稳产，产品产量连续三年进入世界镍钴行业前十名，单位生产成本处在世界镍行业前 25 位，已成为红土镍矿湿法冶炼领域靓丽的名片和标杆。

　　岁月有声，步履有痕。我们永远怀念那些在热带雨林中探路开路的先驱者，怀念那些奋战在异国他乡的建设者。那些情义绵长、回味无穷的动人故事值得永远记住，它们将作为一道靓丽的风景、一笔贵重的财富，留存于世。

　　是为序。

中冶集团瑞木镍钴管理有限公司总经理

高永学

2020 年 9 月

目 录

序 / 高永学

前　言 / 1

第一章　项目启动

1. 走出国门 / 3
2. 瑞木项目 / 8
3. 方案策划 / 11
4. 飞往巴新 / 13
5. 南洋马当 / 16
6. 巴萨木克 / 17
7. 神奇海湾 / 21

第二章　奠基典礼

8. 租赁机具 / 26
9. 临场变阵 / 32
10. 初识达克 / 34
11. 临时码头 / 38
12. 莱城港卸船 / 41
13. 巴新夜景 / 46
14. 冶炼厂卸船 / 49
15. 迁　坟 / 51
16. 奠基仪式 / 54

第三章　艰难开局

17. 巴新瑞木 / 59
18. 环保罚款 / 61
19. 化解冲突 / 65
20. 机械手培训 / 69
21. 罢工（一）/ 71
22. 招聘考试 / 74
23. 矛盾重重 / 77

第四章　属地培训

24. 组织培训班 / 79
25. 虔诚的信徒 / 82
26. 道歉会 / 86
27. 罢工（二）/ 90
28. 中巴联欢 / 93
29. 欢度圣诞 / 97
30. 阻止施工 / 101
31. 开学典礼 / 105
32. 伐木路 / 107
33. 罢工（三）/ 110

第五章　劳资风波

34. 劳工部检查（一）/ 114
35. 劳工部检查（二）/ 117
36. 新闻报道 / 120
37. 瑞木河 / 122
38. 危机处理 / 125
39. 矿业部检查 / 127
40. 春　节 / 132
41. 劳工部检查（三）/ 134
42. 天堂鸟 / 137

第六章　危险提示

43. 澳洲公司提示 / 142

44. 扩大培训班 / 152

45. 罢工规定 / 156

46. MOA 协议 / 159

47. 视察（一）/ 163

48. 唐工之死 / 166

49. 病　魔 / 168

50. 学车惹祸 / 172

第七章　巴新矿业

51. 矿业概况 / 177

52. 布干维尔事件 / 178

53. 金矿危机 / 180

第八章　风雨前行

54. 车　祸 / 183

55. 不满情绪 / 187

56. 土地补偿 / 190

57. 老码头 / 195

58. "八·七"纪念日 / 198

59. 关闭营地 / 202

60. 难产救援 / 207

61. 世代习俗 / 210

62. 餐厅开业 / 214

第九章　告别巴新

63. 视察（二）/ 218

64. 教会与学校 / 221

65. 分　别 / 226

尾　声

66. 矿山投产 / 231

67. 凤凰涅槃 / 234

68. 思　索 / 237

前　言

2006年，我跟随国企走出国门的大军，参加了巴布亚新几内亚瑞木镍钴矿工程的建设工作。在那赤道附近的原始森林中，作为工程初期冶炼厂现场负责人，我与全体同仁一起克服了难以想象的困难，付出了血和泪的沉痛代价，收获了国际工程的经验与教训。回想当年，无可奈何的困境，柳暗花明的惊喜；难以逾越的障碍，无坚不摧的意志；剑拔弩张的对峙，友好祥和的节庆；亲密战友的逝去，巴新朋友的情谊……就像是昨天发生的事情，历历在目。翻开当年的日记和照片，就像打开了一幕幕画卷，那段时光再次出现在我的眼前。

瑞木镍钴矿位于巴萨木克湾。在巴萨木克冶炼厂建设工地的那段时间，是我人生中最丰富、最让人感动也最值得回忆的经历。在热带潮湿闷热的夜晚，在简易的工房里，我坚持写日记，把工程的进展、发生的事件、失败与成功、经验与教训一一记录下来。在工作受到挫折、身患疾病的时候，我曾几度搁笔，但欲罢不能，最后还是坚持着继续写下去。我知道，这是中国人走出国门的一段难得的经历，作为一名亲历者，我应该记下这段历史。

改革开放后，中国人正在以各种方式"走出去"，但每条路都不是一帆风顺的，都会经过磨难、挫折和失败。特别是国际矿业投资项目，它的特殊性、复杂性是其他行业难以比拟的。许多历经上百年探索、经验丰富的西方矿业公司，仍会面临各种风险。因此，我们更应该认真吸取教训，及时总结经验，多方学习研究，不断提升能力。唯有如此，中国国际工程才能走上成功的道路。

回国之后，我压抑不住写作冲动，根据现场记录的35万多字的日记，整理出这部书稿，并反复修改，添加图片资料，通过上网查询及采访回国的同事，补充后来发生的重要事件，丰富了内容。因为深知自己的写作水平有限，不敢匆匆出版；且本书记述的是真实事件，时间长久，情况复杂，可能记忆不准，或者与事实有异，又担心牵涉到一些单位和个人，恐无意中有所冒犯，因此一直惴惴不安，迟迟未予公开。

如今，在全球经济国际化的大趋势下，以习近平同志为核心的党中央提出"一带一路"宏伟倡议，中国企业走出国门参与合作的新一波浪潮日益高涨。受此鼓舞，我终于下定决心抛弃种种顾虑和纠结，把本书公之于众。希望读者能从瑞木项目的艰难曲折中，看到中国企业投身国际工程初期蹒跚而坚定的步伐，看到中国人走出国门的胸怀与决心，同时吸取经验和教训，得到一些启示。

在写作过程中，我收到了同事、朋友提供的很多文章以及现场照片、录像资料。诚恳希望读者，包括我的同事们，看完本书后给予批评指正，并把你们的意见以及相关照片、文字等发送给我，帮助我进一步修订、完善本书。

衷心感谢中冶集团瑞木镍钴管理有限公司总经理高永学为本书作序；清华大学学长马雨农精心修改了书稿，其他同学和朋友长期鼓励、支持，提出各种建议，在此一并致谢。

为谨慎起见，书中中方主要人员以姓称呼，当地巴方人员采用化名，如有不妥，敬请谅解。

第一章 项目启动

1. 走出国门

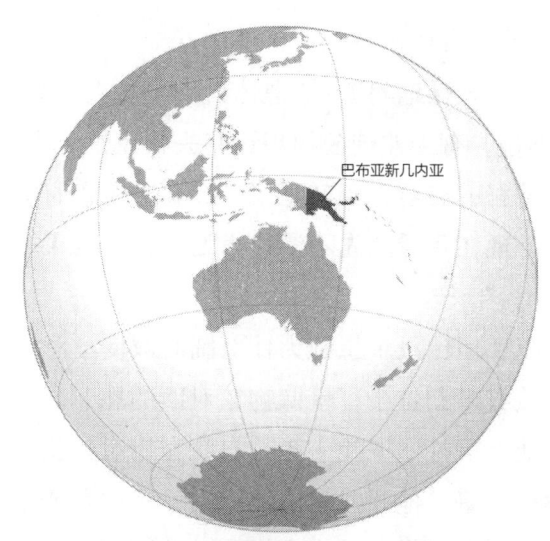

巴布亚新几内亚的地理位置

人生中常常有意想不到的际遇。我没有想到,在即将退休解负、享受轻松的休闲生活时,却意外承担了从未经历过的重任。此后两年,我度过了几乎是一生中压力最大的时光。

那是2006年6月中旬初始的一天,再过几天就要退休了,我正在办公室里收拾资料、整理物品,准备打道回府。静默多日的电话突然响起,听筒里传来一个陌生女士的声音:"您是刘传凯工程师吗?"

"我是,你是哪位?"

"我是恩菲公司人力部的小张。"

"你怎么知道我的?"

"我在《工程建设项目管理与总承包》杂志上看到您参加叙利亚国际工程建设后写的文章,就找到了您。我们公司在巴布亚新几内亚有一个工程,希望您能到我公司做个报告,介绍一下在国外工程施工建设方面的经验。方便的话，想先和您见个面。"

第二天，小张就来到我的办公室。稍作寒暄之后，她看见我在收拾满桌子的东西，好奇地问："您这是在干什么呢？"

"我要退休了，正收拾东西，准备从此告老回家了。"

"您今年有六十岁了？"

"可不嘛。"

"真的不像，我看您身体挺硬朗的，就像五十岁的中年人。"

小张犹豫了片刻，试探地问道："退休后您干什么去呢？"

"回家休息。不过，有个监理公司想让我去帮点忙，也会干点儿小活。"

小张突然露出神秘的笑容，婉转地说："本想和您商量一下介绍国外工程建设的准备工作，现在我看就先不谈这个吧。我过两天来接您，由我们的项目经理和您谈谈吧。"

我一时不知所以，但也没多想她为什么临时改变主意。

几天后，小张接我来到位于军事博物馆对面的恩菲公司。一位中年男子热情地接待了我。他上下打量了我一番，自我介绍说：我姓高，是菲恩公司瑞木项目部的经理。接着，他开门见山地提出，希望我能应聘参加他们在巴布亚新几内亚的瑞木工程建设，承担现场施工的管理工作。

我毫无思想准备，没有马上回应。

高经理似乎已经认准了我，立即介绍起该工程的来龙去脉。

所谓瑞木工程，是中冶集团与巴布亚新几内亚政府合作投资建设的一个镍钴矿项目。它是中冶集团组建以来最大的对外投资项目，也是我国在南太平洋地区最大的投资项目。在这个项目中，我国将首次采用镍矿湿法冶炼技术，建好这个工程意义重大。

中国恩菲工程技术有限公司成立于1953年，是为了恢复和发展我国有色金属工业而设立的第一家专业设计机构，立足于有色矿冶工程，发展科学研究、工程服务与产业投资三大业务领域。恩菲公司现在隶属于中冶集团，承担了这项工程勘察、设计和施工的总承包业务。他们从来没有做过类似工作，也没有国际工程建设经验的工程师，眼看瑞木工程就要启动了，急需的专业人员还没有找到……事情就是这样凑巧，我这个即将退休的花甲老人，成了他唾手可得的"救兵"。

没想到我正要告别工程建设生涯，又遇到一个走出国门参加国家重点项目建设的机会，这是否是天意让我再发挥余热？但对于矿业工程自己是外行，而且毕竟已到花甲之年，去不去呢？我没有立即回答，答应回家商量一下，考虑考虑再做回复。

回家的路上，我不由得回忆起自己的人生经历。

1970年从清华大学毕业，我先是在农村、工厂基层锻炼了几年，随后被调到纺织工业部设计院工作。虽然在学校学的是机械制造专业，但我并不喜欢每天画那些坛坛罐罐。正巧，设计院进行体制改革，学习国际工程管理模式，将工程设计向工程总承包延伸，成立了工程公司。借此机会，我跳出沉闷枯燥的办公室，参加了国内最早一批由设计单位承担的工程总包项目。经过在工程施工现场的多年磨炼，我打开了视野，丰富了阅历，积累了知识，提高了实际工作的能力。

1997年，一个新的机会来了。中国纺织对外经济技术合作有限公司经过与九家国际公司激烈竞争，中标叙利亚杰布莱24万锭新棉纺厂总承包项目。这是当时世界上一次建设规模最大的棉纺厂项目，工程总价1.825亿美元，合同工期30个月，延期一天罚款18万美元。我所在的纺织工业部设计院受命承担设计和施工管理工作。我因为参加过国内工程总承包工作，有现场施工管理的经历，又对新事物感兴趣，所以主动要求参加这个项目，被任命为现场施工经理。

于是，我第一次走出国门，到叙利亚参与建设杰布莱棉纺厂。经过精心组织、周密安排，我们奋战两年多，如期完成任务。工厂顺利投产，双方都获得了可观的经济收益。在国际纺织工业项目的投标建设中，中国人取得了成功，树立了自信，我也积累了宝贵的国际工程建设经验。在那几年的施工实践中，我对如何同外国业主和监理打交道、如何在杂乱的现场抓住核心问题组织好工程施工、如何在艰难困境中解决现场的实际问题等，体会较深，感悟颇多，回国后总结实践经验，进行理性探讨，写出《国际承包工程施工组织及管理》《浅谈工程总承包项目的进度控制》等文章，刊登在几家专业期刊上，产生了一些影响。

第一次走出国门，令我获益丰厚，兴奋了好几年。在家里我也经常回忆有趣的往事，讲述异国的各种小故事，把我妻子的耳朵都磨出茧子来了。

那天我回到家里，刚把巴布亚新几内亚瑞木工程的情况说完，妻子就似乎早有准备地回应道："看来你又按捺不住了，肯定是想去吧！"

接着，她有些担忧地说："二十多年来，你常在外面干事业，顾不了家里的事，我也习惯了。只是这回去的是巴布亚新几内亚，气候和环境不太好，你都六十岁了，我担心你的身体……"

"没什么可怕的，我觉得还行，出不了大事，你放心吧！"没等她说完，我就很有自信地安慰她。

既然妻子没有其他意见，人家又不嫌我这把年纪，还盛情邀请，为什么不出去试一试呢？

在妻子的理解和支持下，我答应了恩菲公司，准备参与这个可遇不可求的极富挑战性的新工程。

几天后，我到菲恩公司报到。项目经理高总明确了我的工作内容："瑞木项目分为矿山和冶炼厂两部分，项目现场经理由恩菲公司员工担任。工程的主要建设任务和开工典礼设在冶炼厂，由你担任冶炼厂项目部负责人。当前主要工作是作为总包，带领分包队伍打好开工典礼这一仗。大家都没有经验，现在也没有机会到现场调研，只能凭你的工程经验来开展工作了。"

瑞木项目的前期任务，就这样落在我和同仁头上，我将第二次走出国门从事工程建设。

去巴布亚新几内亚建冶炼厂，在异国他乡的荒僻之地担任施工现场负责人，特别是必须在规定时间内做好开工典礼的一切准备，这等于承担了这项大工程的先遣队使命。要到一个一无所知的地方去拓荒开路，任务时间之紧，工程难度之高，必须有充分的思想准备。

我不得不紧急补课，了解巴布亚新几内亚的国情概况以及瑞木镍钴矿的相关情况。

巴布亚新几内亚，全称"巴布亚新几内亚独立国"，英文简称 PNG，中文简称巴新，位于南太平洋西南部，西与印度尼西亚接壤，南与澳大利亚隔海相望。公元前 8000 年，来自亚洲的狩猎者和农民取道印度尼西亚来到岛上定居；16 世纪，欧洲人到达该地区。

1884 年，英国在新几内亚岛南部沿海及附近岛屿建立保护地，德国人则占领了新几内亚北部的三个地区。1906 年，英国将其新几内亚领地交由澳大利亚管理。第一次世界大战后，国际联盟决定德属新几内亚领地由澳大利亚托管。第二次世界大战后，联合国将被日本占领的原德属部分委托澳大利亚继续管辖。1949年，澳大利亚将原英属和原德属两部分合并为一个行政单位，称"巴布亚新几内亚领地"。1972年改名为巴布亚新几内亚。1973年12月1日，巴布亚新几内亚开始自治。1975年9月16日宣告独立，成为英联邦成员国。1976年与中国建交。

巴布亚新几内亚领土由新几内亚岛东半部分以及美拉尼西亚群岛的新不列颠岛、新爱尔兰岛、布干维尔岛等大小岛屿组成，面积46万平方公里，海岸线全长8300公里，包括200海里专属经济区在内的水域面积达310万平方公里。

巴布亚新几内亚全国人口630多万，城市人口约占15%，农村人口约占85%；其中98%属美拉尼西亚人，其余为密克罗尼西亚人、波利尼西亚人、华人和白人。官方语言为英语，地方语言有820余种，全国大部分地区流行皮金语。全国居民中94%信奉基督教（其中新教占63%，天主教占31%），当地宗教和土著信仰也很有影响。

巴布亚新几内亚有22个省级行政区，包括20个省、布干维尔岛自治区和国家首都行政区（莫尔斯比港市）。国旗由对角线分为两部分，右上红色部分绘有一只展翅飞翔的黄色天堂鸟，左下黑色部分是由五颗白色星星组成的南十字星座。

巴布亚新几内亚资源丰富，但经济发展缓慢，相当一部分地区还处于原始部落自给自足的自然经济状态。热带原始森林覆盖面积达3600万公顷，约占国土面积的77%。2002年，巴新国民生产总值119亿基那，人均国民生产值2290基那（2006年1基那＝0.32美元），对外贸易额50%以上来自矿业，工业基础十分薄弱。但它是世界上天堂鸟种类最多的国家。

热带雨林，原始部落，自然经济，天堂鸟之乡……这些关键词，成了我的最初印象。

2. 瑞木项目

20世纪末，随着改革开放的浪潮，中国企业开始走向世界。在企业"走出去"战略部署下，很多国企和民企勇敢地走出国门，在投资建厂、并购项目、工程总承包等方面施展拳脚，取得了一定的成功。虽然许多项目进展困难，但是中国企业走出国门的步伐从来没有停止。

20世纪60年代，澳大利亚地质工作者在巴布亚新几内亚瑞木河边发现了一种呈红色的镍钴矿土。此后，澳大利亚高地矿业公司与加拿大、美国各方专家做了40年的勘查、研究与试验，因为工程地质条件险恶、基础设施条件差、当地民情复杂、工程建设成本高、投资风险大等，一直没有实质性的进展。

巴新政府经过深入考虑，决心与中国合作，委托中方国有公司投资建设。

2003年11月，中冶集团（MCC）组团对瑞木红土矿进行考察。

2004年3月，中冶集团委托恩菲公司进行瑞木红土矿项目可行性研究。

2004年4月，巴新政府总理索马雷访问中国，并与中冶集团签订了合作开发瑞木红土矿项目的框架协议。中方以资金和技术入股，占85%股份；巴方以开采权和前期投入入股，占15%股份。

2005年3月30日，中巴双方正式签订瑞木项目联营体协议。协议明确中冶集团的股份由其子公司中冶集团瑞木工程管理公司持有，几方共同建立联合公司。按照最初的估算，此项工程的投资大约在8亿美元，工程定于2006年开始建设。

2006年4月，首届中国-太平洋岛国经济发展合作论坛在斐济举行。其间，中国国务院总理温家宝、巴新政府总理索马雷和双方政府要员出席了项目与国家开发银行、中国进出口银行合作协议签署仪式，银行及中巴合作三方共同在协议书上签字。瑞木融资协议的签署，标志着中巴两国政府对此项工程的支持和决心，对于推动项目开展起到了实质性的作用。

亲历这次签字仪式，中冶集团的沈总经理深感责任重大，他不无感慨地说："这是两国总理见证的项目，任务光荣且艰巨。第三世界的朋友看中的是中国举国体制、集中力量办大事的制度优势，相信中国国企能够承担世界上最艰巨的工程。同时这也是符合国家'走出去'的政策方针和在国外建立矿产资源基地的战略部署。镍钴是重要的金属材料,而我国又是镍钴资源紧缺的国家,所以这项工程对于中冶集团来说意义非同一般,必须集中集团全部优势,力保工程质量和进度。"

沈总的谨慎与压力,背后是有关部门的统计数据。中国矿业联合会的资料显示,21世纪初,央企出海投资矿产的成功率很低:中钢在澳大利亚买下的铁矿难以进入开发阶段,中冶在阿根廷的铁矿连年亏损,中信泰富在澳大利亚投资的铁矿也不成功。统计结果令人咋舌:中国矿业企业走出去的早期项目大约80%是失败的。在以往走出去的过程中,企业的突出特点是一手硬、一手软:硬的是国家的坚定支持,资金的雄厚和装备的先进,中国人的勤劳智慧,企业的非凡建设能力;软的是国际工程建设经验的不足,风险意识的淡薄,不能与当地社会融合,忽视当地民众的利益和需求,单纯追逐工程利益等。许多项目未能成功,中国矿业企业"走出去"步伐艰难。

在瑞木工程这项投资巨大的国际项目确定之后,中冶集团将前期勘察、设计任务交给了恩菲公司;考虑到工程的紧迫性以及开工前期要做各项准备工作,将工程总承包的工地建设工作也一并交给了恩菲公司。为了在非常时期集中兵力打歼灭战,集团同时调动几个骨干施工单位配合恩菲公司开展工作。

2006年6月,巴布亚新几内亚瑞木镍钴项目工程建设正式启动。

6月20日,正好是我满六十周岁的生日。

上午,我来到中冶集团位于北京西三环的一所大楼,参加瑞木项目管理公司召开的工程协调会。参加会议的包括公司各部门、总包公司(恩菲)、监理公司(赛迪)等相关单位负责人,三十多人将会议室挤得满满的。最后一个进入会场的是瑞木项目管理公司罗董事长,她身材匀称,得体的职业女装衬出干练的气质。她一边走一边不断地和与会者点头、打招呼,然后在会议桌中央坐下。

管理公司的谷总经理主持会议,恩菲公司高经理做了前期工作的汇报。

恩菲公司作为项目的总承包方,工作内容包括设计、采购及施工管理,即国际流行的EPC模式。他详细汇报了冶炼厂的勘察测量、石灰石矿的勘探、矿山矿样的采样和运输、工程设计的对外联络、关键设备的设计和制造以及巴新施工现场等情况。

罗总紧锁眉头，不时插话，提出问题。她那严肃的表情，已经向外传递出一个声音："项目推进得太慢。"

大家都清楚：施工现场还没有人进驻，施工机具和材料还没有采购，施工队伍也没有组建，恩菲公司现场项目管理班子还没有到位……这一切，让集团领导和每一个参加工程建设的人员都感到肩上的担子有千斤重。

最后罗董事长做了总结："我们开了一天的会，情况已经比较清楚了。前期大家做了不少工作，但从总体上看工作进展太慢，必须加快进度。目前最紧迫的问题是：10月18日，瑞木工程要在巴萨木克湾的冶炼厂举行开工奠基仪式，巴新政府首脑和我国驻巴大使及国内各部委领导都将出席。时间是根据索马雷总理的计划确定的，不能改变。从现在开始只有四个月了，而我们的现场还没有一兵一卒，前期工作还没有开始。恩菲公司以前是个设计单位，设计是强项，可现在你们是总包，不能坐在家里搞工程！"

说到这里，罗总把面前的本子啪地一合，在场的人心头跟着一紧。"如果再不采取紧急措施推进工程进度，我们的奠基仪式不保！中国公司的声誉不保！中国人的尊严在世人面前不保！"

此番话落地，现场的人员都睁大眼睛，看着这个说话一针见血、不留情面的领导。会场上十几秒钟的静场，再一次把人们的神经绷紧。

"恩菲公司必须在近期内派出驻现场经理；购买施工机具和设备问题不要扯皮了，由恩菲组织采购；加快现场奠基典礼的准备工作，做好机具的运输方案及典礼现场的施工方案。巴新的雨季非常凶猛，年底雨季到来之前要做好防汛措施。"

罗总又布置了一些具体要求。此时，参加会议的人员都已经坐不住了。面对这样沉重的压力和紧迫的时间点，大家感到，瑞木工程再没有起色，罗总是绝不会放过在座任何人的。

中午吃午饭时，罗总拿着盒饭坐到了我的身边。她看着我，疑惑地问道："你是哪个单位的？以前没有见过你。"

"我刚到恩菲公司，今天是第一次参加会议。"

"你以前参加过什么工程？"

"我参加过叙利亚杰布莱棉纺厂工程。"

"你认识中纺对外公司的陈京吗?"

"我认识,他是杰布莱项目的经理。"

罗总诧异地看了看我,马上拿起手机打了一个电话,与对方寒暄几句就直接问道:"我向你打听一个人,刘传凯,你认识吗?"

"我们是朋友,他是杰布莱工程的施工经理。"

"真没想到,他现在参加了我们的工程,你可要支持我呀!……"

挂了电话,罗总兴奋地说:"咱们真有缘,过去我们羡慕陈总抢到叙利亚的项目,现在他看到我们要做这么大的工程,眼睛都直了。好,现在我们就是一个战壕中的战友了,让我们一起努力吧!"

世界就是这样小,两个工程的领导如此熟悉。一生中有机会参加两个不同行业的国际工程,就如同免试进入两所国际大学,让人兴奋而紧张。我将有幸跟随中冶集团步入"天堂鸟之乡"。

3. 方案策划

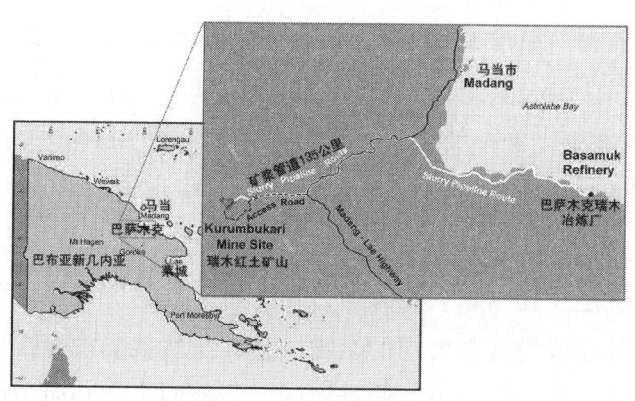

瑞木镍钴矿区域位置图

会议结束之后,恩菲公司立即召开紧急会议布置各项工作。其中设备和物资采购清单的编制、物资海运到达巴新的卸船方案、奠基现场的施工和场地土方平整方案的策划,就落在我和其他几个年轻同事的肩上。大家依据设计人员前期现场考察搜集来的资料,加上以往国内外的工程经验,开始着手各项准备工作。

首先是编制瑞木工程前期设备采购清单,采购相应的设备。工程包括200万方土方的平整工作,为此应采购的施工机具有挖掘机、装载机、运输机及动力装备等，价值五千多万元。考虑到当地没有柴油供应，又在国内采购了六个50吨的闲置储油罐，购置了一个1400平方米的钢结构仓库、3000平方米活动板房以及配套的食堂、餐厅等，以满足前期200人的生活和工作的需要。还在国内改建了十个20英尺的集装箱作为员工宿舍，保证打头阵的施工人员在现场的必备生活条件。

经过群策群力，我们在采购计划中又补充了前期施工用的各种小型机具、建筑材料、办公生活及劳保用品等上百种物资。生产物资在巴新很难买到，即使买到也是中国货，价格却是国内的4—5倍。如果从国内定货，还需要2—3个月的运输时间，将会严重耽误工程进展。所以这次采购的原则是"宁多勿缺"。

最棘手的问题是，如何保证大量物资和重型设备在10月18日之前运抵巴萨木克奠基现场。中国到巴新没有开通海上直航，瑞木工程的前期物资都是先运至香港，然后通过班轮转运到巴新的莱城港，再用货轮运到马当市，最后用驳船运至巴萨木克。

巴萨木克湾离马当市55公里，是一个偏僻的小海湾，只有一个废弃的小码头。之前，从国内到现场的货运时间大约是两个月，货物的重量不能超过20吨。马当港码头平台承载力有限，且只有一艘30吨的驳船。据说在巴新，外国公司施工初期都是用这种驳船（船前甲板可搭放到岸上）或叫冲滩船来运输货物。

恩菲公司决定委托一家大型海运公司，将工程物资直接运到巴新。这一决定得到中国外运股份有限公司的全力支持，虽然他们没有在巴新通关、卸货、转运的经验，但为了中国企业走出国门，他们愿意开通中国到巴新的直航，承诺包一条万吨货船，将恩菲的物资运往巴新，直到巴萨木克湾。

经过反复商议，大家提出三个运输卸货方案：

方案一：将船直接停泊在巴萨木克湾内，先将货物卸到驳船上，再用冲滩的方法卸岸，这个方案时间最短。但该港湾水深150米，海底都是礁石，海运公司认为不能抛锚停泊万吨轮船。

方案二：万吨轮船将货物运至巴新最大的港口莱城，那里有150吨的岸吊，可以装卸重型货物。但巴萨木克湾距莱城港还有300公里的海路，如果将货物全部卸在莱城港，再用驳船运到巴萨木克，需要四十五天的时间才能运完，将影响工程进度，无法按期举行奠基典礼。

方案三：万吨轮船开到马当港，那里距巴萨木克只有 55 公里的海路。但马当港没有重型吊车，重型货物无法卸到码头或驳船上。

三个方案均不可行。真的不能在 10 月 18 号之前将货物运到巴萨木克吗？这是典礼成败的关键，大家焦虑地思考着，但都无计可施。这个难题只有到达巴新再想办法解决了。

除了运输，还有一个棘手的难题，就是如何将 40 英尺的集装箱从驳船上卸到岸边。这些集装箱每个都有一二十吨重，但驳船上没有起重设备。起初考虑从莫尔斯比港租一艘浮吊，将重物从船上吊下，但经了解得知，巴新没有浮吊。最后大家想出了两个解决办法：一个是从国内带上厚钢板和滚杠，用土方法将集装箱拖下岸；另一个是利用同船采购来的挖掘机，用钢丝绳把集装箱挂在两台挖掘机的挖斗上，挖掘机一个向前开，一个向后开，将集装箱"抬"下驳船，这样就可以靠本船的自带设备将所有货物卸下泊船。北京的策划工作到此告一段落。

4. 飞往巴新

巴新首都莫尔斯比港

我和 22 冶的朱经理、李经理等八人组成现场先遣队，2006 年 8 月 18 号清晨在首都国际机场集合。上午 8 点 45 分，一架新航的国际航班满载着旅客正点起飞，直冲蓝天而去。经新加坡机场转机，改乘巴新国际航班飞往该国首都莫尔斯比港。

第二天，当地时间 5 点多钟，飞机降落在这个陌生而又充满神秘色彩的国度。

莫尔斯比港机场不大，只有一条跑道，飞机的数量也不多，机场显得冷冷清清。

机舱门刚一打开，就吹入一股潮湿而清凉的微风，给了我们一个惊喜——本以为到了这个靠近赤道的国家，热浪会扑面而来。

从新加坡来的旅客，大部分是当地的巴新人，还有印度人、南亚人和少数白人，我们这一行来自中国的旅客格外显眼。入关时海关也给予了特殊待遇：要求所有中方人员将行李一一打开接受检查。

瑞木公司莫尔斯比港办事处的老王在机场出口处等着。异国见老乡格外亲切，互相介绍、寒暄着，坐上丰田越野车直奔旅馆而去。

来到这个陌生的国家，大家不禁好奇地往窗外张望。公路上车辆都靠左行驶，让人左右不分，感觉怪怪的。好在清晨的凉风从车窗外吹来，让人感觉不到赤道附近的炎热，倒好像是北京的清晨，只是空气湿度比较大。

这里的街道不宽，曲曲弯弯，路边一棵棵高大的榕树，树冠像巨型雨伞，树干粗得几个人都抱不过来，墨绿色的树叶将马路遮盖得严严实实。马路两侧是嫩绿的草地，各种花木点缀其中。街道上行人稀少，但来往的汽车很多，大都是日本车。经过一处四周用铁丝网围起来的集市，外面停满装着蔬菜的汽车；集市上，各种新鲜的蔬菜摆放在货架上，灰黑色皮肤的土著居民熙熙攘攘，组成一幅现代与传统交融的画面。

穿过莫尔斯比港城中心区，汽车在一家旅馆的大门前停了下来。由于旅途劳累，大家找到房间，倒头就睡。

12 点钟，老王叫醒大家，到一家中餐馆去吃饭。一套白底红花的中国盖碗茶具摆到面前，茉莉花茶的香味扑鼻而来，好像回到了北京的餐厅。飞机上的西餐吃得大倒胃口，此时喝上家乡的茶，我们已经非常满意了。大家饥肠辘辘，先上的炒面条在玻璃转盘上刚转了两圈，就被一扫而光。接着上了海参烧豆腐、清蒸石斑鱼、茄子咸鱼煲、炒白菜、炒空心菜等，随后是一盘海螃蟹，餐桌上只听见"喊哩咔嚓"的咬蟹壳声。最后上来的盛在白色瓷缸里的米饭，米粒细长，味道清香，也被大家尽收腹中。

走出餐馆，大家才真正有了热带的感受。太阳像火炉一样，打开车门，一股热浪迎面扑来，让人喘不过气。将空调打开四五分钟后，大家才勉强钻进车里，但车座依然发烫，不敢沾屁股。汽车直奔机场，赶赴马当市。

在候机厅里，我们都靠在沙发上闭目养神。这时，有一位上了年纪的华人走到我们面前，带着微笑问道："你们是去马当的吧？"

"是的。"李经理回答道。

"是瑞木工程的吧？"老人说。

"您怎么知道的？"老李吃惊地说。

"去年中巴签订了瑞木工程合同，在这里的华人界已是人人皆知了。"老人开朗地笑着。

"那您老到马当是做生意？"老李感兴趣地问道。

"我主要是在莫尔斯比港经商，这次是到马当办事。"

"您老什么时候到巴新的？"老李接着问。

"我祖籍广东佛山，1942年为躲避日本人，举家逃难到马来西亚。那时南太平洋这一片岛国叫南洋，中国人被称为'猪仔'，生活在社会的最底层。我是1975年以后来到巴新的，一晃就是三十多年了。算老天有眼，华人靠吃苦、勤奋、人和，才能在世界各国安家立业。"老者望着远处，突然话锋一转："现在祖国强大、经济发达了，连巴新这样的国家也有中国公司来投资了。我们老华侨心里高兴啊！现在当地人也不能小看我们，祖国强大了，游子也被人重看了。"老人越说越兴奋。

"瑞木发现矿藏已经有四十多年了，多少国家都没敢下决心，现在中国决心投资这个项目，有长远眼光，又有经济实力，你们一定能成功。"说到这里，老人脸上流露出发自内心的喜悦和自豪。

听着他们谈话，大家也都被感动了。在国内，"热爱祖国"似乎只是人们挂在嘴边的平常话，而这位老华侨把祖国看得重于泰山。背井离乡出国求生的人们，在历经艰辛拼搏之后，爱国之情尤显炽热如火、真实感人。

机场的播音开始招呼旅客登机。起身之前，老人写下了一个电话号码和一个"李"字，交给老李："有事打电话给我，我在莫尔斯比港，我会尽力帮助你们的。"

"咱们都姓李，一家人啊。"老李说。

"好，好，我们一定会再见面的。"老人高兴地说。

5. 南洋马当

飞往马当的巴新国内航班是一架双引擎螺旋桨式飞机,前后10排,40个座位。第一次坐这样的小飞机,我们都兴奋而忐忑。随着轰鸣声,飞机飞向天空。机舱内震动比较大,噪音严重,无法交谈,只能透过舱窗向外眺望。

约一个钟头后,飞机开始下降。此时,连绵起伏的山脉映入眼帘,满山的热带树木郁郁葱葱,河流在阳光下泛着银光,从原始森林中穿行而过,山脉俨然一片绿色的海洋。越过一个海湾之后,飞机平稳降落了。

此时太阳已经落山,晚霞映红了天边。这里没有莫尔斯比港中午那样的燥热,不时吹来一阵清风,似乎在安抚经过长途飞行的人的身心,告诉他们:"你们到家了。"

马当位于巴新北部沿海,是马当省的首府,约有3万人口。马当港口优良,是巴新北部沿海地区和内陆物产集散中心。

瑞木项目办事处设在"马当茵"旅馆。这里设施陈旧,水电开关有一半已经失灵。窗式空调不断发出嗡嗡的喘气声,时开时停。房间里有一股发霉的气味。

在马当,只有少数几个高级旅馆可以打国际长途和上互联网。我们所住的这个旅馆里没有提供这些服务,虽然带着电脑,但也无法与国内家人联系。奔波了两天,大家很快上床睡觉了。

睁开眼睛,已经是第二天早上6点多了。走出房间才发现,这个旅馆建在海边。靠近海岸的礁石上,有一道用混凝土建成的5米高的围墙。站在上边向外眺望,只见蔚蓝色的大海不断掀起阵阵浪花,拍打着岸边的珊瑚礁,激起的浪高有时可达四五米,甚至直接打到围墙里来,躲避不及就会全身湿透。向下俯瞰,千姿百态的珊瑚礁在岸边摊开一片。突然,有人发现不远处的薄雾中,有座山矗立在海上,时隐时现。这是海市蜃楼,还是真有其山?山非常高,让人不敢相信是真的;但又近在眼前,近得让人无法怀疑。大家立刻议论起来。

我们在国内听惯了汽车声,在这里听到的则是百鸟齐鸣,有的短促高亢,有的呜呜长鸣,清脆悦耳。还有一种鸟在草地上蹦来蹦去,也不怕人,黑色的羽毛，翘着一条长长的白尾巴，活泼可爱。旅馆院中除了椰树、香蕉树、槟榔树、芒果树、榕树，还有许多叫不出名字的树。马路两侧矮矮的灌木丛中，开满红的、黄的、粉的各种鲜花，千姿百态，争奇斗艳。

海岸边的林荫道，右边是海，左边是绿茵茵的草地，据说是高尔夫球场。场地虽不大，那草紧贴地面，绿油油、鲜嫩嫩的，草上的露珠在阳光中闪着光亮，让人不忍踏上一步。

再往前走，一片树林环绕的绿地里，竖立着一块块墓碑。司机告诉我们，这是二战时战死在这里的日本兵的墓地，听说他们的后裔经常来此扫墓。

前面出现一座高高的白色灯塔，塔的外形像一枚炮弹，弹头直指蓝天，顶部安着一个转动的航标灯，浓密的参天大树围绕在它周围。这是马当市的标志性建筑，是为二战时牺牲的澳大利亚和当地烈士修建的纪念塔，同时也为出入马当港的船只导航。

马当的另一独特景观也让我们惊诧不已：在旅馆院内的大榕树上，倒挂着成千上万只大蝙蝠，黑压压的一大片。原来，这是一种热带特有的蝙蝠，翅膀展开有七八十厘米长，皮肤漆黑，叫声像乌鸦。受惊飞起的时候，这些黑精灵里三层外三层围着大树不停地盘旋。危机过后，它们突然向下坠落，双爪抓到树枝，两只翅膀抱紧身体缩成一团，随后就头朝下倒挂在树枝上一动不动，像是一只只黑色的保龄球。

6. 巴萨木克

在先期到达的恩菲公司现场经理老胡的安排下，施工先遣队在马当安顿好。这时已是 8 月 20 日了，离奠基典礼只有两个月时间，必须马上开始工作。吃过早饭，大家乘船前往巴萨木克湾现场。

中方租用的是一条可乘 15 人的小游艇，船舱内可坐 4 个人，其余的坐在后甲板上。上船之前，船长清点人数，多一个都不能上，管理十分规范。

游艇驶出了马当港。海面上风浪很大，在海浪中穿行的游艇上下起伏，剧烈颠簸，一会儿从浪尖摔到波底，一会儿又被推上了浪尖。在高高的海浪中间，游艇好像立刻要被大海吞没似的，船底板不时发出"啪啪"巨响。我们感到从未有过的恐惧，胃里的东西也被颠得七上八下。

船长看着海面翻起的层层波涛，两眉紧锁，双手握着舵轮，全力控制着游艇的方向。游艇在波涛中艰难地行驶着，浪花打在驾驶舱的挡风玻璃上，船长已经看不清前方的海况了。游艇慢慢地减速，最后停了下来。船长对大家说，今天的海况太恶劣，下午回来时海浪会更大，建议今天不要去了。他估计，8月份的海浪不会连续作恶，明天天气可能会转好。大家商量后同意了他的意见。

回程是顺风而行，游艇颠簸得轻多了。大家被风浪折腾得精疲力竭，一个个都没有了话语，直到驶进了马当港才恢复精神。第一次出海就领略了南太平洋海浪的厉害，大家下了船面面相觑。

回到旅馆，谷总抓紧时间召开会议，通报了目前工作的困难和时间的紧迫，就奠基典礼准备工作做了安排，要求大家立刻行动起来，保证进度。

我和老李等负责现场准备工作，首先要研究登陆方案。考虑到出席典礼的贵宾从大游艇上岸，必须先修建一个供人员登陆的码头；为保证物资及设备能从驳船卸到岸边，还要另建一个卸货的冲滩码头，两个码头应建在两处。

接下来的难题是采用什么方案来建码头。马当省没有打桩船，无法在海中打钢桩、建架空码头；现场没有混凝土砌块，也无法建重力式码头。

能否用当地最常见的卵石做建码头的材料？但如何将卵石固定呢？

老李根据自己多年的施工经验，提出将卵石装入钢丝笼，再把数个钢丝笼连成一个整体，同时在海岸边打钢桩，将钢丝笼拦住，这样结构就牢固了。大家一致认为这是好办法。商定方案后，几个人就分别着手落实具体方案设计、材料设备采购等工作。

第二天早晨，与昨天的狂风恶浪截然不同，海面平静得像一面镜子。游艇驶出马当湾，开得又快又稳，大家有说有笑，有的人甚至爬到顶舱上欣赏起海景来。

"你们看，海豚！"一个小伙子叫起来。

在他手指的方向，有五六条两米多长的海豚在海面上跳跃。这群可爱的小精灵离游艇只有十多米，黑色的脊背弯成了弓状，在空中划出一道美丽的弧线，然后又钻到海里。它们一条接一条地跃出海面，组成接力赛。大家欢呼着，为它们优美的表演喝彩。

游艇沿海岸线快速向前开进，右侧的海岸上是连绵的山脉，高耸的山峰、嫩绿的草地和墨绿色的树林在阳光下历历在目。此时大家才明白，昨天在旅馆看到的时隐时现的山，并不是海市蜃楼，而是真实的存在。隔着狭长的海湾和清晨的雾气，我们产生了错觉，以为山在海中。

经过近两个小时的航程，我们才接近巴萨木克湾。这里的海岸少有沙滩，大多是珊瑚礁，礁石以很陡的坡度伸到海里，离海岸不远处水深就达100多米。海水很清，但看不到底。

游艇拐过一个90°的弯，一个宽六七百米的海湾展现在我们面前。它的形状像一只展开翅膀的蝴蝶，岸边长满10多米高的热带树木，将陆地遮掩得严严实实。海边的礁石犬牙交错，一波接一波的海浪打在上面，溅起万朵浪花。

海湾中部凸出一块平坦的海滩，上面满是小石子和细砂。砂是黑色的，就像细煤粉，其中掺着不少白色的颗粒，在阳光下闪闪发光。

海湾的西侧有一条小河，清清的河水从山中缓缓流出，七八米宽的河面上架着几根树干，供人跨溪之用。

这个平静的海湾，就是当年澳洲高地公司精挑细选确定的厂址，冶炼厂选在岸边西侧的山坡上。

冶炼厂所在的巴萨木克湾原貌

游艇停在一处有几根柱子的废弃小码头前，柱子的混凝土表面已经脱落，露出锈蚀的钢筋。小码头离岸边有20多米，中间是一条凌乱的卵石小路。大家艰难地从游艇爬上混凝土横梁，小心翼翼地移步到石路上。

一棵大树下，站着二三十个穿着短裤、赤着脚、光着上身的小男孩。几个成年人在他们身后，灰黑色的皮肤，卷卷的头发，红红的嘴唇，瘦弱的身材，松弛的皮肤，明显是营养不足。他们用带着新奇的眼光，打量着我们这些刚来的陌生人。

山坡上有几间板房，是北京中矿建设工程有限公司瑞木工程测量和勘探队伍的营地。营地四周都是草丛和树木，附近还住着一家当地人。几只猪狗在房前屋后悠闲地遛来遛去，房子不时冒出缕缕青烟。几个老人坐在点起的柴堆边，一边说话，一边大口地嚼着槟榔，不时吐出血红的咀嚼物，地上一摊一摊的仿佛血迹。

往岸上再走一百多米，大家停下来。谷总看看地图，指着一片草地告诉大家：这里将是10月18号奠基典礼的主会场。

草地两侧有两个木架搭起的门框，显示出这曾是一个简易的足球场。站在球场中间向四周望去，南面是一块洼地，长满了灌木和野草；东面有200米长的空地，顺坡延伸到海边，其间有一片围着树木的墓地；西面横卧着一座约200米高、布满草丛的小丘；场地北边是树林，一直伸到海边。

在中矿人员的带领下，我们向东走了四百多米，越过一条小河，在草丛中又走了20分钟，找到了当年澳大利亚高地公司测量的桩位。这就是我们今后生活营地的位置。

我们在烈日下一路紧赶，四周的草丛密不透风，大家已是汗流浃背。阳光晒得皮肤生痛，蚊虫又追着人叮咬，更使我们感到置身于蛮荒之地的难言之苦。大家开始尝到热带森林的滋味了。

厂区西边约3公里处有两栋木板房，是当年澳大利亚高地公司搭建的医疗站，现在已经关闭，木制的房子依然完好，屋外有一个很大的塑料容器，是收集屋顶雨水用的。房间里空空荡荡，只有墙上的宣传画在向人们述说着当年的故事。

下午，我们带上测水深的仪器，乘游艇绕着海湾转了一周，测量了巴萨木克湾的水深，其结果与海图基本相符。在海湾内，找不到一块平坦的、水深在 50 米内的锚地。这意味着万吨货轮无法在此抛锚，不能停泊在海湾内。大家决定，继续寻找合适的位置，研究建码头的方案。

在返回马当的航程中，我们向船长了解巴萨木克湾附近海域的情况。当得知我们想找一块平坦的海滩做锚地时，他告诉我们说："这里只有河道的入海口是泥沙地，而且海水比较浅，7 公里远处有一条大河，可以到那里看看。"

7. 神奇海湾

第二天，我们租了一艘快艇，直奔大河口。

远远望去，碧蓝的大海中有一条明显的蓝白分明、呈半圆形的分界线。这是河水汇入大海形成的。雨季河水大的时候，分界线就向海里延伸；旱季雨水少了，它就向河口退缩。这种情况我在国内也见过，但是巴新的海水清澈透明，所以蓝白交界就显得格外清晰。

由于河水带来大量的泥沙，这里的海水比较浅，但实测结果并不如人意：近处海底浅而平缓，面积不大，离岸 40 米后深度陡然加大，60 米远处水深已达 80 多米，且河口直对大海，风浪较大，即使船只可以在此停泊，也无法躲避海浪的侵袭，卸船会很困难。显然这个河口也不适于万吨轮船抛锚。

为了慎重起见，老李提议再测一次。在离河口 20 米处，老李拿着绳子，把铁棒再次抛到海水里，铁棒快速沉底。老李正想向上提时，原本垂直的绳子突然被拉了出去，一下到了离船五六米远的地方，而且越拖越远了。大家被这突如其来的情况弄糊涂了，最先反应过来的是船长，他大声叫着："Big fish, big fish!"

这时我们才反应过来，是一条大鱼把铁棒给叼走了。

老李紧握着绳子，没想到这条鱼的力量很大，把老李拉得直向前倾。他大声喊着："快来帮忙！"

船上的人一个接一个上前帮助老李，绳子被拉得"嘣嘣"作响，人鱼双方互不相让。绳子在水里摆来摆去，相持了足足有 2 分钟。突然，绳子松弛下来，老李抓住机会，立刻快速往怀里拉。绳子越收越短，大家都兴奋起来，鱼钓上来了！快收到水面时，那鱼顺势向上一蹿，露出直径约半米大的鱼头，一双杯口大的眼睛怒视着对手，好像要把人一口吞下去。老李惊喜地叫着："你们看这条鱼有多大！"

此时，有三四条 3 米多长的大鱼围着船游动，它们晃动身子，不停地窜来窜去，像是要发起攻击。快艇被这几条鱼搅得不停地晃动，颠簸得更加厉害了。突然，那条我们还没看清面目的大鱼又咬住绳子，潜到海里去了。老李手中的绳子被快速拉到水中，10 米，20 米，绳子被越拖越远，那条鱼越游越快，力量越来越大，老李已经招架不住，我们七八个人又都全力帮忙，最后连船长也加入进来。

由于鱼的方向和船头形成夹角，快艇被拉得向一侧倾斜，船舷离海面只有 20 厘米了，情况十分危险！只见船长抽出一把刀，看准绳子就砍了下去。船上的人向后一仰，一齐摔倒在船舱里。快艇剧烈摇晃了好一阵子才渐渐平稳下来。大家坐在舱里喘着大气，好一阵子说不出话。鱼没有钓上来，还差一点把人给拖下海！

船长点了一支烟，对大家说："这可能是个鲨鱼群。这一带海域经常有人被鲨鱼咬伤，但今天发生的情况我也是第一次遇到。如果不把绳子砍断，可能会发生意想不到的危险。"听到这话，全船的人都有些后怕：如果被拉到海里，肯定就成了鲨鱼的美餐了！

这场突如其来的"人鱼大战"瞬间结束了。大家怀着兴奋、刺激的心情，开船向冶炼厂的方向驶去。

河口的实地调查结果表明，在此地停船卸货已无可能。大家开始对当地的沙石料进行调查。

快艇沿着海岸线向前开去。这里的海岸线曲曲弯弯，大都礁石密布，但在离冶炼厂 4 公里的地方，有一片开阔的海湾。远远望去，白沙铺成的海滩连成一片，阳光、椰林、碧海，就像典型的夏威夷风光。

快艇向白沙滩开去。这片沙滩约有 500 米长，30—40 米宽，坡度平缓。几个人跳下船，蹚着海水来到岸上，捧起海沙仔细观察。粒径比较大，属于中粗沙，但大多为珊瑚礁的碎末和贝壳的小颗粒。海沙因为含盐量大，本来就不适宜工程用；现在真沙的含量低，就更成问题了，不过大家还是取了样品带回马当做实验。

快艇继续前行。越过冶炼厂海湾和亚嘎纳河口，远远看到前面密密麻麻地排着一片片石头。石滩约有 20 多米宽，长度 2 公里左右。让人称奇的是，每一段石滩的石头大小都不一样，有的一段全是大石头，而有的全是小石头。大自然真是神奇！天工造物，物以类聚，石头都按不同的规格，整齐地摆在这里。看到如此之多的石头，大家都很兴奋，数量是不成问题了，但质量如何需要看个究竟。经过仔细观察，我们发现这些石头大都是火山石，由不同颜色的石粒黏结而成，石质并不好，不能做高强度混凝土的骨料。大家取了样品，带回驻地进一步检验。

经过人鱼大战和一天的踏勘，大家都疲乏了，坐在船舱中打着瞌睡。只有"船小二"，一个十七八岁的小伙子在船尾钓鱼。他的钓鱼方法很特殊：在鱼线端头拴上一个 10 厘米长的彩色塑料小鱼和一个 3 厘米长的鱼钩，抛到海里，鱼线放开四五十米。如果有幸一条傻鱼上钩，钓鱼人就收线取鱼。这种钓鱼方法倒是简单，但成功率很低。

快艇在海上飞速行驶。船长突然发现，右前方七八百米远的天上，有一群飞鸟在盘旋。船长转过身，向船小二招呼了一声，立刻把船向右调转，直奔那群海鸟聚集的地方而去。

在那片海域，我们看到了难得一见的一幕：

空中无数海鸟成群结队，不停叫着，扇动着翅膀，上下盘旋；海里成千上万条大小鱼聚集在一起，黑压压的一片，上下翻腾。

"发生了什么事？"大家惊诧万分。

只见一群大鱼在海面上攒动，追逐、吞噬着小鱼，掀起层层波涛。那些惊恐万状的小鱼不停逃窜，有的被逼得跳出了海面，又掉回海里，溅起朵朵浪花。空中的飞鸟看准时机，一个猛子钻进水里，一旦得手，就带着战利品蹿出海面，直飞蓝天。

往日平静的海面，此时聚集了如此之多的活蹦乱跳的鱼儿；平时空旷的天空，此时汇合了数以千计的精灵般的鸟儿。看着大鱼和飞鸟共同追杀小鱼的情景，我不禁联想到"人与自然"节目中海豚和海鸟合力捕杀沙丁鱼的画面。而此刻，我们近在咫尺，亲眼看到海洋动物的一场生死博弈。这真是举世奇观。

船长把船径直开向鱼群，船小二会意，迅速把鱼钩抛到海里。

快艇从鱼群中穿越而过。只听船小二惊叫一声，一条鱼被拖出了海面。

鱼在海中不停地挣扎、跳跃，试图从鱼钩上解脱出来，但经过一番折腾，它还是被钓了上来。这是一条金枪鱼，有半米长，七八斤重，黑得发亮的皮上有白色条纹和斑点，长着锋利牙齿的尖嘴不住地流血，把船舱的底板都染红了。

塑料小鱼竟钓上大金枪鱼

第一次诱杀得手之后，船长掉转船头，开始新的穿越。那些金枪鱼一个个还在张着大嘴，不停地追逐小鱼。可怜的小家伙四处逃生。船小二的叫声再次响起，大家知道一定是又得手了，连忙拥到船尾，果然又一条活蹦乱跳的金枪鱼被钓了上来。这种钓鱼法，倒有点"螳螂捕蝉，黄雀在后"的味道，大家觉得十分有趣。

受到这两次胜利的鼓舞，快艇第三次向鱼群快速冲了过去。可能因为速度太快，这次大家没有听到船小二的叫声。船长把船转了一个弯，这次他没有急于发动，而是目视前方，改变了船头的方向，再一次发动引擎，不紧不慢地向鱼群开去。由于速度较慢，鱼群中的情形看得更清楚了。小鱼有3—5厘米长，一身洁白的鱼鳞，有些被大鱼咬伤，浮在海面上，飞鸟轻盈地掠过海面，一口将小鱼叼起，奋力挥动翅膀，飞向空中。船小二的欢呼声第三次响起，一条更大的鱼被钓了上来。这条鱼长七八十厘米，重量大约有十五六斤。看到如此之大的鱼，大家都格外兴奋，不约而同地欢呼起来。

在回去的路上，船长给大家讲起南太平洋的故事。他曾经开船到深海，在那里看到过三四十米长的大鲸鱼，头顶喷着的水柱有十几米高。他还遇到过大海龟，直径有三四米之大，在海面上旁若无人地游动。这些庞然大物生活在南太平洋深处，就看是否有运气遇到。

快到马当的时候，又出现了一幕奇异情景：离船不远的海面上，一条条飞鱼在做飞行表演。它们突然从海水中蹿出，张开翅膀，紧贴着海面飞翔，飞行的距离一般有二三十米，有的可达四五十米远，落回海中时还会击起一串串浪花。飞行能力很强的飞鱼，在第一次落入海中后，还会再次钻出海面，而且改变飞行角度，充分施展自己的飞行能力，远远地在海面上画出一道白线，钻进海里。

不知是不是天意，一条飞鱼不偏不斜，正好落在快艇上，我俯身一把抓住了它。这条飞鱼有十二厘米长，一厘米宽，身体呈银白色，背脊上长着两只透明的翅膀。它不时张嘴，眨眨小小的眼睛，好像在祈求着什么，样子非常可爱。大家依次传看这个小家伙，最后依依不舍地把它放回了大海。它一下子就钻到海里，消失得无影无踪。

回到马当，太阳已经要落山了。大家把三条金枪鱼分别带回各自的驻地，美美地品尝了一顿南国海鲜佳肴。睡梦中，南太平洋海湾的神奇景象还在不断重演。

第二章　奠基典礼

8. 租赁机具

第二天上午，我们到马当城区寻找设备。马当城区面积不大，位于一个半岛上，南端是大海，东部是机场、码头，西部是医院、学校和办公区，北部连接着内陆。汽车在马当街道上转了几圈，遗憾的是，一般公司没有现成的机具，有的也已经租出去了。最后找到一家公司有我们需要的设备，但老板不在，晚上才能回来。

在马当市中心一座建筑物的墙上，我们看到用英语写的对中国人不友好的涂鸦，着实吃了一惊。我心想：我们刚到这里，工程还没有开展，怎么会引起当地人的反感？以前参加过国际工程，也没有碰到这样的状况啊。心中不免不解和忧虑。社会上出现反对情绪，预示着瑞木工程将会遇到难以预料的阻力和困难。但身在其中，我们根本摸不着头脑，这可是一个不祥的预兆。

晚饭后，我们见到这家公司的老板托马斯。他先是一副漫不经心的样子，说："设备我有，但需要检修才能使用，现在的问题是时间和资金。"接着他就抬高租金，把价格提高了近50%，而且要先付一半的预付款，说是为了抢修设备。

看来他知道中方工期紧，有意要敲竹杠。在向项目部请示之后，我们无奈地同意了他的要求。双方签了合同，租赁12台机具，并约定两天后一起开车走陆路到巴萨木克，探一下行车路线，不能陆运的设备用驳船解决。

当晚，朱经理带来了一个振奋人心的消息：离马当30公里处有一个伐木场，经常有万吨轮船在那里抛锚装木材，伐木场离巴萨木克海上距离只有25公里。真是天无绝人之路！

次日中午，翻译小王打电话给托马斯，落实第二天的行程，可电话就是打不通，总是占线。我们怕有意外，直接开车去他公司，秘书说他到莱城去了。

事先约好的明天去巴萨木克，可他今天去莱城，300 公里的单程，当天很难赶回来，大家只好利用这个时间先去采购其他物资。

买好东西，我们正要开车回去，一辆红色皮卡车停下来，驾驶室里坐着的正是托马斯。翻译小王急忙走上前问他："你不是去莱城了吗？"

听到问话，托马斯愣住了，定了一下神，狡猾地一笑，答道："我本来是打算去莱城，因为车子出了一些毛病，没有去成。"

可能连他自己也没有想到，在这里遇到了他最不想遇到的人。

"明天早晨我们一起去巴萨木克，有问题吗？"小王问道。

"没有问题，我现在就去修车，明天早上 8 点准时出发。"他一口答应。

"那你的手机为什么打不通呢？"小王又问。

"我的手机没有话费了，一会我就去充值。"他一脸诚恳地保证。双方约定晚上再通次电话确认。

我们对这个大胡子开始怀疑起来。晚饭后，李经理让小王给他去电话，担心的事情又发生了，电话一直占线，无法接通。老李怒道："他肯定在戏弄我们，有意给我们出难题。走，海洋！咱们去掏他的窝。"

老李拉着罗海洋开车直奔他家，他夫人又推说他在办公室等着我们。

不知托马斯葫芦里卖的什么药，到了办公室只有秘书在。秘书解释说："托马斯先生要我转告，由于我公司的车况不好，需要修理，请你们明天将这次工程全部费用的支票送到公司，否则不能保证机具按时运到现场。"

"托马斯在什么地方？"罗海洋追问。

"他今晚有事，一家澳大利亚公司和他在谈业务。"

"你打电话给他说我们在等他。"罗海洋气愤地说。

"对不起，他的电话占线，我们也找不到他。"

那个秘书看出我们的愤怒，似有准备地说："请你们原谅，如果你们不需要了，还有别的公司在等着。"

此时对方掌握着主动权，再气也没有用。

"咱们走！"老李吼道，着实把那个秘书吓了一跳。

回到办事处刚下车，一个人从门外黑暗处冒了出来，向罗海洋招手。

"你干什么来了？"罗海洋问。

"我是来结矿山修路工程费的。"来者回答道。

"山上的活都干完了吗？"罗海洋问。

"完了，一台挖掘机、一台推土机和四辆自卸车都闲下来了，准备运回莱城呢。"来者应声回答道。

"好你个皮特，算你走运，这些设备都不要运回莱城了，我都用了！"罗海洋兴奋地大声说道。

在大家最败兴的时候，一批机具在山上结束工作，正好给我们派上用场！

真是老天有眼！老李高兴得一把就把皮特给抱住了，把他吓了一跳。

皮特使劲挣脱出来，连连摇手道："不行！不行！这些车我回去还有别的用处。"

"你要不同意，原来的工钱就先不给你结算！走！走！我们现在就签合同，价格与以前一样。"

罗海洋不由分说拉着他走进了办公室。

就这样，一桩合同阴差阳错地在两个小时内完成了。大家约定，第二天一早，走陆路赶往巴萨木克。

世界上的事有时就是这样，"踏破铁鞋无觅处，得来全不费功夫"。大家感叹：真是天助我也！

第二天一早，两辆检查过车况、加足了油的四驱陆地巡洋舰向着巴萨木克出发了。

出行的最初路段，属于"马莱"高速的一段，柏油路面，汽车跑得很顺利。下了高速路，沿碎石铺成的沿海公路走，开过约10公里，一条大河拦在前面。河面有400多米宽，河中布满了大小卵石，将河水分成几股。汽车高高低低，颠簸着越过河。

过了河，路况就变得高低起伏。时而经过一片片的小平原，时而穿行在茂密的森林中，时而跨过清澈见底的小溪，时而翻越低矮绵延的丘陵，热带景色不断地转变着。突然，前面路面加宽，一个临海的空场出现在我们眼前。这里停放着各种大型设备，有装载机、平地机、推土机，还有一辆辆大型拖车，海边还摆放着一堆堆的原木。

"伐木场到了！"不知是谁喊了一声。

很快大家就意识到，这就是我们要寻找的，可以停靠万吨轮船的伐木场。

两个华人模样的老人从房间里走出来,热情地跟大家打招呼,请大家到屋里聊。

其中一个老人姓关,是印尼华侨,在这里已经干了五六年了。他操着带广东口音的汉语介绍伐木场的情况:这是台湾老板开的木材公司,他们将原始森林的树木伐下来运到世界各地,旱季每个月都有一条船到这里运原木。这个海湾海水平静,水深在50—100米左右,万吨轮船可以在此停泊、抛锚,所以才有了今天这个伐木场。他把台湾公司老板在马当的电话号码告诉了我们。

一个多月以来,大家每天都期待着在巴萨木克海域找到一处能停泊万吨轮船的海湾,这个愿望终于实现了!大家谢了老华侨,再次启程上路。

台湾同胞的伐木场

往前没走多远,又有一条大河挡路,当地人叫它嘎瓦河。河旁停着一辆装满货物的卡车,司机不敢将车开过去。据说,前几天有辆车要过河,结果被冲到了下游。

幸亏老李有经验,他把车打到慢挡,挂在四驱的位置上,加足了油门一个劲地往前进。开到河中央时,河水已经淹到车前的挡风玻璃,前面的路况完全看不见。老李不停地加油门,紧握着方向盘,车子颠簸着向前冲去。开过五六十米,车子的"前脸"终于从水中露了出来,真是万幸!过了这条水流湍急的大河,经陆路到巴萨木克最险恶的一关算是闯过来了。又行了三个小时,我们来到巴萨木克冶炼厂的建厂地。

已经是中午时分,必须抓紧时间与土地主签订砍树的协议。

看到中方的汽车开到,一个当地人走上前与我们打招呼。他叫托地,是中方的联系人。他将一个个子不高、瘦瘦的老头叫到面前,介绍说:"这是素茂,是这片地的土地主,这里的树都是他的。"

我与素茂握了握手,向他说明生活营地的砍树工作,并在地图上将砍树范围指给他们看,然后把合同文本交给托地,由他给素茂一段段地讲解合同,只见老头不住地点着头。

20分钟后,托地告诉我:"他们对合同条款没有意见,价格9000基那,面积3万平方米,一个星期内完成。"

这个事情处理得如此之快,真是出人意料。

接下来,托地和素茂,中方翻译小王和我,四个人在合同上签了字。

在巴新,签订合同要有两个主签人,同时还有两个见证人。看来,巴新人的合同概念还很规范的。

晚上回到马当,翻译小王的手机响了起来。小王向老李做了一个手势:"是托马斯!"大家都围上去,听着他们通话。

"对,我是,今天我们去了巴萨木克。对,同行的还有一些人,你不是没有空吗?再说你的机具要修理,我们就不等了。"小王回答着,给老李使了个眼色。

"这家伙,情报很灵,这次该我们治治他了!"老李向小王做了个下砍的手势。

"你的机具我们就不用了,不是有那么多公司等着你们吗?再见。"说完就把手机给挂了。

过了一会儿,小王的电话又响起来。他看了看来电号码,问老李:"又来了,怎么办?"

"不接!"老李干脆地答道。

不久电话又打到了罗海洋那里。托马斯说:"你们中国人不能违约,说好的事不能变。"

"不是我们违约,你提高了价格,还要我们先付全款,是你违约在前,我们不敢用了。"罗海洋说。

"那我可以还按原合同进行。机具我都准备好了,你们要违约,我就报警了。"对方气势汹汹地说。

"请自便吧!"罗海洋回答道。

原来,那天托马斯派他手下的人来到恩菲办事处,看到中方两辆汽车早晨出发了,晚上又与皮特一起回来。一夜之间发生的戏剧性变化是他始料不及的,本来以为可以净挣几十万基那,没想到现在十几台车都要闲置,他不得不主动给我们打来电话。没想到我们一口拒绝,他无计可施,想到了报警。

第二天晚上,罗海洋接到一个电话,对方说他是警察,要到办事处和中方商谈有关机具租用的事。

不一会儿,一个身穿警服的壮汉来到办事处。罗海洋说明了事情的整个经过。那个警察来时气势汹汹,一会儿就没了脾气,还不住地点着头,最终灰溜溜地走了。

大家都感到不解:为什么当地警察会出面管这种事?罗海洋到巴新已有大半年,跟社会上的三教九流都熟悉,知道其中的内情:巴新因为经济不发达,政府经费紧张,军队和警察工资没有保证,有时几个月拿不到钱。他们替有钱有势的人跑个腿、办个事,挣点小钱养家糊口,是常有的事,也是出于无奈。在得知事情的真相后,警察也不会真心为他们效力。

过了大半天,罗海洋接到托马斯的电话,他要和中方的负责人见面。晚上,胡经理、罗海洋一起去赴约。托马斯早早地迎在大门外,毕恭毕敬。入座后,他讲起自己的人生经历:在德国求学,获得博士学位;回国后经商,因为学的是机械专业,所以办了个机具租赁公司,现在已经快20年了。最后他为难地说:"今天请两位先生,是向你们表示歉意。"

"你对我们没有做什么呀!不必客气。"罗海洋装作没事一样说。

"罗先生,实在对不起,我不该在签完合同后再另加条件;另外,找警察也不是我本意,没想到他把事情办过了。"托马斯想着理由替自己辩解。

"既然你有难处,我们就不勉强了。"罗海洋说。

"不!不!这事情是我做得不对,希望你们再给我一次机会。很多设备是从别的公司租来的,如果这个合同执行不了,他们会向我索赔。"

"对不起,前天因为你违约,我们没办法,已经和其他人签了合同,他们的价格比你低。"罗海洋说。

"只要你能保证合同执行，我同意价格跟皮特的一样。"托马斯坚定地表示。

老胡和海洋交换一下眼神，会意地笑了。

"好！托马斯先生，中国人是讲信义的，希望你不要再食言。"老胡说。

就这样，这项租赁设备的合同鬼使神差地变得对中方有利了。

转过天来，我们和托马斯修改了合同，使用他的六台设备，价格与皮特相同。

设备、物资、人员一一落实，经过半个月的紧张准备，巴萨木克的工程终于具备了启动条件。

9. 临场变阵

9月5号，奠基典礼现场前期工作开始有实质性进展。

从莱城租用的4台设备和采购的油料，由一艘驳船运到巴萨木克湾。

船绕了一圈后，终于在海湾的西边，靠近足球场的珊瑚礁石上，将前甲板放下。用石头把礁石垫高，船甲板能够平放在上面，顺利卸下机具和油料。

皮特的车辆也开到现场，将钢丝笼、板房等材料卸下，搭建板房和修筑码头的工程开工了。

推土机来回奔驰，把海边的场地平整出来。机器的轰鸣声给原本寂静的海湾带来了生机和活力，盼望已久的局面打开了。大家都松了一口气，会心地笑了。

我突然发现，紧靠足球场东侧的树木，不知被谁砍倒了。那些本应成为奠基典礼主席台后方背景的树木，现在横七竖八地倒了一地。只见当地人正挥刀砍树，还一个劲地喊着叫着。素茂向我们举起右手比了一个V字，脸上带着满意的笑容。

此时我简直哭笑不得。看着他满脸溪流般的汗水，浑身被蚊虫咬出的包，身上被树枝划得直流的鲜血，我着实心痛。我拿出一支烟来递给他，算是奖励，他十分高兴地抽了起来。

我马上把托地叫了过来："你们怎么把这块场地的树给砍了呢？应该砍

河那边生活营地的树。"

翻译跟托地解释半天。原来签合同时他站在中方人员的对面，反着看地图，理解错了。他急得汗一个劲儿往下淌，立刻叫砍树的人停下。那些年轻人被突如其来的喊声给吓住了，素茂也呆了，不知犯了什么错。

但是木已成舟，埋怨也没有什么用了，我只能安慰他们："砍就砍了吧！明天先将生活营地的树砍掉。"

"不行，码头这块地是岗劳村的，而生活营地属于明珠村。素茂是岗劳村的。要砍生活营地的树，还得找明珠村的人商议。"托地解释道。

世界上的事往往如此，欲速则不达，越急越出乱子。会场的布置方案被砍飞了，生活营地的砍树工作又不能立即开展，离典礼时间越来越近了，现在该怎么办呢？

我拉着老李再次查看现场，力求找出补救方案。

推土机已将会场东边的海滩平出了一片空地。把此地推平，正好是理想的货场。站在足球场的位置，一眼就可以看到大海。我突然心生一念：是否可将会场主席台转90°，换个背景方向呢？

另外，海湾对面的明珠村是原计划的驳船码头，距会场约2公里，所有货物卸在那里再运到会场，估计20天时间都运不完。如果把驳船码头改到今天卸货的足球场，几千吨的货物就不需要二次倒运，可以加快奠基典礼的准备工作。

我把自己的想法说出来，老李不住地点头表示赞同。

我们二人又进一步细化方案："在废弃的码头处建一个载人码头，就在今天驳船卸货的地方建驳船码头。我们把砍了树的这片地平整好，就近将物资卸到这里，用彩钢板围起来作为仓库，既安全又省事。"

"看来托地和素茂老头这个倒忙帮得好，将错就错，歪打正着。"翻译小白在一旁听着，忍不住兴奋起来，也表示赞成。

临场变阵，经大家共同研究，一个驳船现场登陆的修改方案成形了。

刚回到马当，项目部的员工就送来一份国内传真：

胡经理、刘工：

　你们好！

　邮件收到，辛苦了。昨天集团领导来院里听取了汇报，并做了重要指示，打消了我们的后顾之忧。邮件中所说的卸船方案，就按你们的思路办。现场情况你们商议处理，基本原则是：

1. 只要保证关键点稳妥可靠，不要过于考虑费用。
2. 现场根据实际情况果断解决，有问题总部与你们一起承担。
3. 所有现场问题决策如没有把握，告诉本部协调，汇报后处理。
4. 公司正考虑奖励方式，转告所有参与项目的人，根据表现兑现。

一切工作围绕着 10 月 18 号奠基典礼开展。明确每个人的职责，团结协作，努力完成任务，再次向你们致意！

致礼！

红土矿项目部
2006 年 9 月 2 日

看到这份传真，大家心中一紧。北京对奠基典礼非常关注，现在已经是 9 月初了，时间只剩下一个半月，形势很严峻。这份传真也带来了领导的信任和支持，这是我们做好现场工作的巨大动力。

海边树木被误砍后，变阵为设备登陆及停放场地

10. 初识达克

9 月 6 号，我和翻译小王带着两份打印好的砍树合同，开车来到营地东边的明珠村。

明珠村位于距离中方营地两公里的一个小半岛上。这是一个有着百年历史的土著村庄，居住着四十几户居民。我们生活营地占用的土地，大多数都是这个村的。要砍树，首先必须与村里的土地主商议，征得他们的同意。

车停在村子中央一座茅草顶的教堂前，一群小男孩立刻围了上来，绕着汽车东看西看，不时扮着鬼脸，顽皮地笑着叫着。成年人则聚在大树下，看着我们这些陌生的中国人。

中方员工与当地的孩子们在一起

一个叫达克的中年人主动走过来，小王说明来意，并拿出合同交给他。他看了之后，用流利的英语说道："合同我刚刚拿到，需要同村民们研究一下。"

这份合同与前两天交给素茂的一样，只是地点、面积和总价有所不同。我心想，我们开出的价格很优惠，最多有些讨价还价，不会有大问题。

中方人员趁机在村里转了一圈。这个村子不大，干净整洁，长满灌木和花草，没有过多的树木遮挡，阳光充足。教堂宽七八米，长二十几米，高约七米。粗大的原木做屋架，厚厚的草帘盖屋顶，连排的竹片当围墙，但围墙没有封至屋檐，留下两米高的空间用于通风透光，很有特色。教堂内，简易的讲桌下，摆满硬木做成的条凳，可容纳四五十人做礼拜。

半个小时过去了，村民们的讨论还在继续。看着他们那严肃认真的劲头，我们也不好意思打断，只能耐心地等待。

突然，不知道哪个小孩上车碰到了喇叭，打破了现场沉静的气氛。他们停止了讨论，达克和另一个中年人向我走来，很有礼貌地说："很对不起，这份合同我们不能接受。"

"什么原因？"我问。

"合同条款不平等。"达克果断地说。

我用异样的眼光打量着这个人："哪些条款不平等？"

"第7.2款规定在砍树的过程中，出现问题和人身安全，都由乙方负责，而你们不负任何责任；第10.2款，乙方没有按期完成工程，那么甲方将扣工程款的3%—5%，不论原因是否合理都要扣款，是没有道理的。"

达克接着说："你们把风险和责任都推到我们头上，这是我们所不能接受的。"他声音虽然不大，但语气非常坚定。

双方无语，片刻沉寂。

我没有想到，这个原始村落的土地主法律意识如此之强，不谈价格，先一板一眼地争辩合同条款。我一点思想准备都没有。作为现场负责人，可以适当更改价格，可国内制定的范本合同不好随便删改。然而如果不修改，对方肯定不会接受。我想了想说："修改合同恐怕很难，没有其他变通的方法？"

"不行，这两条不取消，我们不签合同。"谈话再次中断。

当时我们还无法跟马当通话，更不能与国内联系。为了典礼的大局，我不得不下决心应对处理了。

"达克先生，既然你们这里没有罚款的习惯，我们可以取消10.2款，但你们必须保证按时按质完成工作。"

"这点没有问题。"

"但7.2款，如果出现事故和人身安全，责任还是要负的。"我说。

"那要根据事故原因明确责任方，谁出的问题谁负责。"达克说。

"好！这条就按照你们的意见改，我们签合同吧。"我终于松了一口气。

达克话锋一转，又说："不行！你们的价格我们不同意。"

没想到精明的当地人在合同条款达到自己的要求后，才提出实质性的问题。

经过半个小时的讨价还价，价格和工期终于达成了一致。此时已经是快下午两点了。翻译将合同修改好，我、翻译、达克和另一个土地主四人在合同上签了字。

回马当的途中，我回想着今天发生的这一幕，深感震撼：这个偏远山区的原始村落，并不是想象的那样落后，他们熟悉英语，精通法律，头脑清楚，能抓住合同的薄弱关节，有很好的谈判技巧，不是简单的对手。看来，在今后的交往中，必须高度重视，才能保证项目的顺利进展。

回到马当，我向胡经理做了汇报，提出我们在巴新需要各种人才，像达克这样有知识有头脑、睿智而又灵活的人应该用起来。

之后的一个星期，通过从各方面搜集起来的信息，我对达克有了全面的了解：

他今年34岁，高中文化，曾担任巴萨木克土地主协会主席10年，有相当出众的阅历和能力，在当地百姓中有一定的影响。澳大利亚高地公司管理时期，他参与了MOA协定的制定，对瑞木工程的情况比较熟悉。在2006年8月土地主协会的选举中，他落选了，目前没有任职。

在征得相关领导同意后，我们聘用他为中方工作。

这时，从北京传来消息：9月10日，一艘万吨轮船"吉春"号将载着瑞木第一批物资从上海港起航，总部要求现场做好接船的准备。

我马上与伐木场的两个台湾老板接通了电话，相约第二天上午到恩菲办事处见面。

第二天，台湾季姓老板来到驻地。见到老乡，他十分兴奋，热情地打开了话匣子："听说你们前几天到了伐木厂。接到电话，我今天一早就赶来见面。大陆这些年经济发展了，作为台胞心里高兴啊！俗话说，太阳照得到的地方，就有中国人。我们在巴新已经有七八年了，现在国家大企业也来了，我们两家成了邻居，今后要经常走动，互相帮忙。"

我把打算在伐木场停泊万吨轮船的想法告诉他，他回答得很爽快："没问题，中国人是一家，我们能做到的，一定尽力。"

两位台湾兄弟当场保证，与当地土地主协商好，同意中方在伐木场卸船。他还表示，在伐木场停船，一天缴纳3000基那，他们不收取其他费用，将款项全部转交给土地主。双方将有关条款确认后，签订了书面协议。

两位同胞还热情地介绍了他们的船只在通关、检疫方面的经验和教训：

前几次台湾来的船设备陈旧，带了泥土，就被海关和卫生检疫部门在马当用自来水冲洗，打开集装箱检查，滞留了一个多星期。有一次，因为一个集装箱内有死蜘蛛，他们不得不将所有集装箱从船上卸下，经过熏蒸，十多天后才放行。在后来的工作中，我们才体会到这些提示的重要性。

临分手时，我拿出两套 2008 年奥运会福娃送给他们，两人惊喜不已。季先生说："我对祖国五千年的文化非常感兴趣，年轻时专门学习书法和绘画，这些小娃娃设计得非常好，过几天回台湾带给我的女儿。"

此事办得如此顺利，大家感慨道：一道海峡隔不断两岸人民的骨肉亲情。

11. 临时码头

9 月的巴新正值旱季，本应是施工的最好季节。但旱季的雨量也有 1000 毫米，一个星期要下一两场雨。一片乌云过来，一场瓢泼大雨，一两个小时过后地面泥泞不堪。巴萨木克的雨大多下在晚上，第二天上午就不能行车，要等太阳把地面晒干，下午才能出车。

修建码头的工作，就从亚嘎纳河采石铺路开始。从河滩到巴萨木克是丘陵山路。由于坡度大，雨水多，土质松软，载石车很容易陷在泥中，首先必须解决路基问题。经过研究，我们决定将泥土挖出，埋入约 1 米深的石头，再用机具反复碾压。最终填入一万多方的石料才将 4 公里路修好。路修好后，大批石料很快送到旧码头。

老李带领工人，从岸边开始往钢丝笼子里装石头。钢丝笼子长 2 米，宽和高各 1 米，装满石头后，将盖子盖上。用钢丝把一个个笼子连成排，将一排排钢丝笼首尾相接，组成一道石墙。石墙铺满一层又铺一层，逐步从岸边向海里推进。巴新缺少水泥和砖头，费用自然十分昂贵，这种因地制宜的方法既经济又快捷。

起初，当地工人因为不熟悉这项工作，工程进度很慢。随着工作步入正轨，他们越干越快。他们非常能吃苦，那双铁板光脚，踩在珊瑚礁石甚至钢丝笼上都没事。

老李更是一马当先，指挥着几十名员工。在烈日下，他光着膀子，露出发达的肌肉，一米八五的个子，一百公斤的体重，硕大的光头，浓浓的一字眉，满脸的络腮胡子，向人们展现了强壮的体魄和倔强的性格。在当地人的面前，他就像一座铁塔。他一边用手比画，嘴里还喊着。

石墙向前推进，离岸越来越远。老李跳到海里，喊着："Come in, come in！"

几个年轻工人也跟着跳了下去。他们生长在海边，个个都是好水性，把岸上传过来的石头一个接一个地丢进钢丝笼里。如果看到石头的位置不对，立刻一个猛子扎进水里，用力把它们放到适当的地方。这些年轻人在水里得意地表演着他们的拿手好戏。

水越来越深，石墙渐渐不稳，开始向海里倾斜。老李立刻调来挖掘机，打了一排钢管桩，把前沿的钢丝笼固定住，保证了码头的稳定和牢固。仅用了短短5天时间，上人码头就修建完工了。

因地制宜巧建临时码头

在解决筑码头难题的时候，病魔席卷而来。到巴萨木克才几天，新来的工人都得了一种皮肤病。凡是暴露在外的皮肤，先是不知被什么虫子咬破，接着起了红红的肿块，奇痒难耐，涂药膏和服药都没有作用，只能不停地用手挠，全身都抓得血迹斑斑，汗水流到伤口上更是痛得难受。

晚上，在没有空调的房间里，劳累了一天的人们倒在床上呼呼大睡，就像失去了知觉。但是到了后半夜，这种瘙痒开始发作了，把人们从睡梦中搅醒。大家都奇痒无比，在蚊帐里不停地用手抓挠。可是越挠越痒，很多患处流出血、露出肉，人们还在不停地挠着，骂着，恨不得把痛痒之处抓透，才解心头之怒。人们心情烦躁,全然没有了睡意。

没有空调的房间里闷热难耐,不少人实在憋不住了,就跑到房子外面。凉爽的空气让人感到格外的痛快。有的人则大声叫着,以发泄心中的怒气。可是好景不长,热带雨林中成群的蚊虫很快赶到,向这些赤身露体的人发起了进攻,叮得他们狼狈不堪,不得不退缩到房内的蚊帐里。此时室外恢复了平静,可回到室内的人们仍然像热锅上的蚂蚁,不停地折腾。经过一两个小时的苦斗,到了人困马乏的时候,大家才昏昏沉沉地睡去。大家在一夜夜的痛苦中熬煎,几天下来,很多人的伤口都感染、化脓、溃烂。

早晨起来,余痒未了,大家拖着疲惫的身体,又开始了新一天的工作。到了中午时分,身上的衣服都被汗水湿透了,黏在身上好生难受,有些人忍不住,便将上衣脱去。这衣服干了湿,湿了干,印出了一层层白碱。身上裸露处布满伤痕,有红色的,有褐色的,没有干透的疤块挂在皮肤上。对于现场的人来说,这些都已习以为常了。

到了第10天,老李的右胸前靠近腋窝的地方红肿起来。起初还可以忍受,两天后六七厘米长的患处破裂感染,疼痛直窜到整个胳膊和肩部。晚上,疼痛和皮肤瘙痒让他整夜不眠。

恩菲公司与莫尔斯比港中国医疗队联系,根据专家的诊断,此病名为带状疱疹,是因为皮肤破损、细菌感染造成的神经发炎,治疗这种病需要用阿昔洛韦输液。公司当即派人乘飞机到马当采购,第三天送到现场。这几天,老李仍不顾浑身无力、疼痛钻心,顶着39℃的高烧坚持修建码头。实在顶不住了,他就坐在树下,光着膀子,涨红了脸,咬着牙,喘着气,痴呆呆地看着地面,默默地忍受着。经过两天的输液治疗,病情有所好转,现场又听到了他那老虎般的吼声,大家知道老李的劲头又来了。

此前到来的中矿公司地质人员同样得了这种怪病,几个月来大家谈"病"色变,无一例外都饱受煎熬。但有个规律:只要离开巴萨木克,病情便会好转;回到现场,就又旧病复发。情况严重时病员满营,有一半人员都不能正常工作,各种想得到的方法都无济于事。大家怀疑水质有问题,但经过化验,水里没有异常。管理公司的领导派来医生实地调查,经过多方走访以及当地医务人员的指点,认定这是巴萨木克地区特有的蚊虫性皮炎,真正的"元凶"是一种肉眼不易看见的小昆虫,当地人叫它"三痱来"(sunfly）。这种黑色的小虫只有米粒大，生活在海水和淡水交界处的树木草丛中，傍晚时分出来活动。它会在人的皮肤上留下分泌物，分泌物渗入皮下，就会引发反应，造成皮肤瘙痒。

找到了病源，中方改善了居住环境，将住宿营地建在地势开阔、通风良好的位置，房屋地面加高，室内装上蚊帐。砍去营地周围多余的树木，铲除并焚烧杂草，及时排除积水，消除小虫和蚊子的滋生地，随时喷洒杀虫剂、消毒剂。这些防治措施十分有效，闹得人心惶惶的皮肤病终于消失了。

上人码头初步建成，我们又开始在 150 米远的珊瑚礁上建造卸货码头。这个码头要高出海平面 3 米，码头吃水深度三四米，确保能停靠 3000 吨的驳船，驳船的前甲板可以水平地搭放在码头上，施工方法照旧。另需从岸边到码头铺起一条宽 20 米、长 30 米的石头路，保证卸在码头上的货物能安全运至岸边。人们一边铺路一边修码头，用自卸车运石料，人工将石头装进钢丝网笼里，五六十人在工地上不停忙碌着。

9 月底，简易的卸货码头和上人码头都建成了。两个码头在半个月内建成，大大振奋了瑞木工程建设者，奠基典礼的准备工作开了一个好头。

12. 莱城港卸船

接下来的工作，是保证"吉春"号万吨轮船的货物，能按计划卸在巴萨木克。

以前到巴新的货物都走零担集装箱，而这次从国内发出的是整船货物。在莱城港停靠，首先要卸下甲板上面冶炼厂需要的部分货物和矿山需要的全部货物，然后把卸下的冶炼厂货物重新装上船，将船开到伐木场，把货物卸在驳船上，运抵巴萨木克湾上岸。整个过程，需要装卸 4 次。岸吊或船吊是否能多次装卸 10 多台单重超过 30 吨的设备？这些问题都是未知数。大家深感难度很大。

9 月 21 日，我们乘两辆车前往莱城。

莱城是巴新最大的工业和商业城市，有两个六万吨级的货运码头，车水马龙，好不热闹。在那里，我们第一次见到了巴新的五星级旅馆，一个依山傍海具有南太平洋建筑风格的木建筑屋群。前厅大门边立着两个景德镇白底红花大瓷瓶，迎接着八方来客。

大家与先期到达的同事汇合，交流着工作进展情况：

"吉春"号已提前一天于21号到达莱城港等待卸船，因为未能事先得到装船货物清单，报关资料还没有交到莱城海关。不巧，第二天是周末，海关人员休息，只能推迟到下个星期。

刚到现场，困难就来了！

哪知问题接踵而至：与莱城联系好的两条驳船，因海浪过大延误了船期，不能按时到达伐木场。

这真是雪上加霜，把我们夹在了死胡同里。

我一筹莫展，走到隔壁房间，看见周工正和一位瘦小的华人老板讨价还价地结账。走近一看，原来就是上次运设备到巴萨木克的驳船老板沈先生，他在莱城经营20多年了，是当地有影响的商界老手。

我灵机一动，问他："现在你的船有没有空？"

"我的船早就安排给一家公司拉货，后天就装船。"他不假思索地答道。

"你不要给别人干，接着给我们拉货吧。"

我说出万吨轮船卸货需要驳船转运的事，沈老板就像猫儿闻到鱼腥一样来了精神："好！我可以推掉后天的货运，但这次的价格不能同上次一样，不能按趟包死，要按天算，一天30000基那。"

"沈先生，你的价格比我们租用的2800吨驳船还多！"我知道他在漫天要价。

"2800吨的驳船没有动力，要靠拖轮拉着走，速度比我的慢一半，所以我的价格并不高呀。"沈老板有理有据地说道。

我没有回答他，转身离开了房间，一是想先冷他一下，二是需要与胡经理商议。

大家听到有驳船，都同意再贵也要先定下来。这是保证奠基典礼如期举行的重要条件，不容迟疑，再说万吨轮船耽误一天就损失一万美元。

胡经理随我来到沈老板的房间，与他寒暄后，经过"向前看，长期合作"的反复开导、商谈，沈老板想了想，说："看在都是中国人的情面上，我这次放弃其他公司的生意不做，全力配合大船卸货，价格嘛……"他略停了一下，"每天25000基那，没有商量的余地。怎么样？"沈老板一刀砍下，等着我们接手。

"那好吧,就 25000!但在这段时间里,你要听我们的调遣,保证按时完成这项工作。"胡经理一锤定音。

"我当然要配合你们完成工作,要不我怎么再跟你们做生意呢!"沈老板开心地大笑。接着大家就天南地北地聊起来。

沈老板听说船已到了莱城,又问什么时候可以卸货。

"我们这艘船还没有报关呢。"罗海洋说。

"怎么回事呀?"沈老板吃惊地问。

我们把报关代理不在莱城、还没有做好报关单的事情说明,沈老板想了一下,说道:"我帮你们把这件事办了。反正报不了关,走不了船,我的驳船也要在莱城等着。"

他立刻打电话把莱城海关的一位官员约到旅馆,向他讲了我们的困难,希望他帮忙。

对方答应只要我们将材料交给他,他们可以加班编报关单,尽快解决通关问题。

胡经理和他说了一大堆感谢的话,一直把他送到旅馆门口。

没想到两件棘手的事,巧遇这位沈老板,都轻而易举地解决了。这不能不说是"天意"。

天下之大,华人到处都有,异国他乡,血浓于水,还是中国人帮中国人呀!

下面的难题是卸船。

"吉春"号在上海港装船,瑞木项目矿山现场的 14 个集装箱和部分散货,以及冶炼厂的 48 台机械和设备、40 多个集装箱、50 块钢板等,共计 3000 多吨。其中矿山的货物要在莱城港全部卸下,由陆路转运到矿山,其余运往伐木场再用驳船送至巴萨木克冶炼厂。

我们联系好莱城港最大的一台德国造履带岸吊,起吊能力是 145 吨。在"吉春"号到港半天后,吊车赶到码头岸边,车上配备了 9 名装卸工。

卸船从 9 月 22 日开始,先将甲板上的 20 个集装箱吊下,接着用岸吊卸下超过 30 吨重的设备。当地装卸工上午 9 点到现场,先喝茶再干活,两个小时后又喝茶,一天只能干 4 小时的活,卸船速度十分缓慢。我看在眼里急在心中,几次交涉不见起色。

27日晚7点，我们突然接到莱城码头值班人员的电话，港务局下达通知，由于"吉春"号装卸速度太慢，影响了其他船只进港卸货，要求"吉春"号当晚11点离开码头，到公海停泊听候指令。

这个电话把我们都惊呆了。原计划还要两天的时间才能把货物卸完，如今一旦离港，一般要10天才能重新回港卸货，多花钱不说，关键是奠基典礼的时间将不能保证。

罗海洋立即前往码头交涉，但港务局不同意延长时间，要求必须在当晚离开。

我更是着急，突然想起了沈老板，急忙打电话给他："沈先生，我们又遇到了麻烦，船要被撵出港，不让卸货了。"

"什么？我马上来。"

不一会儿，沈老板开着车来到旅馆，接上我就直奔码头。

港务办公室里，罗海洋还在与值班的老头交涉。沈老板见状二话没说，转身就走出办公室，到屋外打起了电话。只见他一边用皮金语和对方讲话，一边转着身子仰着头笑，让人感觉是在与好友聊天。

说话间，沈老板回来了，将电话交给那个老头。老头接过电话，马上变了脸色，毕恭毕敬地听着，不停地点着头。放下电话，他对我们说："我接到指示，'吉春'号卸货可以延长到明天中午11点。"

多给我们12个小时的卸船时间！我们高兴极了，这对瑞木工程按时举行奠基典礼是非常宝贵的。我拍着沈老板的肩膀，不住地向他表示感谢。沈老板说："小事一桩！我和这些巴新人已经成兄弟了，有18年的交情。他们和中国人一样，主要是看朋友面子，不只是为了几个钱。"

我不由得对他增加了几分好感，他现在不又在结交我们这些新朋友吗？

有道是：在家靠父母，出门靠朋友。朋友越多路越宽。至理名言。

罗海洋马上组织装卸工连夜加班，每人增加100基那加班费，另加夜餐和香烟。

此时已是午夜12点多了，雨下个不停。在明亮的灯光下，雨珠像颗颗珍珠，闪着白光，一串串地散落在船舱里，发出啪啪的声音。工人们在雨中不停地干着。肖工修理不能运转的设备，将它们从舱内的角落里开到舱中央，一辆辆吊出船舱。这一夜，工作效率比白天没雨的时候还要高。有的工人甚至不穿雨衣，光着膀子在船舱中攀上爬下，挂钩解绳，忙个不停。

最艰巨的任务是卸一台 48 吨重的轮胎汽车吊车。起吊之后，岸吊的两根支撑杆从导轨中"咔嚓"一声弹了出来，汽车吊重重地落到了舱底，发出震耳的响声，把现场的人都吓坏了。

试吊失败了。此时，吊车主管坚决不同意再起吊："我们的吊机年久失修，这台设备吊不起来，不能再冒风险了。"

这次卸船经历了太多的磨难。听到这话，大家的神经都要崩溃了！全巴新没有比它更大的岸吊，这台汽车吊卸不下船，下舱盖就打不开，下舱内的货物也就无法卸下，这次卸船将前功尽弃。我下定决心，无论如何也要把汽车吊卸下来。

我和肖工等人一起认真研究，发现岸吊与船边还有点距离，如果尽量靠近的话，可以增加力矩，提高起吊能力。于是，我们让司机把岸吊开到离船最近的地方。为了保险，一个当地工人还建议，将汽车吊的配重铁取下来，可以减少 4 吨的重量。

"好方法，试一试！"我说。

这时已经是上午 8 点。经过一个小时的突击，配重铁终于卸了下来。

岸吊重新启动，大家屏住气凝神看着。只见汽车吊被缓缓吊起，笨重地转动着机身。此时，全场只听到岸吊的卷扬机以及吱吱嘎嘎的摩擦声，大家的心都提到了嗓子眼。

莱城港"吉春"号卸船

汽车吊越过船舷，先是水平地慢慢旋转移动着，到了预定的位置，钢丝绳一点一点地往下放，几十双眼睛目不转睛地望着，呼吸似乎都要停止了。

当汽车吊最后落在码头上时，指挥满脸笑容，高高地举着双臂，岸吊司机也从驾驶舱跑到人群中，与大家欢呼拥抱，共同享受这成功的喜悦。

这次起吊足足用了 45 分钟！现场每个人的心脏都承受了难以想象的压力，连港务局的人都说：这是他们遇到的最大重量的一次起吊。

好运又一次降临。被感动的港务局官员主动提出，再给我们两个小时的时间，将岸上巴萨木克的货物装回船上。

下午 1 点，巴萨木克的货物再次装回"吉春"号。一条红色的导航船开了过来，"吉春"号急忙收起船梯，盖上上舱盖。随着一声响亮的汽笛，这艘挂着中国国旗的货船离开了莱城港，跟随导航船开向大海。

在莱城的最后一个任务，是将超过 30 吨重的 16 台设备装在沈老板的驳船上，运往巴萨木克。好在大家对吊装工作已经十分熟悉了，半天时间全部大型设备都开到船上，驳船也顺利启航了。

在这八个日夜，我们经历了数次挫折和困难，有幸一次次转危为安。曲曲折折的故事里，有我们全体员工的团结努力，有华侨和台湾同胞的热心相助，有巴新兄弟的鼎力支持，总之，天时、地利、人和，全都有了。可说时运相济，我们终于完成了第一阶段的卸船工作。

13. 巴新夜景

为了保证后半程的卸船工作顺利进行，我和罗海洋等人马不停蹄地开车赶回马当。汽车从莱城出发时已经是下午 5 点，罗海洋和当地司机帕瓦轮换着开车。

离开莱城时天还亮着，视野很好。夕阳不断被群山吞噬，发出金黄色的余光，撒在一眼望不到边的大平原上。草地像染上了一层橙色的油彩，星星点点的牛群像珍珠一样散落其中，这热带风光像一幅重彩油画，美不胜收。

天色慢慢暗下来，路上来往的车辆越来越少，道路也越来越窄了。汽车在茫茫的夜幕下驶向山区，车前的两道远光灯在夜色中显得格外明亮。

"兄弟们，我就是在这里的山路上捡了一条命。"罗海洋说。

路上寂寞，大家好奇地听他讲着往事。

"四个月前,我们往山下运矿样,由于雨大路滑,车倒着向山下溜,越滑越快,司机慌了神,不知所措。我连忙让他打开车门,两人一起跳了出去。只见那车一直向山下滑,最后撞在一棵大树上,翻了一个跟头反扣在地上,一车的矿样全倒了出来。要不是我们跳得及时,就被扣在车里了。"罗海洋心有余悸地说。

"听说,你也得过疟疾?"一个人问。

"那是今年刚到巴新考察时,天黑走不回营地,住在村子里。事先没有准备,没有带蚊帐,让蚊子咬了一夜。就这一晚上,四个人中的三个在半个月后都躺倒了。"大家都被他深深感动了。经历了那么多危险,他还是那么敬业、那么乐观!

到了山顶,海洋招呼停车休息。此刻,月光洒得满地一片银白色。银装素裹的花草树木,比白天更清晰、更雅致。山顶空气清新,沁人心脾,就像把心肺全部冲洗了一遍似的,那么痛快,那么清爽。一个小伙大声地叫道:"你们看,这月亮多圆、多大呀!"

从山顶遥望挂在树梢的月亮

可不是,一个磨盘大的月亮挂在半空中,我从来没有看到过那么大的月亮,也从来没有感觉月亮离我们那么近,就像用手可以触摸到一样。这是赤道附近的又一奇观。大家突然醒悟过来,只有在赤道附近的山顶上,才能享受到这样近距离的赏月机会。

"我怎么看不到北斗七星呢？北斗星在什么地方？"一个年轻人问。

"你们看，那个是不是？"罗海洋指着北方不高的夜空。

"但这七颗星的位置和以前看的不太一样，北极星怎么没有在国内看的那么亮呢？"有人又问。

"因为我们是在南半球，看见的北斗星就低一些、远一些。北半球看的角度就高一些、近一些，北极星就显得亮一些。"罗海洋回答。

"你们再看那几颗星。"在天空的西南方，有四个明亮的星星，其中还夹着一颗小星。

"这就是巴新国旗上的南十字星座，巴新人视它为吉祥的象征。"

大家抬起头看着，真的，在南太平洋上空，这几颗星显得格外明亮。

我们继续前行。又开了约半个小时，不知为什么在路边停了下来。只见司机帕瓦使劲按了三下长汽笛，不一会儿，一群小孩跑了过来，叫着喊着把汽车围住了。

"这就是帕瓦的家。他有两个老婆，这些都是他的孩子。你们看，一会儿他的小老婆就要来了。"罗海洋正给大家解释，一个身材匀称的年轻妇女抱着孩子走了过来。她把孩子抱到帕瓦眼前，和他亲热着。帕瓦把中午打包的饭菜交给她，下车跟几个孩子亲热了一阵，又开车上路了。

"帕瓦，你喜欢哪个老婆？"有人开玩笑地问。

帕瓦不好意思地说了一句："两个都喜欢！"

接下来就是一阵哄笑。罗海洋提醒大家："这些问题属于个人隐私，在巴新人之间是不便谈及的。因为帕瓦和我们比较熟，就不计较这些了，其他场合一定要注意。"大家会意地点点头。

"帕瓦在当地是个大地主，有六千亩山地，在周围是有影响的人物。前几年他还参加过当地议员的竞选呢。"罗海洋补充道。

听到这里，有人立刻开玩笑说："帕瓦，你明年竞选上了议员，我去给你开车。"帕瓦听了直笑，不停地按着喇叭。

"他的大老婆在家主持家务，白天路过时，通常是大老婆出来迎接。小老婆年轻有文化，开了个小商店，晚上路过，是小老婆出来迎接。两个老婆和平相处，跟亲姐妹一样，他说两个都喜欢，也是真心话。当地能娶两个老婆的不多，但是有钱娶四五个的也有，大多数家庭关系都很和睦。"罗海洋接着给大家介绍当地人的生活习惯和风土人情。

汽车在马莱公路上行驶了近 6 个小时,晚上 11 点才到马当。食堂做了热面条招待大家,这些平常饭菜让大家吃得好痛快。八天的艰辛与喜悦,让我们很快就进入了梦乡。

14. 冶炼厂卸船

9 月 29 日,沈老板的 800 吨驳船经过近 50 小时的航行,到达了巴萨木克湾。驳船径直停到新修建的冲滩码头旁,设备一辆接一辆地通过前翻板开上码头,沿着卵石路平稳地开到岸边。3 个多小时,瑞木工程的第一批设备安全地卸完,吊车、推土机、挖掘机、压路机等设备排着队停在码头边的平地上。周围居民都拥到海岸边高兴地观看。看到这么多崭新的机具,他们知道,中国人真的要启动瑞木项目了。

提前一天离开莱城的"吉春"号,此刻也到达了伐木场。不巧的是,台湾公司的一艘船正停在港内装木料,将有利的抛锚点占据了。"吉春"号只好在离伐木场 200 米远的一处海域停泊。我们建议"吉春"号开到巴萨木克湾内卸船,船长不同意,怕出意外。大家商议,将船开至巴萨木克,在周边海域寻找合适位置卸货。

"吉春"号开始驶向巴萨木克湾。此时,驳船已将船上的设备卸完。我们随即要求它到海上与"吉春"号汇合,争取在巴萨木克的海面上卸货。

从事海运的人都知道,在海上,大船即使不抛锚,也可以将货物卸到小船上。海上卸货不怕浪,就怕涌。"浪"是指海面上间距在两三米之间的小波浪,它对小船的影响大,但对万吨轮船几乎没有影响;而"涌"是指间距在二三十米之间的大波浪,这种涌由下而起,振幅较大,对万吨轮船的影响也比较大。在巴萨木克海域,由于海水深度有几百米,容易出现大涌。

这天天气不错,风平浪静。"吉春"号停在离巴萨木克湾两公里的海面上,800 吨驳船靠过去。两船的船边挂满了轮胎,避免船体直接相撞,中间用缆绳连接。"吉春"号上的 30 吨吊机将船上的散货和集装箱一件件地吊到驳船上。半天的时间,800 吨驳船已基本装满,开到巴萨木克湾内的冲滩码头开始卸货。

与前次卸船机具自己开下来不同,这次所有的货物都要靠起重设备抬起，再用车运至岸边。最困难的是大型集装箱。经过几番尝试，工人们用两台挖掘机，一前一后将 12 米长的集装箱抬起，一辆正行，一辆倒行，抬下驳船。这种卸船方式我们从没有见过，在这荒僻之地却成了应急的好办法。夜晚，照明灯把港湾照得如同白昼，人来车往，机器轰鸣，中巴工人一直干到半夜 12 点才结束。

独特的卸船方法——两台挖掘机将大型设备抬下船

次日早晨，驳船再一次开到万吨轮旁装货，但是海面上的风浪加大了，风力达 4—5 级。"吉春"号被海浪打得左摆右晃。驳船靠近大船时，不断地与大船碰撞。船长提出，坚决不能在此卸货，否则船货都会发生危险。"吉春"号只好返回伐木场。

时间已经是 10 月 4 日，那条装木材的船还没有离开。无奈之下，"吉春"号只能开到此船的东侧，在离岸边 100 米的地方抛了三次锚，最终将船锚抛在 80 米深的海底，用缆绳将船固定在岸上的大树上。

这个海湾确实适于停泊万吨轮船。一公里外风浪很大，这里的海面却平静如镜，大船纹丝不动。经过多次联系，原来租用的一条大驳船也来参与卸货。在肖工和各方的组织下，伐木场的卸船工作有条不紊地进行着。

"吉春"号上的吊机将一个个集装箱及货物吊到驳船上，到 10 月 8 号晚上，800 吨驳船共运送 5 次，2800 吨驳船装了 3 次，万吨轮上的所有物资终于安全卸到了巴萨木克岸上。

奠基典礼前最困难、最没把握的万吨轮船首航巴新之行终于圆满结束。

这次航程，凝聚了大中华同胞的心血和智慧，创造性、戏剧性地完成了。这让我们每一个参与者都感到兴奋和欣慰。

典礼如期举行已经没有问题,大家长长地松了口气。

就在这天,又传来一个意想不到的消息:巴新政府总理索马雷10月18日有重要会议,不能出席,奠基典礼将在11月3号举行。典礼延后半个月,有了更充分的准备时间。管理公司及时提出要求,进一步完善奠基典礼的准备工作,开展临建工程,创造开工局面等等,大家又开始忙碌起来。

22冶负责用混凝土加固码头,老李带着中巴工人一起干活。当地居民从来没有见过绑扎钢筋、浇注混凝土,中国工人手把手教他们。语言不通,就用肢体动作,自己示范,让他们跟着做。当地工人第一次做这些技术活,显得笨拙,有时气得中国工人直着脖子大声地喊,他们不知所措,只是瞪着眼睛傻笑,让人气不得恼不得。但是一到干力气活,他们的优势就显出来了,习惯高温、潮湿的气候,又肯卖力气,施工进度并不慢,几乎每天晚上加班到九点、十点钟。有的人住得比较远,单程要走一个半小时,老李每次加班后都用汽车将他们送回家。临别时,大家亲切地举手告别,异口同声地喊着:"Goodbye! Boss."

这里的居民以前几乎没有收入,只靠树上的果子和地瓜充饥,常年穿着一件单衣服也冻不着,过着吃穿不愁的日子。他们最大的理想,是花100基那买一把新的砍刀。现在每天都有收入,这是他们以前想都不敢想的。特别是有老李兄弟般的关心,他们从心里感到温暖。

11月初,上人的码头加固工程完成。为了锦上添花,老李在码头前面加了钢板,做成一个走道踏步,再用油漆刷上颜色,从远处就能看到一个醒目漂亮的码头。

15. 迁　坟

奠基典礼前还有一项重要的工作,是把会场旁边的40多座坟墓迁走。在国内,迁坟是件非常棘手的工作。当地巴新人是怎么处理的呢?我们饶有兴致地参加了一场当地人举行的迁坟活动。

当天上午10点,墓地的主人和村民陆续来到墓地前。这块墓地不大,30米宽,60米长。有的坟墓就是一个小小的土堆,有的坟墓是用石头垒起的。墓的四周种着灌木和花草,墓前竖着漆成各种颜色的十字架。个别墓前竖有石碑，碑上镶嵌的照片已经褪了颜色，模糊不清。

迁坟仪式开始了，一个身穿白衣的牧师用他那抑扬顿挫的声音朗诵着：

> 值此明媚的早晨，
> 我们这些享受着快乐生活的子孙们，
> 谨以虔诚的心，
> 表达对祖先灵魂的敬意。
> 你们在此数载，可今天我们要打扰你们安宁的长眠。
> 我们的家园将要变成一个梦寐以求的工厂，
> 为此不得不把你们迁往新的安身之处。
> 愿你们在那里得到长远的安息，
> 请宽恕你们的子孙们，
> 愿上帝保佑你们，愿主与你们同在。
> 阿门！

接着，墓地的主人代表讲话：

> 亲爱的爸爸、妈妈，我们的祖先们，请原谅我们这些不孝的子孙们打扰了你们的安宁。你们在这里安息了多年，但是今天我们不得不把你们迁往一个新的地方。你们为了下一代的幸福和美好生活辛苦了一生，现在建设的工厂将实现你们的梦想，我们要用双手将这梦想变为现实。亲爱的父辈们，请你们放心，我们将把你们安排在更加幽静的地方，不再让人打扰你们。工厂建成后，我们将用幸福和美满的消息告慰你们，希望你们得到永远的安慰。阿门！

中方管理公司代表向当地居民表示了感谢。

接下来，一个男青年弹起吉他，全体村民都跟着唱起了歌。开始歌声哀婉忧伤，唱到高潮，人们自然地分成高低两个声部，和声协调悠扬，悦耳动听。

据说，这首歌曲在教会组织的礼拜上经常练习和演唱。星期日，在教堂做祈祷时，小孩在树下的草坪上席地而坐，年轻人会弹着吉他教他们唱歌。从小受宗教文化和艺术熏陶的巴新人，天生就有歌唱的才能。

人们一边唱着动人的哀歌，一边慢步走进墓地。一家人走到自家的墓地前,拿着小铲子,将墓地上的土挖起一小捧,放到准备好的塑料袋里,再折下几枝花,插在袋里的泥土中,然后站在墓前,默默地述说着心中的哀思,有的则围着墓地不停地转着。

这里没有号啕大哭,没有高声喧哗,那真切动人的歌声,像流水,像清风,像教堂里传出的祈祷诗,传达着对亲人的思念。我们在一旁观看,都为巴新人对生与死的豁达和坦然而深深感动。

一个矮小驼背的老奶奶,在两个小孩的搀扶下,步履蹒跚地来到了自家的坟墓前,不时用衣袖擦着墓碑上的照片,脸紧贴在上面,悲切地流着泪,不停地诉说,似在与亲人告别。之后,在孩子们的陪伴下,她围着坟墓不停地走着。

最后,牧师在最前面拿着木杖引导,人们在音乐声中慢慢地鱼贯而行。他们捧着装满泥土和插上花枝的塑料袋,小孩子拿着高高的树枝,一边唱着歌,一边向村庄走去。

一个小时的迁坟仪式,随着消失在远处的歌声结束了。我们从来没有见过这样的迁墓仪式,不由得对巴新人产生了一种由衷的敬意。

回到营地后,我们才从如痴如醉的歌声和梦幻般的感受中回味过来,大家感到疑惑:"他们祖先的尸骨怎么处理呢?"

"不知道,看看明天的动静吧。"早来的同事也不知道。

第二天上午,一个当地的长者来到营地,对我们说:"你们可以将墓地推平了。"

"怎么,就这样结束了,先人的遗骨不要了?"我问道。

"我们已经将带走的泥土和鲜花在新的地方埋葬了,这就是把他们的灵魂带走了,尸骨就不动了。"他平静地回答。

我们还是不敢相信。又等了一天,从管理公司得到解释:根据当地的习俗,管理公司买了四头猪,分发给当地居民,当晚村民举办了迁坟的告别晚餐,第二天又进行了迁坟仪式,将带走的泥土重新埋葬。今天可以用推土机将墓地推平了。

与多数国家的民众迁坟时将死者的遗骨带走不同,这些土著居民在迁坟时带走的却是死者的灵魂,这可能与他们的生活方式和传统习俗有关。原始部落的人四处游走,没有固定的居住地,所以在迁徙时不方便把先人的遗骨带走。久而久之,这种习俗延续到今天,也就不足为奇了。

大多数国家已经进入现代化社会,而这些原住民还保留着传统的古老而淳朴的民俗。但谁能说,这不是另一种文明呢?

16. 奠基仪式

奠基仪式现场按时建成

11月3日,太阳一早就从东方露出了笑脸。金黄色的阳光撒在山峦上,勾画出一幅精美的彩色画卷。水气在阳光照射下袅袅升起,山林中白茫茫一片。营地四周的树丛中,各种鸟儿唱着一支支晨曲,迎接一个艳阳天的到来。

举行典礼的广场,被装点得焕然一新。

主席台坐北朝南,用钢板焊接而成,长12米、宽8米、高0.8米。台后挂着蓝底白字的幕布,"巴布亚新几内亚瑞木镍钴项目奠基仪式"几个大字清晰醒目;幕布上方是"热烈庆祝巴布亚新几内亚瑞木镍钴项目隆重奠基"的红色横幅;主席台西侧的山顶上拉起了"携手共进 共创友谊 合作万岁 友谊万岁"的标语。这些均按照国内的习惯布置,将仪式的目的、宗旨明示,并营造出热烈的气氛。广场南侧整齐地排列着20辆红岩牌自卸车;码头上竖起一个红色的充气拱门,上面高挂着"热烈欢迎各位嘉宾参加瑞木镍钴项目奠基庆典"的横幅。

早晨8点,马当开来的快艇带来了中国和巴新国旗,两面国旗在主席台两侧的旗杆上冉冉升起。国旗迎风飘扬,给会场增添了庄严的气氛。

当地民众从四面八方聚集起来，有从海上坐船来的，有从公路坐汽车来的，更多是步行而来的，人群将会场围得水泄不通。这些人有的来自矿山、冶炼厂附近，还有不少从马当省其他地区赶来。巴萨木克当地的村民只有一千多人，可现场聚集了三千多人。他们互相打着招呼，兴奋地议论着。家乡的丰富资源，造就了这个世界级的红土矿，这是马当人民的骄傲。

最早来到现场的一位五十多岁的老人，坐在草地上兴奋不已。他告诉我们，他是从瑞木工程矿区，赤脚走了一百多公里的山路，风餐露宿，用了三天时间才来到达巴萨木克的，和他同行的还有几十位老乡。他们要亲眼看看自己家乡的矿藏，将要运到什么样的冶炼厂，也想见识见识开工典礼的盛大场面。这是他们一生中难得的机会。

上午9点多钟，两架直升机在会场上空盘旋了几圈，之后缓缓地落在停机坪上。会场上响起了欢快的迎宾曲，欢迎参加典礼的贵宾到来。

过了一会儿，一艘豪华游艇驶向码头。第一个从船舱走出来的是索马雷总理。他皮肤棕红，前额宽大，头发卷曲，身着传统的巴新民族服装，金丝眼镜后面一对眼睛炯炯有神，嘴边一缕长长的山羊胡子。当地女青年走上前，为他挂上花环。他朝人群微笑着，不住地和周围的民众握手。

中冶集团杨董事长、瑞木管理公司罗董事长等嘉宾走下游艇，接受女青年献上的花环，并和现场工作人员一一握手。这些人中不乏老战友、老相识，大家亲切地打着招呼，彼此问候着。

索马雷总理从中方欢迎人群面前走过，迎接他的是当地居民组成的载歌载舞的队伍。从七八岁的儿童到五六十岁的老人，全身上下都抹上了棕、红、白、黄色的颜料，鲜艳夺目。女人无论老少都裸露着上身，少女高高隆起的乳房向人们展示着女性特有的自然美。男子光着上身，脸上画着具有民族特色的脸谱，胸前挂着用海螺、贝壳、动物牙齿做成的饰圈，下身穿着用布围成的短裙，短裙的外面围了一圈五颜六色的塑料彩带，腰间挂着一个皮鼓，赤脚跳着、敲着、唱着。装饰中最特别的是男人的头饰：有的是用白色羽毛做成的鸟状的头冠，有的像一顶圆形的华盖，其中级别最高的部族首领的帽子顶部是一簇黄白色的柔软羽毛，这是巴新国鸟——天堂鸟的尾羽，它们稀有而珍贵。

来宾中有巴新各部门的官员、中国驻巴新大使、国内相关部门官员以及参加工程建设的公司老总们，共100多人。在索马雷总理一行接受民众的欢迎时，其他巴新官员都走到人群中，和民众交谈。据说，在这个民选的国家里，这种作风已经成了政治家的一种时尚。所到之处，都要倾听民众的呼声，听取民众的意见，宣示自己的政见，向选民展示自己，很少有人留在贵宾室里。

奠基仪式上，贵宾举杯，共祝难忘时刻

上午10点整，瑞木公司的谷总经理宣布奠基仪式开始。中巴双方领导发表了热情洋溢的祝词。

马当省省长自豪地说："瑞木项目给马当省带来的不仅仅是经济效益，更重要在于马当省从此将在国际上获得更高的关注。"精彩的结束语更让人记忆犹新："我们一路跌跌撞撞，但是，只要是在正确的方向上跌跌撞撞，我们最终必将到达向往的终点。"

罗总的发言简短而又饱含激情："当项目完工时，马当人民将因瑞木镍钴项目而富强，为瑞木项目做出贡献的人们将以瑞木镍钴项目而光荣和自豪！"

接下来，魏大使代表中国政府对奠基仪式的举行表示衷心祝贺。

巴新矿产资源开发公司总经理的讲话很幽默："首先要感谢总理索马雷爵士的支持。然后要感谢中方的杨董事长以及罗女士，在商业谈判中，他们给了我们艰难的日子，也让我们得到了回报。罗女士是一位谈判高手，有时候我都怀疑我的伙伴久病不愈是与罗女士的艰难谈判导致的。接下来，要感谢巴新国家谈判队保护国家利益，对中方让步甚少的努力……"听到这些，会场上不断传出阵阵笑声。

恩菲公司的张董事长也应邀发言，他表示，恩菲公司将尽全力为业主服务，为当地人民服务，与大家一起努力取得项目的成功。

索马雷总理在热烈的掌声中健步走上主席台。这个巴新政坛的常青树，作为一位演说家，他讲话从不用讲稿，都是即席演讲，而且动作丰富。

只见他一会儿握紧拳头，一会儿又张开手掌向空中伸去，左右摇摆不停，他下巴上的那撮白色胡子随着激昂的情绪一撅一撅的，极富感染力。

他首先向中国政府以及中冶集团表示衷心的感谢，他强调，双方合作共赢是项目成功的根本，"正如巴新人一样，我们的中国客人也有自己的文化和传统，我在这里热切地希望，两种不同的文化能够在一起进行诚挚的交流，找到共同点"。最后他信心满满地鼓励："我相信，随着项目的进展，当地人的就业机会迅速增加，基础设施有效改善，下游加工业得以发展，政府税收快速提升，这个项目将会给巴新经济带来很大推动。最后祝愿我们合作成功！"

他的讲话博得与会者的热烈鼓掌，三千多名巴新百姓近距离看到国家领导人的风采，聆听他的讲话，更加坚定了对这项工程的支持和信任。

最后，中冶集团的杨董事长表达了对索马雷总理及巴方各方面代表的感谢，要求双方员工共同努力，确保工程质量，按期竣工投产，为巴新人民谋得福利，为中国人赢得信誉。

嘉宾讲话结束后，巴萨木克土地主协会主席利马上台，代表当地人民向来参加典礼的贵宾们献上他们具有民族特色的礼物。

会场再次响起鼓声和歌声，表演队边唱边跳，将现场气氛推向高潮。索马雷总理和主要嘉宾戴上白手套，踏着红地毯，走到奠基石前。索马雷总理居中，其余嘉宾依次排开。沙堆上插着13把系着红花的铁锹，一声令下，嘉宾们一齐挥锹将沙子抛向奠基石，象征着这个工程正式启动。

礼仪小姐捧上了酒杯，大家举起酒杯，共同庆祝这个让人难忘的时刻。记者们抢拍着这一激动人心的场景。广场南面停靠的20辆自卸车齐鸣，坐在汽车驾驶室里的都是当地司机，这高亢的汽笛声代表了参加建设的全体中巴员工对建好工程的信心和决心。

随后,索马雷总理走向人群。现场没有保镖,也没有工作人员跟随,只有土地主协会主席同行。索马雷自然地走到周边的居民当中,与大家握手,互相致意和问候。

草棚中放了很多食物和烤猪肉,供参加活动的人们食用。这是巴萨木克居民对远路而来的乡亲们的真挚欢迎。

迎宾队仍然在不停地唱着跳着,鼓声也不断地敲着。在广场上,人们自由地走来走去,互相举手致意,表示着各自的喜悦心情。这是欢乐的节日、幸福的节日,是人们期盼已久的日子。

4个小时后,索马雷总理乘坐快艇离去,当地居民也满载喜悦返回家园。瑞木工程奠基庆典圆满结束。

连续工作近两个多月的瑞木工程建设者们,此时的心情无法用语言形容。所有的努力没有白费,兴奋快乐的同时,种种酸甜苦辣一起涌上心头。终于完成了这项艰巨任务,大家心中的压力得到了充分的释放。

奠基仪式上巴新民众载歌载舞

第三章 艰难开局

17. 巴新瑞木

瑞木红土矿地貌

奠基庆典之后,工作没有那么紧张了,大家有时间坐下来,学习研究"瑞木镍钴项目可行性报告"及巴新的一些资料,进一步了解和认识巴新历史及瑞木工程背景。

巴布亚新几内亚地处南纬0°—10°之间,海拔1000米以下均属热带气候,5月到10月为旱季,11月到次年4月为雨季。矿山位于丘陵地带,平均海拔接近700米,起伏较大,森林覆盖率高。雨季温度在17.5℃—28.5℃之间,旱季平均温度27℃左右。年平均降雨量4500毫米,年平均湿度85%。

矿产、石油和经济作物是巴新经济的支柱产业。金、铜储量位居世界前列,黄金储量1831吨,铜矿储量9.44亿吨,金铜共生矿储量约4亿吨。此外,铬、镍、铝矾土等金属矿藏及石油、海底天然气蕴藏量巨大。库土布和戈贝两大油田储量即达4亿桶,南高地省油田储量1700万桶。天然气探明储量7万亿立方英尺,预测储量15万亿立方英尺。热带原始森林覆盖面积达3600万公顷,约占国土面积的77%,林木总蓄积量约29亿立方米,可采蓄积量为 5 亿立方米。主要农产品为椰干、可可豆、咖啡、天然橡胶和棕榈油。

瑞木红土矿项目位于巴布亚新几内亚北部马当省境内，项目由矿山（采、选厂）、冶炼厂和连接矿山与冶炼厂之间的 135 公里输送管线三部分组成。矿山位于马当西南方向 75 公里处，冶炼厂位于马当东 100 公里的巴萨木克湾。瑞木红土矿为世界级大型镍土矿（因土壤中含有铁元素，呈红色，人们称它红土矿），该矿的主要特点是：

1. 储量大。探明矿石资源量达 1.432 亿吨，按照目前的建设规模，矿石储量至少可服务 20 年，远景资源可服务 40 年以上。

2. 剥采比小。平均剥采比仅为 0.3，可大大降低剥离费用，减少生产成本。

3. 矿石性质简单，由于含镁低，矿石的酸耗成本低。

4. 矿石易浸，浸出时间短，且浸出率高。

5. 矿石性质和品位均匀，有利于生产操作的稳定。

6. 矿石中含有易选的铬铁矿，每年可产铬铁精矿约 20 万吨，可提高项目的经济效益。

7. 冶炼所需石灰石矿质量高，距冶炼厂近，可以有效降低成本。

8. 瑞木红土矿地处热带，气候湿润，有利于复垦和水土保持。

9. 冶炼厂所在的巴萨木克是个天然深水海湾，可建 6 万吨的深水码头，运输方便。

看完资料，大家对瑞木矿的基本情况有了较全面的了解，深感学习了解这些情况对今后工作十分重要。

奠基庆典顺利结束，瑞木工程的建设者们无不兴奋异常——看似不能完成的任务，在各种有利因素的叠加下，竟奇迹般地完成了。此时，国际市场上镍价又创历史新高，在项目的美好前景的激励和鼓舞下，大家信心满满，相信经过三年努力，一定能使项目圆满完成。

18. 环保罚款

老李清晨很早就醒了,这是长期施工养成的习惯:每天早起写工作计划,将人力、机具的安排一一制定出来。此刻,他头脑中考虑的主要是下一步如何扩大战果,把工程向前推进。

奠基典礼现场已是人去楼空,失去了昨日的风光,偶尔有一两只老鹰在广场上空盘旋。贵宾室门前有几个当地人站在那里,好像有什么事。见到老李,土地主尤尼就从挎包里拿出一份文件交给翻译小白。小白看了看,不情愿地对老李说:"他们向咱们索要赔偿。"

"什么赔偿?"老李吃惊地问。

"奠基前我们将一些腐殖土堆在河滩上,他们说污染了河流,影响了水质,要求赔款五千基那;当地人要另找新水源,须再赔偿五千基那,两项加起来是一万基那。"

"为什么当时他们不提,现在来找事?!"老李有些生气地说。

尤尼是中方取石头河段的土地主,以前买石头打过交道,没有想到这个外表憨厚腼腆的年轻人此时会提出这个问题。只见他一本正经地说:"随便倒腐殖土违反了环境法,本想当时给你们提出,但怕影响奠基典礼。现在典礼已过,应该向你们提出来了。"

"你们要赔偿,有什么依据吗?"老李又问。

中方倾倒弃土的河滩

"PNG 的环保法。"

"我们将腐殖土就地深埋，上面再用石料填盖，就可以满足环保的要求了。"老李解释。

"污染已经造成了，赔偿是不可少的。"尤尼坚定地说。

"赔款的标准是什么，为什么要一万基那？"老李再问。

尤尼不知道该如何回答，回头与同来的几个人用皮金语交换了一下意见，然后说："具体的标准没有，在巴新都是当事人根据情况决定，一万基那是我们全村人讨论的结果。"

双方僵持着，谁也不肯退步，最后提出各自回去研究，另寻时间再谈。

几天后的一个下午，一片乌云从北方的海面上吹来，平时的碧海蓝天一下子被茫茫烟雾笼罩起来，海与天之间没有了分界，灰暗无光，浑然一片。不一会儿，大风就把乌云刮到了岸上，豆大的雨点从天而降，狂泻在营地上。人们躲进了房里，雨点打在房顶上，发出巨大的声响，把谈话的声音都淹没了。

这样的暴雨在中国北方是难得一见的，从房顶上流淌下来的雨线一条条挂在房檐下，有人拿出塑料桶接水，不到 20 分钟就接满了。雨水清澈透亮，与自来水差不多，大家开玩笑说："这是上帝送来的圣水。"在巴新，城里的房子大多没有自来水，有条件的人家就用铁皮做房顶，房檐下设一条铁皮天沟，把雨水引到大型的玻璃钢制水罐里，作为生活用水。

第二天一早雨停了。暴风雨过后，营地内一片狼藉，雨水积满了整个院子。走在地上，脚下黑色的腐殖土和黄泥土被水泡得烂乎乎，一踩一个深脚印，雨鞋陷在泥里拔不出来。

两台挖掘机和两辆自卸车出了营地往东开。暴雨后的道路十分泥泞，车轮不断地打着滑，车子东倒西歪地往前蹭着走。经过一个洼地时，因为路基被泡软，自卸车陷了进去。司机将车挂上四驱猛加油门，才从泥坑里开出来。前面的河里堆满了上游冲下来的树干和树枝，拦住过河的去路。用挖掘机清除了河里的树干，汽车才得以继续前进。

看到这情况，老李吃惊不小。他参加过国内第一条高速路的建设，经历过青藏铁路的千难万险，对雨季施工是有切身体会的，但是比起巴新的暴雨，以往的经历就是小巫见大巫了。这场大雨给我们敲了警钟。雨季眼看要到了，必须高度重视现场防汛工作，抓紧时间修路排水。

又过了一天，太阳终于出来了。在阳光的暴晒下，水蒸气快速升腾，搅得地面附近的空气不断地抖动，让人感觉四周的事物都随着晃动起来。这种现象在国内只能偶尔见到，但到了热带就是常见的事了。昨天几处低洼的积水路面都干了，车辆顺利开到河滩，准备开挖石头。但是一个当地人站在河边，手中的砍刀高举着，用皮金语叫着："不！不！"

"准是为了赔款的事，在这里等着我们呢！走，去见尤尼！"

老李带上那人，开车上了山崖，在一间草房前停了下来，让那人进去找人。5分多钟过去了，还不见人出来。

老李索性离开房子，走到海边。他弯下腰，欣赏起五彩缤纷的珊瑚礁来。

这里的珊瑚礁与巴萨木克湾的不同，以棕色为主。海面上的珊瑚礁一簇簇的，有的像草丛，有的像盆景，小刺非常锋利。海面下的珊瑚礁有的像盆子，有的像云彩，大大小小，千姿百态。礁石上长着各种颜色的藻类，有红的、绿的、粉的、黄的，在海水的冲刷下时隐时现。平时在工地上忙碌急躁的他，此时显得十分惬意。

老李如此轻松、无所谓的态度，刺激了尤尼的神经，他再也忍不住了，走出房子，来到老李的身后，轻轻地咳嗽了一声。老李站起来转过身，互相打个招呼，又开始了谈判。

"你们要求的赔款太重，我们不能接受。我们同意支付一千基那作为补偿，而不是赔款。"老李不容置疑地说。

"不行，我们已经讨论过，一万基那不能改。"尤尼的态度也十分坚决。

双方沉默了足足有两分钟。

"好，我们将腐殖土拉回营地内处理。"李突然说出一个新主意。

尤尼思考了好一会，回应说："你们即使现在把腐殖土拉走，污染也已经产生了，影响了河水的质量。赔款可以减少，但不能免除。"

老李看出了对方的退意，也知道他讲的有一定道理。眼看雨季马上到了，石头的问题不解决，影响就大了。他决定顾全大局，做些让步："那你开个价吧！"

"五千基那，不能少。"尤尼答道。

老李咬了咬牙说："就五千。你得同意我今天挖石头。"

"不行,你要先把腐殖土拉走,才能挖石头。五千基那,五天内必须付清。"尤尼步步紧逼,高大的中国汉子在比他矮半头的对手面前没了辙。

"好!先拉土再挖石头。"老李说。

尤尼得意地笑了,脸上露出胜利者的喜悦。

老李把这件事告诉我之后,我们两人都感慨万分:在国内,弃几车土算什么,但是到了巴新,当地老百姓会用环保法来和你斗争。澳大利亚政府代管的几十年里,巴新社会培养起很强的环保意识和法律观念,即使在偏僻的巴萨木克生活的土著人,都知道用法律来保护自己的利益。

宛若天成的巴萨木克林间小路

用了一天的时间,我们将前期弃掉的腐殖土全部拉了回来,又用石头把河滩的地面填平,以免留下后患。问题解决了,营地房屋及道路的基础处理工作立即开始。每天从河滩里拉回一千多方石头,填入营地路基,推平压实;又用毛石铺了近一万平方米的停车场。

雨季防汛的准备工作紧张地进行着。

> 环境保护是国际工程中的大事,必须引起高度重视。我们往往忽视对自然环境如土地、河流、森林、动植物的保护,而这会在当地造成不良影响和后果。

19. 化解冲突

老李从现场回来，一路上考虑雨季施工的问题。刚回到生活营地，又发生一件让人想不到的事：从码头工程下来的 15 个当地工人都坐在树底下一动不动，生活营地的工人一个个气势汹汹地站在那里，手里拿着工具、铁锹，冲着那些人不停地喊着什么。

老李立刻把达克找来了解情况。原来，我们让厂区西边村子的人来生活营地干活，明珠村人认为这是外村人到了自己的领地，抢了自己的工作，坚决不同意，因此出现了两村人对峙的局面。我们本想让大家拧成一股劲，现在倒好，两边都不干了。

达克解释说，这是当地的规矩，不能随便改动；如果坚持，可能会发生意外。老李不敢贸然行事，只好让西边村子的工人暂时先回去。

这件事让我们感到十分棘手，庆典前轰轰烈烈的大干局面，奠基时真诚友好的合作氛围，此时怎么变得如此别扭呢？

我和老李两人商量了一个晚上。明年工程正式开始，需要 2000 多名工人，而当地最多只有 500 个男青年，不打破他们的地域观念，不改变封闭狭隘的习俗，工程进展将十分困难。我们决定找达克再谈一次。

清晨，宽阔的营地冷冷清清，只有明珠村的 20 来个人在安装板房，进展很慢。照这样的速度，全部完成至少还需要 6 个月的时间。

达克的左手前天被铁板划伤，现在他是带伤领着工人干活。老李先看了他的伤口，然后诚恳地说："今天找你，还是希望你能做工作，让大家接受西边几个村子的人。他们的文化和技术水平普遍比较高，两个月来在码头工地已经得到了锻炼，大家共同努力才能完成任务。"

"李经理，我参加了瑞木工程的 MOA 协议制定，协议对用工次序的要求是明确的，首先是工程所在地的村民，其次才是外地人，我们不能违反这个协议。"达克非常严肃地回绝了。

老李和我都一愣，原来还有这样一个正式理由在等着我们。

"达克先生，你能不能把 MOA 协议的有关内容详细告诉我们？"我接过话茬。

我记得曾经听说过 MOA 这个名词，但不知道具体内容。

达克转过脸来看了看我，好像得到了一个展示自己能力的机会。他介绍了MOA的制订过程，理直气壮地说："瑞木工程MOA协议规定，用工首先要保证所占土地主人的工作权，在全部满足以后，所缺工人才可以从外面招。也就是说，冶炼厂工程首先要用巴萨木克地区的人，其次是马当省，再其次是其他地区。现在的生活营地都是明珠村的土地，必须首先保证明珠村人的工作机会。"

平时，达克在我们面前总是毕恭毕敬、小心谨慎，今天却头头是道、软中带硬，真不能小看了巴新的土地主。我心里想着如何解开这个结，突然灵机一动，有了！我连忙问："你们村里有多少劳动力？"

"大约50人。"达克答道。

"你知道，生活营地的工程半年就结束了，但冶炼厂工程三年时间才能完成。今天你不让他们来生活营地干活，他们可以忍耐半年；但等冶炼厂工程开工，他们也不让你们去那里工作，明珠村的人将三年没有活干，你说这样合算吗？"我提出的问题简单而又尖锐，达克愣住了，半天说不出话来。

我趁热打铁说："如果你们同意现在与他们一起建设营地，冶炼厂开工后，他们也会同意你们去那里工作。"

达克是个非常聪明的人，此时他全明白了，只是他需要时间给本村本族的人做工作，也给自己留条后路："我知道了，但说服全村人是很困难的。"

老李很理解他的难处，接着说："达克先生，从长远上来说，异地做工问题一定要解决，当前的工作可一步步来。为了把这个工作做好，其他村子的工人到生活营地来施工，全部由你统一管理。"

我以前听说过MOA协议，它是瑞木工程初期，澳大利亚高地公司与当地政府及土地主共同商议后签订的文件。但是，作为现场项目负责人，我却从来没有看过这个文件。今天发生的事情让我感到十分被动，当地人熟悉的有关项目的法律文件，我们居然不知道内容，这如何能做好工作呢！

联想到前几天发生的环保纠纷，我深感在国外工作，首先应该认真学习当地的法律法规，充分研究项目的相关文件和法律依据，了解当地民众风俗习惯，这样才能有效地开展工作。

于是我感慨地对老李说："老李，咱们必须好好研究MOA协议。工程明年需要上千当地人，一定要扭转他们的思想，现在就拿生活营地做试验，打破这个地域观念。当地民众的工作做不好,我们的工程将无法推进。"

我们都认识到社会工作的重要性,俩人做了分工:施工单位的老李主抓工程,总包单位的我负责社会关系,两人分工合作,相互配合。

我在国内一直做技术工作,对眼前的事心里没有底,不得不把全部精力和时间放到了异国他乡的民众和社区工作上来。这对我来说也是一项新的挑战,不知有多少矛盾和问题在等着我呢。

达克的工作终于做通了,之后的一段日子,明珠村以外的人也可以到生活营地来工作了。达克利用他的影响和能力,很出色地完成了组织工作。他的脸上露出久违的笑容,在这个新的岗位上,他又找到了旧日主席的感觉。

但随后人们发现,他经常不上班也不请假,不知道干什么去了。因为达克的特殊身份,我们没有给他记考勤,不管每月出勤的天数,月底都是足数发工资。

一天下午,人们都在正常工作,22 冶的工人突然开车来到冶炼厂工地,对我大声喊道:"恩菲公司的小薛被当地人追打了!"

我和老李急忙赶到生活营地,只见小薛惊坐在装载机的驾驶室里,四周的挡风玻璃都被砸得粉碎,很多当地人拿着竹竿和木棍,围在装载机的四周与他对峙着。达克瞪着大眼、叉着腰在树荫下站着。看来刚才这里发生了一场激战。

根据经验,我知道目前最重要的是稳定双方当事人的情绪,防止事态扩大,以缓和或解决矛盾。我首先来到装载机前,见小薛没有受伤,就询问事发的原因。

小薛委屈地说:"我只是问达克为什么这几天没来上班,不知怎的他非常生气,拿起棍子要打我。我急忙爬上车,二十几个人就围过来把车窗都打碎了。"

我又走到达克面前问情况,他气愤地说:"你们的薛对我没有礼貌,对这样的中国人我们是不会客气的。"

我明白了,可能是因为小薛的皮金语半生不熟,用词不当或态度生硬,导致对方不满;另一层原因是,这位前土地主协会主席的自尊心不能容忍一个中方普通人员对他提出质问。

了解到这些情况,我诚恳地对达克说:"如果我们的人对你讲话有不礼貌的地方，我代表中方向你表示歉意。小薛无意冒犯你，可能是他用词不当，希望你能原谅他。"

我说到这里，达克脸上紧绷的肌肉开始松弛，怒不可遏的眼神也变得温和了许多。我转而严肃地指出："有问题可以交换意见，不能动手，尤其是这么多人围攻一个人，这也是不礼貌、不理智的行为。"达克低下了头，看得出他也知道自己做得过分了。

我向小薛招了招手，让他过来。小薛胆怯地下了车，走了过来。我拍着两人的肩膀说："你们都是好兄弟，事情过了，就不要放在心上，大家握个手吧！"

两人不好意思地笑了，相互握手拥抱，一笑泯恩仇，刚才还是剑拔弩张，此时已是化干戈为玉帛了。

我又向那些小伙子们招招手。大家都跑过来，满脸笑容地跟小薛握手、拥抱，好像刚才什么事情都没有发生一样。

眼前的这一幕，让我们对巴新人强烈的自尊心以及单纯、朴实、好斗和友善的复杂性格有了初步了解。

几天过去了，当我再次见到达克时，他的心情已平静了许多。我语重心长地向他说："你现在是中方的雇员，有事不能上班可以请假，没有问题。办事要站在有利于双方的立场上，做好桥梁和沟通工作，不能采用对抗的方式解决问题。"

达克知道这是善意的批评，他一脸诚恳地坐在那里，双手合在一起，放在腿上，像个孩子一样认错。话虽不多，但他是在用心和我交流："我会努力做好工作。巴新人是有感情的，请你相信我。"

为了给当地人创造一个良好的工作条件，在营地已建好的板房一端，我们划出一间作为达克的办公室。他平时在里面办公，当地的工人也可以在那里开会和休息。达克自己有一台电脑，他常用来打印文件和图片，还不时将打印的鲜花中的村庄、孩子的笑脸等照片贴在墙上，给房间增添了几分生活情趣。

> 在第三世界国家做项目，要尊重当地民众，解决矛盾和纠纷时不能恃强凌弱，应以礼待人，善于检查自己，敢于承认错误。这往往是解决问题的有效方法。中国员工要提高自身的素质和修养，树立文明、友好的对外形象。

20. 机械手培训

上述事件发生后不久，土地主协会主席利马也对我们说："根据 MOA 协议，机械手必须用当地人。为了不影响大局，在 11 月 3 号典礼以前中国人开车是可以的，但是现在你们必须抓紧招聘当地司机。"

这的确是件大事，当地没有合格的机械手，他们更不熟悉中国设备，还要有个适应的过程。我们决定近几天抓紧考核一批当地司机，先培训后上车。

22 冶的丁工负责招聘和培训当地司机。上午 10 点，十七八个当地人来到现场，提交了当地警察局下发的驾驶证。巴新的驾驶证分 1 级到 6 级，3 级的可以开小车，6 级才可以开自卸车、装载机和挖掘机等大型车。

机械手培训现场

很多人的驾驶证是 1—3 级，只有个别 6 级的，所以必须培训开大型车的司机。老丁编写了教材，讲解机车的结构和设置，由中方司机给他们做示范，教他们实际操作。培训工作开始时，一个中国司机，一名翻译，一名学员，一对一地教学。经过三天培训，大部分当地司机已经掌握了机车的基本性能，三四个技术好的可以单独开车。

本来以为很正常、很顺利的事情，在培训班开班的第四天又出了问题：从马当来了四个警察局的人，说是来检查中国车辆。他们一台一台地查看，一边看一边议论着。

我们知道他们来者不善，特意准备了丰盛的中餐和水果。第一次吃中餐，这些警察非常开心，22冶的丁经理陪着他们，不时递上香烟和矿泉水，期望热情的招待能够带来友好的会谈。

"我们是马当警察局负责车辆管理的警察，今天到巴萨木克现场检查工作，发现了很多问题，需要通知你们。"一个身材魁梧的胖子首先给中国人来了个下马威。

"第一，你们中国的车辆没有办牌照，是不允许上路的。但考虑到工程的需要，你们的车可以在场区范围内行驶，但不能到城市里。"

"这个规定在中国也是一样，我们正在办理汽车牌照。"丁经理回答。

"三天之内，你们把所有车辆的报验资料送到警察局来。第二，必须马上停止驾驶员培训班。在巴新，只有专门机关和公司才能组织这种培训。你们这样做是违法。"他伸了伸懒腰，摇了摇脑袋，向众人展示着他的权威，不慌不忙地说道。

"我们现在进行的不是正规的培训，只是介绍中国车辆的基本知识。"丁经理解释道。

"这也是不允许的！到巴新来必须按巴新的规定执行。"胖警官不由我们解释，加重语气强调："由我们马当警察局指定一个有资质的公司培训，你们培训的驾驶员不能开车。"

这几个警察上岛的目的彻底清楚了：这些事必须由政府部门指定当地公司来承办，这是肥水不流外人田。

"好吧，我们希望快些进行。"丁经理只好退步了。

"明天到警察局办公室找我。"胖警官得意地说着。

第二天一早，丁经理赶到马当，与周工一起到警察局找到那个胖警察商谈培训的事。双方就培训的内容、时间、方式以及考核、体检、发证等进行了讨论，最后问题又卡在了价格上。双方约定先起草合同，价格以后再谈。

培训工作不得不推迟，工程进度又一次延滞了。

21. 罢工（一）

已经是 2006 年 11 月中旬了。机械手培训的事停了下来，30 多辆车只有七八辆在开，其他的都停在院里。老李焦急地等待着马当培训班的消息。

突然，翻译小白急匆匆地走进办公室，说："不好了，当地人罢工了！"说着，掩饰不住焦急的神情。

"什么，罢工了？他们为什么罢工？"老李惊问。

"他们要求改善工作条件，解决工作服和就餐问题。"

在此之前，老李听说矿山的当地人罢工，没想到此事也落到自己头上来了。他赶到生活营地施工现场，工人都不见了，只有一个保安在看护现场。

空无一人的现场，第一次罢工开始了

老李快步走到旁边的小树林里，只见十几个工人坐在地上，一些人懒洋洋地低着头，像睡着了一样；另一些人看见老李，就像没看见似的，依然若无其事地坐着不作声。见此状况，老李不得不压住心中的火气问道："你们为什么不去做工？"

没有一个人回答，都坐在那里一动不动。

"你们有想法，到办公室谈。"老李说完此话，回到了办公室。

工人知道机会来了，起身跟着走进了办公室。不到 20 平方米的房间里挤满了人，他们与我们面对面坐下，双方都摆开了架势。

"现在，你们可以告诉我为什么不干活了。沙马，你是班长，你先说。"

老李指着这伙人的小头目说。

对面椅子上一个四十多岁的中年人抬起头看了看,慢慢地回答说:"我们在这里工作两三个月了,工作条件我们不满意。"沙马声调不高,但语气坚定。

"什么地方你们不满意?"老李问。

"先来的工人都发了工作服,但我们一直没有,也没有工作鞋,有些人的脚都被扎破了。"他指着一个伙伴的脚说。

那个民工的右脚划破了,当时现场的大夫给他包扎了伤口,但白纱布已经又黑又烂。看到这种情况,老李也知道对方说的有道理,但他没有立刻表态。

"还有什么问题?"老李接着问。

沙马见中方没有立即反驳,心中有了底,接着说:"吃饭的问题还没有解决。"

"目前我们正在研究你们的吃饭问题,希望你们暂时克服一下困难。"老李说道。

我们刚上岛那段时间厨房没有建好,只能从马当买来面包、罐头和矿泉水度日。但集装箱卸下后,国内改装好的厨房到了,中方员工的食堂就正式启用了。因为解决当地工人吃饭的问题比较复杂,职工食堂还没有准备好,当地人大多依旧带些香蕉和椰子充饥,少数人回村吃饭,他们肯定有意见。

"在奠基典礼以前,你们的条件不好,我们不要求。但现在你们条件好了,也应该给我们解决午餐问题,以前你曾经答应过。"一个年轻人壮着胆子说。

老李也记起在典礼抢工时,不经意地说过类似的话。看来真不能食言,当地人在这里等着呢。

"澳大利亚的公司一直负责员工的午餐,中国公司也应该解决这个问题。"又有一个小伙子抬起头,提出自己的意见。

老李听着、想着,这些兄弟干一天只能用香蕉、椰子充饥,作为工程的管理者,也应该解决这个问题。如何解决呢?老李想到,可以听听他们的意见。

"到哪里找做饭的厨师呢?"老李问道。

"找村里的妇女,只要你们准备好做饭的锅。"另一个小伙子说。

"你们吃什么呢?"老李在提问,也像是自问。

"和你们差不多就可以。"其中一个人说。

老李听到这里笑了笑,想了想,说:"好吧!我给你们提供大米……至于菜嘛,给你们吃罐头。"老李决定道。

听说有大米和罐头吃,工人都眉开眼笑,高兴得不得了。

当地很多西方公司为员工提供西餐,主食是面包,但面包的购买和储存都比较困难。而用大米做饭比较方便,罐头打开就吃,采购、储存和食用都很容易,很多中方公司都是用这种办法。

"那我们的工作服呢?既然先来的人有,我们也应该有。"沙马又回到开始的问题,不依不饶地说。

"上个阶段的工作服已经发完,等下一船到了保证给你们解决。"老李看着坐在面前的工人,耐心地给他们解释。工人们见他们第一次罢工有了满意的结果,互相商量了一下,达成一致,就此收场,高高兴兴地干活去了。

在国内做工程,碰到社会问题,只要跟当地的政府或村里的负责人说一声,就会有人把事情摆平,工人的吃饭、住宿等问题都由包工队解决。在这里,没有包工头带着工具、技术和资金,领着配备齐全的技壮工队伍,只有赤手空拳的劳动力;没有当地政府为你做群众工作,只能自己面对面地与一个个土地主、村民打交道,通过协商解决问题,因为他们是这块土地的主人。

第一次的罢工谈判就这样结束了。事发突然,解决办法是中方做了让步,就连老李自己都没有想到,结果是这样。

是对方说的有道理,还是爱护和关心工人兄弟的责任心所致?这个外表强硬的汉子,却有一颗温柔的心。

奠基仪式之后发生的几次冲突,让我们真正开始进入巴新社会。此时,我们才深感走出国门时准备不足,不了解当地的社会与人民,对他们的政治制度、政策法律、文化宗教、生活习俗更是完全陌生。现在只能在干中学,在干中摸索,在干中解决问题了。

谈判后的第三天,工人的午餐开始由中方提供。上午10点,两个工人拿着一个塑料袋到我们的伙房领午餐,每人4两大米,两人一罐当地出产的鱼罐头。

在小树林里，两个妇女把米倒在支好的铝锅里，点燃干椰壳，开始煮饭。哪知道她们第一次做米饭，火烧得太旺，饭煳了。这两个妇女一边说着什么，一边摇着头，看来自己也不满意。她们把鱼罐头打开，将肉切成小丁撒在饭上，再将罐头汁浇上，鱼肉盖浇饭就做成了，一份份地排在木板上，很是诱人。

工人们第一次吃到这样的饭菜，非常兴奋，都连声说好吃。两个妇女就煳米饭连声道歉，都拦不住这些饥肠辘辘的人狼吞虎咽。这是美餐，是战利品，是胜利的果食，怎能不让他们欣喜万分呢？

> 罢工的出现，说明我们在管理中沿袭国内传统的"先生产，后生活"思路，没有安排好当地员工的衣食住行。我们要认真汲取教训。

22. 招聘考试

在马当，与警察的培训谈判终于有结果了：3个教师，5天现场培训，培训费为3000基那。

为办好这期培训班，我们在营地附近租了12间房子，供学员食宿，并配有工作服和劳保鞋。我们精心编制了配有英文讲解的教学片，里面有关于各种车辆结构以及维护保养方法的详细画面和文字说明，在电视机里循环播放。由于巴新老师对机车比较熟悉，与当地人能够用皮金语对话，交流容易，学员们十分珍惜这个机会，学得都很努力。但因为基础差，几天培训下来，独立操作还是很困难。现场老师辛辛苦苦费了很多口舌，学员们累得满头大汗，仍然进展不大。

考试的时间到了。马当警察局的官员在现场担任考官。首先是自卸车考试。首先被叫到的是个年轻人，他两次倒库时都把竹竿碰倒了，没有成功。第二个学员个子矮，倒车时看不到后视镜，将竹竿压在了车轮下面还全然不知。第三个是60多岁的老人，他用了全身的力气都挂不上挡，考官不忍心看着这个老头受罪，让他下车休息去了。

上午考试半天，只有3名学员勉强通过了自卸车考试，1名通过了推土机考试，挖掘机和装载机学员自知不行，都放弃了。21名学员，最终只通过4人。面对这样的结果，考官、老师和我们都犯了愁。

在这进退两难的情况下，双方讨论起解决办法。恩菲公司的周工建议，由警察局先给所有的学员办照，没过关的学员继续在中方指导下培训，两周后再进行一次考试，合格者发证，不合格者淘汰。大家都认为这样好，既满足了学员的学习要求，我们也可以将多数司机使用上。警察局也认为更多学员通过考试是给他们添彩，所以这个方案很快就通过了。

经过培训的机械手等待招聘考试

紧张了一上午的学员此刻又看到了希望，围着周工不断地表示谢意，不知哪个学员高兴得从自己的包中拿出几个芒果塞到周工手中，有的人把自己卷的烟卷递到老师的手中。

第一次培训考试就这样结束了，我们将4个合格的司机派上车，参加现场施工，其他的学员继续学习。这期间，他们学得都很卖力，几个年纪大的更是不放过最后的机会。为迎接两周后的考试，平时懒散的人都打起了精神，千方百计多开车多实践，争取第二次考试能够通过。

那几天，很多马当的机械手坐船到营地要求工作，经过考核，有四五个技术水平比较高的被留下了，准备使用。哪知此事很快被培训班的人知道了。协会主席利马风风火火地跑到我们营地，指责中方违反MOA协议。我们被巴新的土地主搞得没了脾气，马当的机械手只能回去，几十台机具仍然静静地停在那里。

老李只能再与利马交涉，希望他多找一些机械手来参加下一次考试，以补充当地机械手数量的不足。我们在加紧培训这批巴萨木克学员的同时，也在马当对机械手进行了考核，选出 20 名备用。

两周后，培训班的 17 个学员，加上利马推荐的附近村的十几个人，一起参加第二次考试。

这次，老李亲自主考，利马和一些土地主及马当警察也来了。上午在河滩上进行自卸车实战考试。这次顺利了许多，有 10 个人通过了考核，还有一半虽然没有通过，但技术水平已经有了不小的提高。下午进行挖掘机、装载机、推土机、压路机的考试。推土机手通过了 3 个；最困难的挖掘机和装载机考试，十几个考生中只有两三个勉强通过。

利马又不高兴了，他认为新来的十几个司机没有经过培训，难以通过考试，应该将年轻的司机留下经过培训后使用。老李趁机向利马提出，将马当已经考核过关的 20 名机械手调到冶炼厂工作。但利马坚持待巴萨木克全部司机都被聘用后，才能考虑从马当招聘。站在一旁的丁工提出个新方案：我们同意两次都没有通过的 10 名司机留下继续学习，再给他们第三次机会，通不过改做机修工；交换条件是利马同意 10 名马当机械手到冶炼厂工作。最后双方终于就折中方案达成一致。

第二天，10 名马当机械手来到冶炼厂，这是从巴萨木克以外招聘来的第一批工人。他们能否与当地人和谐相处，会不会发生矛盾，是我们最为担心的。为此，我们做了大量工作：首先给当地司机学员做工作，说明引进外地的机械手是为了帮助他们尽快提高技术；同时要求外来机械手主动与当地人搞好团结，强调如果有人从中捣乱，就会被开除回家。

没想到第二天一早，外来司机就跑来，要求立刻回马当。因为头天晚上，周边居民围着木房大喊大叫，要他们赶快走，否则要他们的性命。这 10 个工人躲在房里不敢动，紧张得一夜都没睡觉。

我们赶紧去了解情况，原来周边村民不知此事已得到土地主席协会同意，所以采用恐吓方式赶走外地人。老李立即找到达克，要求他做好村民的工作，保证外来司机的安全。当天夜里，工人住宿地平静下来。第三天，按照计划，他们结成一对一的伙伴上车工作了。

从自己办培训班到在马当招聘司机，我们前后花费一个半月的时间，才东拼西凑招来 40 个机械手，大好的旱季施工黄金时光就这样被白白浪费了。

在国内再容易不过的招工问题,到了巴新竟变成了一道难解的题。而这只是中国企业在陌生国度,面对不同的法律法规、民风民情艰难工作的开始。

23. 内部矛盾

奠基仪式之后,总包恩菲公司和分包 22 冶的关系悄然发生了变化。昔日亲密无间的战斗友谊渐渐消失了,取而代之的是争执和摩擦,为了各自的利益,矛盾逐渐加剧。

首先是总包和分包因工资待遇产生矛盾。那几年国内施工单位的效益比较好,每月工人实际收入已超过 3000 元。国内签订的前期施工合同传到现场后,22 冶现场管理部才知道,合同规定人工工资每人每天不足 100 元,一个月还不到 3000 元。老李气得把合同文本往桌上一摔:"工人们舍家撇业出国工作,现场条件这么艰苦,收入还不如国内,绝对不行!"

工人们也议论纷纷,为奠基典礼抢工时的玩命精神被一记闷棍打散,斗志瓦解,情绪低落了。

看到工人们的情绪变化,老李知道,如果工资待遇问题解决不好,就难以带好队伍。他马上给马当打电话,报告了现场情况。22 冶的领导认识到事情的严重性,将此问题与总包一起向中冶集团汇报。

中冶集团决定,由管理公司牵头组织一个联合调查小组,总包和各分包单位预算人员参与进来,一同前往巴新实地调查。这个决定得到了各方面的赞同。调研小组赴巴新进行了为期三个月的调查,对巴新国的各项法律、法规、保险、劳保、工资、物价等,凡与人工工资有关的问题,都做了详细而周密的调查,为制订新的人工单价打下了基础。

同时,22 冶与恩菲两个公司的现场经理经过协商,双方同意这次先采用非常规办法应对,采取 8000 元左右的工资加上奠基典礼奖励每人共计 10000 元的标准,先用借款方式支付,以保证工人的工作积极性。在调查小组的新标准出台后,再执行新的定额工资。

其次,工程质量引发一系列问题。在一次管理公司组织的现场办公会上,管理公司提出:"施工的工程质量令人担忧,混凝土的水沟打得七扭八歪,路面的质量也不能让人满意。"

22 冶的朱经理立即反驳:"影响质量的主要原因是专业土建技工太少,

公司到巴新来的 30 名工人都是机械手，国内土建技术工人因为文化水平达不到巴新工作签证要求，无法到巴新工作。冶炼厂工地周围的百姓从没有做过土建工程，外地技工又不能到巴萨木克来工作，这些问题不解决，工程质量难以保证。建议首先抓紧与巴新政府交涉，降低入关标准，让国内土建专业技术工人尽快到现场；同时加紧对当地人的技术培训。按照 MOA 协议的规定，开发商要负起这个责任，成立一个专门的机构，投入资金、时间和精力认真组织培训工作，但目前培训方面还没有任何行动。"

总包恩菲公司胡经理解释："按照总包合同，恩菲公司承担的任务是做好培训策划和培训教材编制。我们已经印制了 3000 册培训材料，计划在马当或莱城办一个培训中心，预算约为 3000 万元人民币。"

胡经理接着抱怨道："这笔钱并没有含在总包合同中。巴新当地的社会关系包括为当地人建学校、医疗站、警察署及开展培训工作是社会工作的一部分，应当由管理公司来完成。总包仅负责工程建设，只是起个辅助作用。"

工程初期，管理公司、总包、分包之间矛盾重重。按照常理，社会工作费用应由开发商——管理公司承担。第一次组织国际工程的中冶集团对此问题认识不足，在工程开始之前没有相应的计划、职责和资金的落实方案。现在，许多实实在在的问题摆在面前，工作由谁来做，费用由谁来出，现场的人都无法回答这些问题。

"要解决这些问题，在座的都无能为力，总包的培训计划也远水解不了近渴。当务之急是工程需要技术工人，百姓要求培训和工作。希望管理公司和总包尽快组织当地人的培训工作，这才是现在最现实的事情。" 19 冶项目经理的话，得到了多数与会人员的赞同。

> 国外工程项目的设计和预算要与国际接轨，因为情况复杂，应当留下充分的余地，避免工程出现混乱和被动局面，陷内部各单位于利益和矛盾的纠纷之中。开展当地社会工作的资金一定要打足，此项费用应单独列出，严格控制、实报实销，各级分工要明确，层层落实，避免扯皮。

第四章　属地培训

24. 组织培训班

经过激烈争论，管理公司、总包与施工单位达成一致意见：为了满足现场用工需求、提高工程质量，立即开展培训工作。用什么方法把当地人组织起来进行技能培训呢？带着这个问题，我和翻译小王到周边的几个村子进行走访。

我们首先来到冶炼厂西边的东巴村。选择先来这个村，是因为听说托地的伯父是马当省的基督教主教，他今天正好回村，我们想了解一下教会的情况。不巧主教大人到田里做工去了，借这个机会，我和村里的老百姓聊了起来。

年轻人都很热情回答我的问题，小伙子们告诉我："我们到工地去找活，你们总说没有，但有些跟你们有关系的都能把亲戚拉去工作，我们没有关系，只好在家晒太阳。"

"你们有技术吗？"我问，只见他们一个个面面相觑，答不上来了。

一个小伙子壮了胆子说："我们可以学习技术。只要你们教，我们一定好好学。"

他的话，让我有了信心。

不一会儿，一位满头白发、一脸慈祥的长者向人群走了过来。托地向我招手，我忙上前握手问好。

他叫罗达尼，是马当教区的主教，曾留学澳大利亚，从事教会工作40年了，在马当教区工作也已30年。东巴村是他的老家，他两个月回来一次。

我们说明来意，希望培训工作能够得到教会的支持。他向我介绍，教会工作是布道和帮助穷人，有时也组织村民培训，但因教会资金不足，很多想办的事情都办不成。

我问："教堂是否可以用作培训的课堂？"他表示，只要为当地人办事，他们都支持。

一个多钟头的交谈,让我对教会的工作方式以及它对民众的影响有了初步了解。我想,如果能充分发挥教会的作用,对于解决村民培训工作将会很有帮助。

回到营地,我反复琢磨:巴萨木克地区的十几个自然村有500多名年轻人,要把他们集中组织到营地里学习,既没有那么大的教室,也没有那么多老师,人来人往,吃住都解决不了,困难太大。如果分别在几个大村办学,用教堂做教室,请教会成员组织培训,我们提供资金,双方共同努力来解决这个难题,应该是一个较好的选择。想到这里,我准备这两天再到几个有大教堂的村子去找教会主持,商量可行的方案。

中方员工进村签订办学协议、赠送教学设备

第二天,我们来到营地东面的明珠村。车在教堂边停下,我向村民打听教会主持的家。几个村民热心地带着我到马克家,找到了教会的主持。这是一位身高不足一米五的老头,只会讲皮金语。我的心一下就凉了,这样老态龙钟的人,是没办法做培训班组织者的。

我们只好耐着性子跟这位主持聊天。他叫旺姆,60多岁了。他在明珠村教会当主持已经有10年了,马克给他提供吃住,教会一年给他50基那的薪金。他告诉我,马克是教区的副主席,在教区工作已经20年,他的工作都是义务的,没有报酬。村民们讲了一些有关马克的家庭及个人经历的故事,听着让人不由得心生敬意。

过了一会儿,一个中等身材、结实而匀称的中年男子走了过来。他面目清秀，两眼炯炯有神，看到我们先笑了笑，用英语说："我是马克，你们在等我？"

"是的，我是恩菲公司刘工，想向你了解一些情况。"

我询问了教会的工作内容，特别提出了有关技术培训的问题。

"我们没有专门的技术培训，但对教区内的学校给予资助，比如给学校赠送图书；做礼拜时，在教堂外组织学生学唱歌等。"马克说。

"这里的人就业机会很少，你们考虑如何解决这个问题？"我问。

"教会不是万能的，我们缺少资金，没有能力办实业，为教民解决工作。这一直是当地民众的要求，但也是很难解决的事。"马克坦率地说。

马克的英文流利、思路清楚、率真求实，让我十分兴奋，他可能就是我们要寻找的合作者。

"我们想在你们教区给年轻人办技术培训班。"我试探地问。

"这是个好事，我们支持。"马克直截了当地回答。

"可以把教堂作为教室用吧？"

"当然可以，除了星期日做礼拜外，其他时间都可以组织教学。"

"教师你们能解决吗？"

"我们可以找，这里有很多有文化和实际工作能力的人。"

"他们的吃住怎么解决呢？"

"教会可以在村里安排住宿。但目前教会资金有问题，付给教师工资有困难。"他坦率地说。

"我们公司来支付教师的工资，咱们合作办培训班如何？"我抓住机会，直奔主题。

"那当然好了，我们愿意与你们合作。"马克同样很兴奋。

"我们计划将附近村子的年轻人组织起来培训学习，让他们掌握一定的技能，以后参加瑞木项目建设和生产运营，解决当地就业问题。"我进一步解释。

"这是一个好主意！这些年教会做了很多好事，但一直没有解决就业问题。你们在这里办工厂，创造了就业机会，教民多年的期盼就可以实现了。"马克愈说愈兴奋，我们就像在和自己的老朋友聊天，交谈很轻松，双方深感相见恨晚。

至此，我终于找到了答案：依靠教会力量在村里举办培训班，解决教室的提供、学员的组织、教师的聘请及住宿等问题；我们负责支付教师工资、提供教学设备。双方就这样一拍即合，花不了多少钱就把事情办了，既发挥了当地教会的积极性，又减轻了我们办学的负担。我做梦也没想到，在异国他乡举办培训班的合作者，竟是陌生的教会组织。

接下来双方明确了各自的职责和义务，制定了工作方案。培训班每天6个小时，上下午各3小时，一个星期学习5天，周六日休息，学校不负担学员食宿。协议成文后，双方签字生效，这件事就敲定下来。

25. 虔诚的信徒

正事谈完，我问马克，为什么选择从事教会工作。听到这个问题，马克看着远处，慢慢回忆自己的身世和经历：

当年马克的爷爷在莱城当警察，姑姑在一家公司做秘书，马克全家则在巴萨木克务农。马克两岁时就被姑姑认作养子抱养在莱城。姑姑结婚后很多年没要自己的孩子，一来是为了不影响姑父的学业，二是因为有了小马克，他们非常喜欢他，一直把他当成亲儿子。后来姑父到德国留学，姑姑去陪读，在那里生了两个女儿；之后，姑父又到美国读了神学博士学位。这期间马克一直在莱城读书，由姑父供养。姑父回国后加入了巴新天主教教会，现在是全巴新天主教教会的主持。

马克十分崇拜姑父，为他执着信仰、无私奉献的人生志向所折服，为他待人真诚、朴实无华的高尚品德所感动，为他养育他成长、教他做人的慈父般关爱而感恩。马克在姑父身边耳濡目染，读了很多神学书籍，慢慢地对教会有深入的了解和认识。最终，他下定决心成为天主教徒。

高中毕业时，马克走到了人生的转折点。姑姑和姑父希望他继续学习，拿到高学历，走上仕途；但此时正值农村家中经济困难，弟妹面临辍学，亲生父母希望他能承担起责任，帮助家人渡过难关。马克陷入了痛苦的选择之中。

一个是向往的美好前途，一个是沉重的责任义务，两种命运的矛盾和纠葛在这个年轻人的头脑中激烈地碰撞着，使他夜不能寐。

经过深思熟虑，马克不再犹豫和徘徊，决定回到自己的出生地。这突如其来的决定，让姑父、姑姑感到非常意外。他们本想送他出国学习，希望他一生事业发达、生活幸福，没想到他决意走上另一条道路。看到自己辛辛苦苦培养的孩子突然长大了，姑父姑姑为他感到担忧，但也更加理解和喜爱他了。

马克回到阔别已久的老家，除了在自家的农田劳作外，其余的时间都放在教会的工作上。他深入周边的村庄，给穷苦百姓发放食品，为他们谋福利；号召村民在村里建教堂，为教民提供心灵的归宿；提倡垃圾回收和处理，改变生活质量、保持环境卫生……这个乐此不疲的使者，就这样，没有收入，没有假日，常年在农村基层教会工作。在巴萨木克有这样一批虔诚的教徒，大多数村落都建有教堂。

这次茅屋谈话如涓涓的溪流，平和而细腻，我被深深地感动了。两人推心置腹，我认定马克将是我在巴新很好的合作伙伴。

巴萨木克大多数村子都建有教堂

第二天，我和恩菲负责培训的李校长又开车去弗兰西村，听说那里有巴萨木克地区最大的教堂。到那里一看，果然名不虚传！它有 10 米宽、20 米长，檐高 3 米，顶高 4 米，梁柱都是木制的，房顶是镀锌铁板，虽然已经发乌，但没有破损和腐蚀的迹象。教堂正面的木台是布道用的讲桌，后面的墙上挂着教会的各种艺术品：金光闪闪的耶稣头像，世界著名的《最后的晚餐》的复制品，木雕耶稣受难像等。教堂后面的竹墙上，还挂着两块破旧的黑板，上面写着英文单词，说明在这里举行过文化教育活动。教堂内排着十几排木制条凳，容纳五六十人没有问题。

20多分钟后，一群小孩簇拥着一位老者走了过来。互致问候后，我就直奔主题，向这位叫沙姆的主持提出双方共办培训班的想法。结果和预想的一样，他们不仅同意，而且提出本村离中学比较近，除了办普通的土建班，还可以找到电气教师办电气班。李校长是年轻干部，听到这些十分高兴，他的工作将有新内容了。

我问到沙姆的个人情况，他慢慢地说道："我在这个村子做教会工作已经28年了，这个教堂是我亲手组织建设的。我们这里经济很落后，年轻人都想有工作，如果我们共同组织这个培训班，村里的人会非常高兴的。我家的土地就在巴萨木克地区，你们建厂征用了我的地，赔偿有限，而且钱很快就会用完。我有五个儿子、六个女儿，都没有工作，生活很困难。所以瑞木工程用工，首先要招巴萨木克地区的人，这个机会是我们用土地换来的，我们有权首先使用，不能让外来人抢了我们一辈子等来的机会。你放心，我一定要办好培训班！"老人发自肺腑地说出土地主最关心的问题。

老人这番话让我很受震撼。以前我们总认为他们不让外地人来工作，是一种狭隘的地域观念，现在明白了，对这些生活在穷乡僻壤的百姓来说，这是用他们唯一拥有的土地换来的工作机会。从这位有11个孩子的父亲的话语中，我听懂了：MOA协议中从近到远的招工原则是合情合理的，我们招工时要努力按这个原则办事，不能只顾工程进度和技术要求。处理不好这个矛盾，不仅当地年轻人会闹事，甚至连这些老人都会同你拼命。我们就有关问题达成了协议，这项工作得到对方的全力支持，进展十分顺利，他们将立刻开始准备找教师、招学员，保证下个月开课。

晚上，我将培训班的准备情况向马当总部做了汇报，胡经理给予肯定和支持，要求马当办事处抓紧采购学习用品。培训工作从此进入了实施阶段。

第三天上午9点多，马克来到营地找我。原来昨天他花了一天的时间，画了一张巴萨木克的平面图，标明了所有村子的位置，还注明了每个村子里青年男子的数量。看着马克这张手工图和说话时的认真劲儿，我心里更有底了。有这样热心民众事业和了解民情的组织者，培训班一定能办成。

中午，我应马克邀请，乘着小船去参观他的教区总部。经过了两个海湾和一个河口，我们来到一个临海的小渔村。蓝蓝的海水，白白的沙滩，海湾里停着一艘乳白色的快艇。马克介绍这是教区从德国运来的，供教会人员到沿海地区检查工作使用。

我们穿过渔村向教区走去，马克边走边介绍天主教在巴新传教的历史：十六世纪中期，德国传教士来到巴新建立天主教会，目前全巴新都有天主教教区，天主教的大本营在莱城，传教士来自世界各地，德国、英国、澳大利亚，包括巴新本国等，以德国人为多。

爬上小山坡，我们看到一座混凝土基础的木制房子，顶部有一个高耸的避雷针，还安装着电视信号接收器，一辆红色的小汽车停在房子旁边。这是我在巴新的部落中第一次看到现代化设施。一个高个子黄头发的青年在弯着腰干活，看到我们，他立刻放下手中的活计，走过来跟我们握手。这是我在巴萨木克见到的第一个西方人，一个年轻的德国传教士。他白白的皮肤，戴着眼镜，脸上不时微笑。他将矿泉水递给我，招呼我坐下。

我问他怎么来到这里时，他轻描淡写地说："我在大学里学神学，去年德国教会招募到巴新教会工作的人员，我报名并被选中了。我要在这个教区工作10年，就把妻子和3岁的女儿也一起带来了。再有几个月，我第二个孩子就要在巴新出生。事情就这么简单。"

我禁不住称赞道："你把一生中最有活力的10年献给了你的事业，献给了巴新人民，你很了不起。"

他笑了起来，说："比起我们的前辈，现在的条件好多了。他们很多人一辈子就待在这里，不结婚，没有收入。要比起耶稣背起受难的十字架，那就更渺小了。"这个年轻的传教士虔诚地说。

此时，一位50多岁的老人走了上来。马克迎过去，将我介绍给他。他是这个教区的主席，大事都要得到他的同意。马克把办培训班的事情告诉他，他说这是件好事，一定要办好。我表示非常感谢教会的支持，请他们有机会到中方营地做客。这位主席说："天主会保佑你们的。这个工厂建成后，我希望儿子能到那里工作。"

"我要生个儿子，我也让他到你们工厂去工作。"年轻的传教士打趣说。

在一片笑声中，这次见面结束了。虽然这只是一次礼节性的拜访，但与当地的各种社会机构建立联系，与各界人士交朋友，发展两国人民之间的友谊，对今后开展工作是十分有益的。

回营地的路途中，我向马克提出了一个困扰我许久的问题："在马当市里，有对我们不友好的标语，你怎么看？"

"在你们之前，有不少中国人来到巴新，但他们只照顾自己发财，所以有的巴新人对中国人的印象并不好。你们来建矿山，巴萨木克百姓是欢迎的，因为我们等待几十年了。但你们能不能得到当地人的欢迎，就要看做得怎么样了。"

"你看我们有什么问题吗？"我诚恳地问道。

"以我看，你们的国际工程经验还有所欠缺，不知道怎样与当地人搞好关系。另外，中国人确实有不少问题和毛病。"

"你能说得具体一些吗？"我急切地问道。

此时的马克看了下我，笑了笑说："你们要在这里很多年，慢慢会体会到的。"

这样的回答，让我欲问而止。

从此，这个问题也成了我经常观察和思考的内容。

26. 道歉会

从国内来的22冶先头部队，是由公司抽调的精兵强将组成的，很多人是一专多能的机械手和能工巧匠。这里不能不提的是"王大侠"。

这个大侠在国内就是22冶的名人，电气焊、管道、高空作业及装修样样精通；还有一手绝活，就是工艺雕塑，一块石头没几天就可以雕出一个动物或者人物造型来；他将锡块熔化之后，可以加工出一把篦子，一根根篦齿既尖又长，让人看了叫绝。他和同事们相处得很好，经常说些笑话逗大家乐，因此大家都叫他大侠。

在巴萨木克的几个月里，王大侠的综合技术能力发挥了重要作用。

奠基仪式前，他赶制了主席台边的钢制旗杆。很短时间内，他将集装箱改成厕所，解决了大家的生活困难。他将四个50吨的油罐用钢管、法兰和阀门焊接起来，完成了油罐区的关键工作。为了立避雷塔架，他爬上20多米的高空进行焊接，海风吹得塔体晃动，人也跟着晃，底下人看着都为他担心，那些善于爬树的当地人也都不住地啧啧称赞。

人无完人，大侠的技术水平高，但脾气急躁，语言能力差，与当地人交流十分困难，只能用几个单词做最简单的英语对话。他教当地人干活时，经常大声呵斥，有时还带几句粗话，徒弟们从讲话口气和表情中理解了他的意思，心中很不舒服。

一天上午，大侠让他的几个弟子将钢管抬到工作平台上焊接起来，焊好后再放回去。但那天，徒弟们居然拒绝抬管，说干这种重体力劳动是对他们的歧视。双方僵持了数分钟，大侠忍不住发起脾气，大喊起来。可这些年轻人像吃了秤砣一样，依然一动不动。他愤怒地向他们喊："Go! Go home!"

没料到话音刚落，几个人一起冲上来，用拳头和安全帽砸向他的头部和背部。他被突然的袭击震住了，没来得及还手，就被打了一顿。过了一会儿他如梦初醒，拔腿就跑，后面几个大汉紧追不舍。

我和警察赶到现场时，大侠已经跑回房间，那几个年轻人还气势汹汹地围在门外。

警察将7个人带到办公室，把他们围在中央。见此架势，那些人立刻低下了头，规规矩矩地坐在房间的地板上。

"你们怎么敢在光天化日之下动手打人呢？打的还是你们的师父！"我大声地说。

失去理智的野蛮小子们此时老实了，像小绵羊一样。

"他让我们干重活，这样的活不是我们应该干的。"一个年轻人说。

"那你们也不能以此为借口打人！"我说道。

"师傅叫我们回家，是要把我们开除，所以我们就动手了。"这个年轻人辩解。

没想到这个"go home"，让他们误解要被辞退。语言交流的障碍，引起南辕北辙的误解，真是让人啼笑皆非。

警察将这几个年轻人的口供做了笔录，准备将他们带回马当。但因为当天是周五，送到马当，警察局也无法收审，便决定先放他们回家，星期一上午再送马当。

"这些人要是跑了呢？"我担心地问。

"他们不敢。在巴新，犯法逃跑的后果非常严重，警察甚至可以烧掉他家的房子，所以犯罪不重的，不会轻易跑掉，反正拘留几天就没事了。"

有这种事？我们将信将疑。

人被放回家了，我赶紧到大侠的房间里去看望。他怨气没消，正躺在床上望着天花板喘着粗气。我见他没有受伤，嘱咐他好好休息。

星期一上午，果然如警察判断的那样，这几个人都乖乖地来到工地，被警察用船带到马当。

一个星期以后，马当传来消息，这几个人拘留期满，要在巴萨木克现场举行道歉会，向中方正式道歉。在国内，违法的人交司法部门处理了事；但在巴新，处罚后举行道歉仪式是当地人的一种习俗。大家都很新奇，这个道歉会怎么个开法？

那天，马当省瑞木工程的政府联络官、当地土地主协会的代表、中方代表一共十几个人参加了道歉会。联络官宣布会议开始，他首先代表政府对发生的事表示遗憾，对受到伤害的中方人员致以慰问。土地主协会主席利马表示了歉意。罗海洋代表中方接受巴方的诚恳道歉，希望中巴两国员工互相尊重，团结合作。马当政府官员对友好解决冲突表示欢迎，要求双方密切配合，共同推进瑞木工程。

罗海洋主持道歉会的情景

警察局官员发言，他首先表明警察局的态度，坚决反对打人事件；接着通报了警察对他们的惩罚和教育，说每个人都认识到了错误。在此前提下，警察决定在惩罚的同时，给他们改正错误的机会，利用这个道歉会向中方人员表达心意。

大侠坐在会场的角落里静静地听着。他看到各方面对事件高度重视，专门为他开了道歉会，心里也得到了安慰。

发言结束后，大家来到屋外，桌子上放了西瓜、菠萝等一大堆水果、蔬菜以及一串串的达卡果。这些都是打人小伙子的家属从家里带来的。政府协调官和警察让大家聚起来拍照。

首先是老李和大侠的大徒弟握手拍照。主持人将两束达卡果分给他们，每人将各自的果枝掰成两半后，拿出一半互相交换。据说，这是"你中有我，我中有你，团结一致，永不记仇"的友谊象征。

老李和巴新员工交换达卡果以示友谊

接着，两个年轻人用一根木棍将一头捆着双腿的猪抬了过来，放在大侠跟前。几个徒弟围过来和大侠握手，表示歉意。现场所有的相机都集中到这里，一张全家福合影把友好气氛推向高潮。政府官员、警察、土地主协会的官员也上来与大侠握手并鼓掌，表示他们的歉意和友谊。

这场部落里的特殊道歉会让人感触良多。据说在巴新，从政府到民间都常用道歉的方式，向对立方表示友好和善意，以求解决矛盾冲突，化干戈为玉帛。巴新人淳朴的民风、宽广的胸怀让我们思绪万千、浮想联翩：我们是否也应该学会放下面子，主动有错认错，学会说一声"对不起"，让人与人之间更加友好，促进社会更加和谐呢？

走出国门，处处是学习的机会。世界各国、各民族都有许多值得尊重和学习的好作风、好传统。

大侠的遭遇，给我们提出了一个严肃的问题，必须对中方员工进行安全、文明、外语等方面的培训和教育，以防类似事件的发生。事后，恩菲公司编制了皮金语教材，装订成册，组织大家学习皮金口语。大家学得都很认真和努力，大侠学得更是起劲。同时，恩菲公司还办了英语学习班，每个星期学习两个晚上，无论是干部还是工人都很重视。在国内没有这样的机会，到了巴新大家开始恶补。

我和朱经理还组织了三天的新到现场工人岗位培训。这些人对于巴新的现状，当地的风俗、习惯，现场发生的事件，如何与当地人和睦相处等，都非常感兴趣，瞪大眼睛听得入神。恩菲公司相关部门工程师则为现场工人讲授安全、质量等专题讲座，对中方员工提出了文明礼貌的要求。齐大夫和小梁大夫还为中巴员工组织了医疗紧急抢救培训，演示人工抢救的模拟实验，每一个学员都对橡皮人进行了规范的练习。

在巴萨木克现场，大家努力认真，学习热情高涨。这些培训收到了成效，人们的意识水平提高了，对外的关系有了改善。实际上，只要我们把这些训练做到常态化，不松懈，就会起到潜移默化的作用。

> 必须加强中方员工外语会话能力培训和文明礼貌教育。新员工应进行三天的综合培训（介绍当地的政治、文化、宗教、民风民俗）、语言培训（简单会话）、专业培训（工程简况、安全生产），学习员工手册，努力提高素质，改善与当地人的关系。

27. 罢工（二）

修建生活营地的工作正在加紧实施。国内设计方案中，生活营地是按两个区分开布局，一个中方区，一个巴方区。到了现场才知道，巴新政府规定，营地内中巴员工必须生活在一个营地里，分区居住有种族歧视之嫌。所以，现场决定改建为一个生活营地。

考虑到工程初期中方的人员多、困难大，现场项目部决定，先建中方人员的住地，满足中方人员的需要。当地人因家在附近，可以暂时克服一下，住房、餐厅及厕所等设施先暂缓施工。谁知这一决定，给日后工作埋下了巨大的隐患。

营地内的主马路12米宽、300米长，一直通到海边。马路的两侧分别建了 4 排塑料板房，往南是一个 700 平方米的食堂和餐厅，可供 300 人就餐。再往南就是预留的三四万平方米的发展用地。营地内建了一个柴油发电机站，设了一个钢制的高位水箱。最初的临时厕所，是在营地的北面挖了一个旱坑，四面用彩板围起来。后来为了尽快改善卫生条件，我们决定将一个 40 英尺的集装箱改造为厕所兼浴室。营地内的道路在 12 月底之前只完成了一半，生活营地四周都长满了青草，有一人高，雨季到来，到处是水坑，道路泥泞不堪。

当前，现场最重要的是雨季到来前的场地平整工作，我与老李等人在办公室研究相关问题。

会议还没有结束，小白跑进来喊道："工人又罢工了！"大家不由得心里一紧：怎么又出问题了？

"还是伙食和福利待遇的问题。"

"把他们叫到会议室。"老李说道。

十几个当地人聚到会议室。有了上次谈判的经验，他们也显得比较自然，有的人还用纸卷起土烟，一口口地抽了起来，一副轻松自如的神态。

老李走进会议室，首先发问道："上个月你们罢工，我们已经满足了要求，怎么又罢工了？"

"我们这次有新问题需要解决。"沙马说。

"我们需要新鲜的蔬菜、猪肉。"一个年轻人振振有词。

"我们要求建食堂，请正式的厨师做饭。"

"应该增加工资，现在每天 10 基那太低，澳大利亚公司每天都是 20—30 基那。"

这些人七嘴八舌争相提出要求。眼看他们胆子越来越大，老李马上打断了他们的话："既然澳大利亚公司条件这么好，你们为什么不到他们那里去？"会场上没有人说话了。看着这些得寸进尺的当地人，老李压着气和他们理论。

一个年轻人壮了壮胆子说："过去你们说工程前期条件差，现在你们住宿和吃饭条件都有了，不是说大家平等吗，怎么不履行承诺呢？"

这话也有道理，老李很难直接驳倒对方。他缓和了一下气氛，说："我们不是不考虑你们的意见，解决任何问题都有个过程。"

老李借故离开会场，他需要认真思考如何解决这些问题。但他不愧是久经沙场的施工经理，有很强的处理复杂问题的能力，很快想到一个新办法。

新一轮谈判开始了。这次老李先发制人："你们目前的午餐费是每人5基那，按这个标准发给你们，由你们自己解决午饭，怎么样？"

"我们没有船，无法去马当采购。"

"我们没有厨房，无法做饭菜。"

"好，这些问题大家可以共同商量解决。有意见可以派代表和我们谈，罢工无助于解决问题。"

看到没有人说话了，老李问达克："达克先生，你认为这件事应该怎么解决？"

达克有着同族人和雇员双重身份，必须在中间搞平衡。他想了想，提议道："以前的午饭是过于简单，要改善现有的条件，应该建一个食堂。"

"那怎么建呢？"老李引导着他。

"中方采购炊具，我们组织工人搭建伙房。"他看了看老李，小心翼翼地说。

老李觉得可以，立刻说："那好。你立即组织工人建伙房，一间伙房，两间餐厅，材料由中方提供。我们负责灶具等设备和餐具的采购，10天后备齐。食堂的厨师和采购由你们负责，还要配一个财务。伙食标准每人5基那。在新食堂没有建起来以前，暂时供应鱼罐头。你们大家还有什么意见？"

工人们都表示可以接受老李的安排。一个小时的罢工谈判有了结果，大家同意下午复工。

当地人第二次罢工平息了，跟第一次一样，中方做了让步。老李隐隐约约感到，他们的要求还没有全部提出来，他们的期望还远没有得到满足，这次仅仅是一个阶段性成果。现在只有走一步看一步了。

经过半个月的努力，用彩板搭起了三间临时食堂，我们配备了燃气灶、炊具和餐具，当地人制作了餐桌和凳子，食堂终于办起来了。达克组织人买白菜、豆角、芋头等当地蔬菜，隔几天就到农村去买猪，当地员工的伙食得到较好的改善。

28. 中巴联欢

时间过得很快,眼看 12 月 25 号圣诞节就要到了。在基督教盛行的巴新,圣诞节已被当地人视作自己的节日,同时也是巴新国的法定假日,12 月 25 日、26 日放假两天。

恩菲项目部考虑要抓住这个机会与当地人增进友谊,决定与他们共同庆祝这个重要节日。晚上,大家齐聚一堂,策划这项活动。

"在营地内办一次中巴友谊联欢会。"负责对外关系的王工首先提出建议,一下子引发了大家的兴趣。

"这个主意好,会上由 22 冶搞一次当地先进工人表彰。"

"中巴双方表演一些节目,让达克组织当地人演出,我们中方也拉几个节目。"

"咱们还可以搞个中巴体育比赛……搞个拔河比赛怎么样?"

王工又补充:"24 号组织联欢活动,25 号可以到附近村里和当地居民共庆圣诞。"

"这个办法不错,我们准备好礼品及灯光和音响,把发电机带上,再给他们放一场电视节目!"

众人拾柴火焰高,大家你一言我一语地把另一场策划活动也安排好了。王工高兴地说:"大家的意见都非常好!时间不多了,咱们抓紧分头安排吧!"

12 月 24 号下午,靠海的一片平地正好成了天然的大舞台,红色拱门又立了起来,中国和巴新的国旗在两侧迎着海风飘扬,广场上播放着欢乐的《喜洋洋》《步步高》等中国乐曲,将节日气氛烘托得更加浓厚。孩子们围着拱门蹦着、跳着,下班的工人从四面八方来到会场,人越聚越多。

3 点多钟,一群穿着民族服装的表演队从海边走来,他们裸露的上身涂满各种颜色,下身穿着草裙,各式各样的头饰上面插着羽毛,看样子做了充分的准备。不一会儿,另一支表演队从东边也进到会场,但穿戴与前一批全然不同,许多人还西装革履,戴着太阳镜,穿着皮鞋,不知道要表演什么节目。巴新人今天又有什么惊喜带给大家?

穿着民族服装的表演队

4点整,联谊会开始,翻译小夏以一副电视台主持人的腔调讲话:"亲爱的巴新兄弟们,明天就是圣诞节了,在这里全体中国员工向你们致以节日的问候!祝福你们全家幸福安康!4个月里,中巴人民并肩作战,成功地举行了奠基仪式,克服了一个又一个困难,使得前期工程进展顺利,你们中的很多人做出了贡献。首先对10名优秀员工给予表扬和奖励,现在宣布获奖名单。"

小白宣布了10个人的名单。没想到,当地人不懂中国式的表彰方法,半天也没有人站出来。在老李一声大喊之后,这些优秀员工才从人群中站起来,腼腆地走到会场中间,接受老李发给他们的奖品:每人一份孩子们喜爱的食品,一个可爱的中国福娃。老李又宣布,当地员工每人都有一份圣诞礼品,包括大米、罐头和糖果,场下立刻响起一片掌声。

接下来,我代表中方祝贺节日:"朋友们,我们来到美丽富饶的巴新,与大家一起开发这沉睡的矿藏,实现着我们共同的理想,也结下了深厚的友谊。美丽的天堂鸟,是巴新的国鸟,它象征着幸福和吉祥。祝愿瑞木工程像一只高高飞翔的天堂鸟,给大家带来美好生活和幸福前景。祝巴新朋友圣诞快乐!"

表演开始了。明珠村的表演队首先登场,演员中既有年轻力壮的小伙,也有满脸皱纹的老翁,有身材干瘪的老妇,更有正值妙龄的姑娘,这个村子每家每户都有人参加表演。男人们敲着长筒鼓,围成圈子转着,女人们则在外圈,唱着歌,拉着手转,不时摇摆着身体,鼓声歌声交织在一起,让人感到亲近和自然。随着鼓声和歌声越来越远,他们走回海边。

下个节目是中方王工的男高音独唱,随着乐曲伴奏,一曲宛转悠扬的日本歌曲《拉网小调》在巴新的夜空响起。全场静静的,大家都在享受着音乐的美。歌声刚落,立刻响起欢呼声和掌声。

接下来是附近村子表演队的节目,他们演的是生活剧。怕中国人看不懂剧情,达克在旁边做讲解。开幕时,舞台上展示着原始部落的生活场景:有人做饭,有人在砸椰子,一个妇女在给女孩梳辫子。

五个白人打扮的演员上场了,一个人身着教服,胸前挂着十字架,拿着圣经,肯定是个传教士;另一个胸前挂着相机,像是记者;还有一个穿白大褂的女士,脚上一双高跟鞋,背着红十字箱,显然是个医生;另有两个西装革履的男士夹着书和黑板,可能是老师。一个当地小伙看到白人进村,立刻大喊大叫,四周涌入十几个当地人,拿着弓箭和砍刀将白人团团围住。

一旁做解说的达克告诉大家:"几个世纪以前,很多西方传教士和记者、医生来到巴新。当地人见他们皮肤不同,认为是白鬼,就用箭刀围攻和驱赶,现在表现的就是黑人围赶白人的情景。"

圣诞联欢会上精彩的生活剧

这些白人没有惧怕,而是主动向他们示好。只见那个传教士用手摸了一个土著人,又抓起对方的手摸了自己。达克解释道:"这样做,是想让对方认识到自己也是人,不是鬼,只不过皮肤颜色不同,让当地人消除害怕的心理。"

只见女医生从口袋里拿出糖块，放到孩子的嘴里，孩子们非常高兴，活蹦乱跳；这边老师拿着一块板子，在教孩子们识字，"A"、"A"、"B"、"B"，老师教着，孩子学着。

传教士在为周围的人读圣经，一会儿用手在胸前划着十字，一会儿又指向天空，向当地人在讲述着耶稣和圣经的故事。

这一派和谐的气氛突然一变：一个小女孩从场外跑到老师身边，一个长发妇女追上来，抓住她往后拽，女孩不依，两个人扭打在一起。达克说："这是当地的巫婆，她反对孩子学习文化。100多年前，巴新有很多这样巫师，装神弄鬼，散布迷信，靠算命看病骗取钱财。"

突然，这女孩抱着头乱转，浑身发抖，倒在地上痛苦地呻吟着。达克在一边说："这女孩得了疟疾，以前这是不治之症，很多巴新人都死于此病。"

巫婆看到自己心爱的女儿得了病，悲痛万分。她跪在地上，举着双臂，向天空祈求神灵；后来干脆躺在地上，不停地发抖，扭动着身躯，面向天空挥着胳膊，口中念念有词。这个女演员表演得非常逼真，痛苦的面容、绝望的呼喊把观众深深感动了。

这时，几个小女孩把白人大夫请来。女大夫摸摸她的头，看看眼睛，再听听肺，立刻用注射器给女孩打针。不一会儿，女孩就不再发抖了，慢慢地坐了起来，轻轻叫了一声妈。巫婆听到孩子的叫声，疯了似的跑过去抱住女儿哭着笑着。女儿指了指白人大夫，母亲不好意思地走到大夫面前，把大夫的手放在自己的头上，然后不停地亲吻她，表示感激之情。

最后是大团圆的一幕：牧师带着信徒，老师带着学生，医生和母亲牵着小姑娘的手，大家走到场中，拥抱在一起，摄影师为大家照相留影，全剧结束。

达克意犹未尽地说："很多西方传教士来到巴新传播天主教，同时将教育、医疗卫生等服务带到当地，传播现代文明，提高民众生活水平。初期当地人以为他们是鬼，很多传教士被打死。最近还有报纸报道当地人的后裔向死去传教士的家属表示忏悔和道歉的消息。"

一幕生动的生活剧，让观众沉醉其中。这些演员都是普通村民，演的都是他们自己，动作虽然夸张，但都很逼真，他们强烈的表现欲望和天然的表演才能让我们赞叹不已。

让人感触最深的是,巴新人民不怕暴露自己以往的愚昧和无知,敢于向世人展示自己的历史。他们不隐瞒这一过程,也不歪曲这段历史,而是正视这一切。这种坦然面对历史的态度让人钦佩。

更为引人入胜的节目,是中巴友谊拔河比赛。双方各派出10名身强力壮的小伙子,平时的师徒今天成了对手。因为巴方缺少经验,也没有人统一组织,一声令下,中方立即抢先发力,争得了主动,红彩带一下子被拉了过来;巴方不甘示弱,一股狠劲儿又把红彩带拉了过去,只见那红带子时左时右,不停地来回摆动,僵持了有数分钟。最终还是中方有经验,把红带拉过了界线,双方都倒在了地上。随着欢呼声,拔河比赛结束,欢乐的圣诞联谊会也达到了高潮。

巴新工人回到营地,每人都领到一份中方赠送的节日礼物,高高兴兴地回了家。

29. 欢度圣诞

12月25号,中方人员忙着准备晚上的联欢会。小薛将音响、电视、发电机、照明等设备准备好,下午就运到村里去安装。几个同事在准备圣诞礼物,将糖果和奥运福娃装在塑料袋里。为了感谢当地教会乡绅的支持,我们准备了5块手表,赠送给土地主协会主席利马和各村教会主持等人。达克一早就到营地来借汽车,他们要到马当买晚餐的食品,看来当地人也在忙着准备晚会。

看到达克,我把恩菲公司送的节日礼物交给他。这是一辆从马当买来的带加快轴的自行车。他喜出望外,蹬上车在现场骑了一圈,小胡子一撅一撅的,乐得合不拢嘴。自行车在当地是稀罕物,买这辆车用了360基那,相当于一头猪的价钱,是一件很贵重的礼品。作为恩菲公司的第一个巴方雇员,项目部特别给予他重奖,鼓励他今后更好地配合中方工作。

下午5点,中方人员来到明珠村。达克带着大家四处走走,介绍明珠村的历史。

明珠村已经有150年的历史,在当地是个大村,有近50户人家。马克和达克兄弟俩所在的家族是最早来到这里的,周围的土地大部分属于他们。

后来很多人从外地避难迁来，马克的爷爷收留了他们并分给他们土地，村民们陆续定居到这里。

第一次和外国人一起欢庆圣诞，当地的居民都很兴奋。小孩子纷纷跑到我们跟前，对着照相机和录像机笑着、做着鬼脸；老人们依着自家的大门，向我们挥着手打招呼；妇女们都忙着准备过节的食品：几个大锅架起来，下面柴火旺旺的，几个人不时翻着锅中的猪肉，有人用树叶将米裹成团子，一串串连起来放到煮肉的锅里；还有的将红薯、米饭和肉用树叶包起来，一起放进锅里。听说她们上午就开始准备了，这些佳肴要煮上三四个小时。

中方员工与明珠村村民共度圣诞节

海边生起的火与海风相遇，形成缕缕水气，将村子笼罩在白茫茫的烟雾之中。中国员工在村里四处走，欣赏着教堂、球场、草屋、树木、花鸟、珊瑚等异国风情美景，不断地拍照留影。

我见海边伸出的礁石上搭着木板房，有踏板与地面连接，走近一看，原来是个厕所。粪便直接落在海里，海水一冲便无踪无影了，让我感觉十分新奇。

村子的一角有个镀锌铁皮搭成的棚子，旁边立着约 20 立方米的塑料大罐。村里人告诉我们，这是当年澳大利亚高地公司为村民建的办公室，屋顶的雨水通过收集管道直接流入塑料大罐，可以提供日常用水。这个清洁明快、色彩斑斓的原始村落里，有一种令人神往的世外桃源般的意境。

夜幕慢慢降临，中央草坪上亮起数盏白炽灯，第一次给这原始村落的夜晚带来了现代的光明。孩子们在灯下嬉笑着、追逐着、尽情地玩耍着，中国和巴新的音乐交替播放着。凉爽的海风吹来，使人感到格外舒畅，身心彻底放松了。

晚会开始，先由村里的牧师旺姆和我代表双方互祝节日快乐。

接着，中方的主持人上场，他风趣地自称是圣诞叔叔，为村民送圣诞礼物来了。

一大群小孩立刻涌入会场，原本一家一份的礼物也无法按次序分发了，只好让孩子们排好队，每人分给一个福娃、一包糖果。孩子们从来没有收到过这样的圣诞礼物，他们在灯光下仔细地看着，互相比着，高兴地吃着，互相交换不同颜色的五个福娃。

随后，主持人把多余的糖果抛向天空，喊着"仙女散花啦！"孩子们蜂拥而上，捡的捡，拾的拾，欢笑声盖过了音乐声，围观大人看着笑得合不拢嘴。

礼品发完，主持人宣布舞会开始。节奏强烈的迪斯科舞曲刚起，小伙子们立刻跑进舞池快乐地扭着、跳着。中方员工也加入其中，与他们尽情地舞动起来，大家无拘无束地展示着自己的才艺，友好的情感交融在一起。

起初没有一个姑娘跳舞，她们只站在旁边看。主持人想去请她们，但她们看见中国人就跑。过了一会儿，一个姑娘终于抵不住诱惑，率先走到草场中央大胆地跳起舞来，舞姿舒展柔美，表情热烈奔放。在她的带领下，几个女孩子也参加进来，她们笑着、跳着，中巴的小伙子都抢过去与她们对舞，场面更加热烈。

当晚的最后一个节目是聚餐。妇女们将食品放在长长的木台上，一共放了两排 16 盆。

饭前，晚会的组织者达克站了起来，满怀深情地说："今天是基督教徒的节日——圣诞节，我们怀着感激的心情欢迎中方兄弟来这里做客。村民们用了一整天时间准备圣诞晚餐，请你们像亲戚一样品尝我们自己制作的传统圣诞餐，希望你们喜欢。祝你们在这里度过一个美好的圣诞之夜！"

我们都被巴新人民的真诚友谊和热情招待深深感动了！

聚餐开始，我们有的员工有些紧张，本地人吃饭都是用手抓，我们怎么办？没想到达克小事情都考虑得这么周到细致，他一早开车到马当，买来了纸制的小盆和塑料叉子,每个盆子里都装满了香肠、猪肉、米团、红薯团,还有专门去马当买回来的饼干、糕点、饮料等。

大家自选一些可口食品,放在纸盆里,端到场边品尝起来。吃着腌制香肠,感觉不错;又吃了香蕉叶包裹的肉,有一股清香味;里面的红薯带有肉香,也很有特色。最高兴的是孩子们,他们嘴里塞满了肉,一手拿着饮料,一手抓着饼干,在木台和人群间来回穿梭。

我们对集体节日宴会和传统巴新菜肴很感兴趣。达克介绍说,巴新部落凡是过节或有重要事情,都是全村集体活动,各家的妇女都参加制作,全村人一起吃饭。这种猪肉饭只有节日才能吃到。看来他们仍然保留着原始部落集体生活的传统习俗,与中国农村一家一户各自独立生活的方式差别很大。

吃过"年夜饭",村民们都围着大屏幕电视机兴致勃勃地观看中国功夫和好莱坞大片。

夜深了,我们告别后返回营地。一路上大家谈论着自己的感受:"我算了一下今天这个年夜饭,大概花了3000基那,均摊后是每家60基那。他们每天只有10基那的收入,真是家境虽穷,待客热情慷慨呀!"

"这个村子多干净、漂亮,厕所在海边,粪便让海水一冲就没了。"

"你看高地公司,工程没有开始就给村里建办公室和集水箱,我们以后也要给周边的村子通电、通水、通路,多办点实事。"

一个对于中巴双方来说都十分难忘的圣诞节过去了。这次活动,是中方第一次深入巴新最基层社会,与普通民众深度接触,对于了解巴新国家和民族的风土人情、风俗习惯,增进双方的友谊与合作,有着十分重要的作用。

与工程周边的村庄建立良好的友谊与合作关系十分重要。为村民办好事、办实事,可以获得支持、赢得民心,为工程筑起一道保护屏障。否则,反对势力会利用他们的不满来攻击我们,使我们处于孤立无援的境地。但在工程初期,我们一般是难以认识到这一点的。

30. 阻止施工

圣诞节过去，新的一年开始，现场依旧困难重重。

由于雨季道路不通，无法为当地员工提供交通车，大部分工人每天都要走很远的路上下班，十分辛苦。他们怕把鞋打湿，都光脚走路，所以背鞋上下班就成了这里特有的一景。工作环境差，且劳保产品质量不佳，鞋不到两个月就报废了，工作服一个月就成了麻袋片，也是工人抱怨的一个问题。

当地人不习惯住空调房。工地有时停电，封闭的房间里闷热、不透气，当地人受不了，所以很多人宁愿住草房也不住空调房。他们平时穿衣就很简单，一年四季有几件短衣短裤就可以了。我们在工程初期为他们发放了工作服、工作鞋及安全帽，反复强调为了保护身体不受伤，现场必须穿戴。他们很不习惯，天一热就光着膀子、光着脚干活。有两次国外记者到现场拍了照，登在澳大利亚的报纸上，对中方的生产安全提出了质疑。这其中有中方重视不够的原因，也有当地人不习惯的原因。

在巴新施工的一大问题，是疟疾对工人的危害。马当是疟疾高发区，当地居民大多数都得过疟疾。很多人是带菌者，身体好时、抵抗力强时不发作，但到了身体弱的时候，尤其是感冒的时候，疟疾立刻发作，一会儿浑身发冷、发抖，身子蜷在一起，一会儿全身发烧，衣服都湿透了，发作一两个小时之后才停止。当地人一旦发病，马上到凉快通风的地方躺下来。看到工人发病，我们会立即把他们带到医务室治疗。

巴新人世代居住在热带雨林里，没有现代化的交通工具，出门就靠一双脚。每天干完活，要走很长的路，天黑了才到家；第二天早晨6点多钟就从家中出发，8点前赶到工地，走路是他们天生的基本功。走路时必带的工具是一把长刀，这刀的用途很多：在树林中行走时用来砍草、砍树开路；饥饿时，用刀将椰子砍开或上树把香蕉砍下来充饥；遇到动物或人企图加害时，用它作为抵御工具。

工程初期，当地人也跟着我们学说几句中国话，其中"你好""没有"是大多数人学得最快也最实用的。每次想表达不知道、不会、不清楚或不想干，他们都说"没有"，虽说不十分贴切，但都传达出了否定的意思。一次我们找当地人去打扫厕所，他们没一会儿就跑出来，捂着鼻子，连声说着

"没有，没有"。起初我们不明白他们说的什么意思：是没有工具，还是没有水？进厕所一看，厕所比较脏，他们直摇头，才知道他们嫌脏，不愿意清扫厕所。这个"没有"也成了他们不干活的代名词。

巴新受西方文化影响很深。在澳大利亚托管的年代，澳国政府在巴新建立一套西方的政治与法律的管理体制，使巴新人接受了西方政治制度及民主思想。但是对于世代生活在部落里的原住民来说，部落的长老、酋长有着比较高的威望，传统习俗影响根深蒂固，所以他们的行为和处事方式还是传统、原始的。在巴新生活多年的人深有体会地说，巴新人是"思想方式西方化，行为方式原始化"。这就是对巴新现实状况的一个概括。

这几天老李正在组织土方的机械施工，没想到一件事情发生了。

在生活营地门口，四个年轻人拦住了开出的汽车，不让机械手工作，几辆汽车只好停在那里。

我和老李赶到营地门口，只见一个身体健壮的年轻人站在汽车前面喊道："我们当地的人没有工作，这些机械手不是巴萨木克的，不能在这里工作。"

这些人显然不知道中方与土地主协会主席达成了允许外来机械手到工地工作的协议。

这里还没有平息，施工现场又传来消息，一个穿红衣服的男子，在冶炼厂现场把外地司机开的车辆拦住，不让他们工作。没想到这么大的工地，两个当地人就让现场工作停了下来，真让我们毫无办法。现场协调的结果是与土地主共同开会后再复工。

第三天上午，管理公司的郝经理来到现场，一同前来的还有土地关系部的协调员以及四个区的土地主协会主席。我们在生活营地对面的小市场上举行了会议。会场上除了开会的几十个土地主，还有做买卖的小商贩以及嬉闹的小孩，共有一两百人，真是一个非常有意思的会议。

会议从上午11点一直开到下午1点半。两个半小时的会议，什么人都可以发言，什么话都可以说。主持人是瑞木工程的当地协调员，他一边吃着花生一边讲演，嘴里嚼出的白沫流到下巴上也全然不顾，仍在那儿振振有词。

巴新是个民主国家，什么事情都要通过民众参与，无论是政府官员还是普通百姓，谁想发表演讲，站起来就可以说。两个半小时里先后有20个人发言，发言中最激烈的就是前一天拦车的小伙子。

中巴双方在树下谈判

"我们巴萨木克的机械手没有得到工作机会，为什么外地的人可以在这里开车？"

"你说哪个机械手没有工作？"协调官问。

"我父亲就没有工作。"小伙回答。

"你父亲参加过中方组织的机械培训班吗？"中方人员提出。

"参加了！"

"通过考试了吗？"中方人员问。

"唔，可能还没有。"他含含糊糊地说。

"你父亲有多大年纪了？"中方人员又问。

"60多岁。"

"他在哪里？"

"在那里。"这个年轻人指着人群中一个干瘪瘦弱的老头，那个老头举了举手，人群中发出一片笑声。一看就知道这是个体重不足百斤的老人，怎么可以开重型卡车呢？年轻人和他的父亲被众人笑得不知说什么好。

"你的父亲在培训班里学了一个多月，没有通过考试，不适合开车。我们让他做机修工，已经是很照顾他了，但他不同意，所以现在也没有上班。"中方的丁经理解释说。

当翻译将情况介绍给众人后,这个小伙子也泄了气。前天拦车,就是为了让他父亲当上司机,但是大家对这种做法都表示不满。

会上很多当地的村民提出了招工培训、就业和工人福利待遇的问题,中方经理都一一做了解答,恩菲的胡经理也代表总包保证,努力解决以上问题。利马也把与三个地区达成的人员互通使用的协议做了说明:现在外来的工人都是当地缺乏的专业技术工人,今后在其他区域施工时,巴萨木克的村民也可以到那里工作。矿山区的土地主协会主席也表了态,现在他们村的人来冶炼厂工作,今后他欢迎冶炼厂的人到他们那里工作。

最后,素茂老人慷慨激昂地说,他支持外地机械手来这里工作,支持中国人为推进工程进度所做的努力。这个老头虽然没有官衔,但讲话却有些分量。据说,有一次政府官员指责中国人不履行自己的诺言,很多事没有办到,他站出来把那个官员大骂了一顿:"几十年来你们政府给我们办了什么事?中国人才来了几个月,已经为我们办不少好事了,中国人比你们强。"骂得官员无话可说。中国人在巴萨木克的第一份砍树合同就是与他签的,工程款很快就到了他的手里,他对中国人的印象不错。

会议结束后,由四个土地主协会主席、管理公司和恩菲等几方共同签署了协议。一场小小的风波平息了,整个工程因此停工两天。

素茂老人热情地向中方员工打招呼

31. 开学典礼

元旦过后，负责培训的李校长从马当买来各种文具和教学器材，计划 1 月 5 号在两个村里分别召开培训班的开学典礼。

5 号上午，我和小李等人带上教学用具，还装了些送给老师的大米、方便面和花生油，来到明珠村。走进教堂，只见 40 多个学生整齐地坐在木凳上，其中还有几个女孩。偏僻的小教堂里静悄悄的，没有一个人说话，没有喧哗和嬉闹。站在讲台上的牧师请我们到前排坐下，然后宣布明珠村培训班正式启动。他那安详、温和的布道语气，让人感觉很有力量，学生们都十分虔诚地听着。

我代表中方感谢教会对培训工作的支持，鼓励学生珍惜今天的机会，努力学习技术，争做瑞木项目的第一批员工，并将准备好的黑板、笔、本、文具和电视、DVD、发电机交给老牧师。学员们睁大了眼，他们中的大多数人从来没有见过这些设备，而现在已经拥有了它们，大家都十分兴奋。

土建培训班顺利开课

下午，我们前往弗兰西村举行开学典礼。由于头天下雨，道路泥泞，越野车过不去，我们只好开着装载机去。路两边茂密的树枝经常刮到人的身子和脸，最让人头痛的是树枝上的蚂蚁成堆地落到身上，钻进衣服里咬得人又痒又痛。过了这段路，大家急忙跳下车，第一件事是把衣服脱下来，只见每个人身上都是红一块肿一块，大家互相扑打着。围过来的孩子们看见中国人这种狼狈样，都哈哈地笑起来。他们身上只穿一条短裤，也不怕蚂蚁咬；中国人穿得越多，麻烦越大。

装载机终于开进了村子。村里教会主持见我们到了，十分吃惊："这几天下雨，路不好走，我们以为你们不会来了，所以也没有集合学员，非常抱歉。"

"既然答应了你们，我们今天就一定会来的。"小李笑着回答道。

"好，我们通知学员明天正式开课，你们可以随时来检查。"接着，老人介绍道："我们请了一个在高级中学工作的电工，他曾经在澳大利亚公司工作，有一本澳国的电工手册，可以做教材。现在已经组织了12名学员参加电工班，都是十年级的学生。准备再开一个木工班和一个机修班，正在物色教师。等条件成熟了，这两个班也要开。"

"太好了！"我脱口而出。我真没想到，教会办班的效率这么高。

电工老吴去教会主持家里调试电视机，很快屏幕上出现了影视节目。这个消息像长了翅膀，全村的大人小孩都跑过来。这里的人多数没有见过电视，他们兴奋异常，看得目瞪口呆。老人不住地摇着头，不相信这是真的；大胆的孩子用手去摸荧光屏。大家兴奋地看着、议论着，享受着现代文明带来的快乐。

从老人家中出来时，我们看到不少人围在装载机前，拿着香蕉、菠萝，还有人拿了鸡，给中国人送行。大家一起合了影。车辆开出了村子，孩子们还跟在后面跑，老人们在远处招手。

我们还是有些不放心，两天后又去了明珠村。来到教堂，里面竟空无一人，大家的心一下子吊了起来。

这时一个孩子把我们带到不远处的大棚旁边，只见一个老师正指着黑板上画的房屋立体图，教学生识图和画图。这里没有凳子，学生席地而坐，有些人干脆趴在小石头铺成的地上听课。

课间休息的时候，我们才走进课室与老师和学生们见面。老师解释说，因为教堂里光线比较暗，画的图看不清，所以换到这里上课。他告诉我，英文版的木工教材是莱城中专用的，理论程度不深，但施工工具、材料及方法都有详细讲解，图文并茂，很适合初级工人学习。

虽然没有桌椅，但学生学习的热情很高。我看了学生们的笔记，他们都是徒手画，画得也不符合比例，但是第一节课就能画出立体图也很不容易了。

有几个学生没有到，老师解释道："他们住得比较远，这两天雨大，河水涨得高，过不了河，所以没来。有时因为路上用时多，他们就不回家，住在村里，但吃饭成了问题。"他希望我们能够给予帮助。

我答应明天给这些学员补助口粮。老师又要求给些包装板和水泥，让学员自己动手制作桌椅，自己搅拌混凝土，制作烤炉。大家被老师和学生的积极性深深感动了，他们主动克服困难，自力更生改善学习条件，我们当然全力支持，立刻同意给予解决。

第二天，我们又去弗兰西村看望学生。电工班正在上课，老师就是那个高级中学的电工。他操着流利的英语边讲边写，从电工原理到实际施工图讲得头头是道，学生们听得津津有味，不时记着笔记。在12名学生里还有一个女孩子，学得也很专心。临下课时，老师举着一本红皮手册，告诉学生："这是澳大利亚的电工手册，里面涵盖了电工必须掌握的专业知识，是电工的工作指南。把这本书学好了，每一个人都能够成为合格的电工。"

一个星期内，两个培训班按计划开学了。老师自选自编教材，教学方法得当，学生克服种种困难，学习热情高涨。当地教会的积极组织和全体师生的认真投入，更是给我们留下深刻的印象。原以为很难办的培训工作顺利地开展起来。

32. 伐木路

在马莱高速路与矿山之间，有一条60公里的进山路。这条路穿过了瑞木河，在瑞木河之前的约7公里的路段，人称伐木路。以前只有当地的伐木公司在夏季使用这条路，因此它才有此名。经过勘察，通往瑞木河大桥的各条路线中它是最短的，为了打通进矿山的道路，首先要打通这条伐木路。

10月初，我们开始了前期的勘察工作。营地附近没有适合做路基的石料，铺路的石头需要从几十公里外采集后运来。对比几种方案后，我们决定像当地人一样，用树木做路基。

首先在确定的路线两侧各挖一条1米深的土沟，将挖出的土垫在原路面上反复压实，厚度约40厘米，作为底层路基。

用名贵木材铺成的伐木路

第二步，组织当地人就近砍伐树木，并将粗大的树干从中劈开，分成两半或几半，一根根地摆放在路基上，形成一层用树木搭成的原木路基，厚度在 30 厘米左右，然后用挖掘机或推土机将压实。

第三步，如果有条件，再从路两侧沟中挖土，垫在树干上，用推土机推平后压实，这层厚度一般在 20 厘米。

经过这三步，临时路面高出原地面约 90 厘米。树木层既增强了路面的透水性，也加大了路基的承载力，基本上可以满足空载车和履带车的通行要求。经过试验，大家一致认为铺设这种三明治式的夹层道路，是一个切合实际、快速、经济的好方法。

承担修路任务的 19 冶制定了分段施工、全面出击的方案，每公里安排一个中国人组织四五十个当地人砍树、筑路。当时正值雨季，这条线路车辆无法通行，工人只能靠双脚穿过水塘和树林，往返需要 3 个小时。每人必备一个铁水壶，因为树林里找不到可以饮用的水。中午营地派船从瑞木河逆流而上给工人送饭。

推土机在前面开路，将路基上的树木推倒；挖掘机将深埋在土里的树根挖出。有些树木过于粗大，推土机推不动，当地土著兄弟就光着上身，抡起一米多长的斧头向树干砍去，块块木屑四处飞溅，不多久 20 多米高的树木便躺到了地面上。在潮湿闷热的林海里，人们挥汗如雨，每天都浸泡在汗水里。随着机具的轰鸣声以及砍树人的喊叫声，在这寂静的原始森林里，中巴两国工人开始了一场修路大作战。

山区的树林以杂木为主。有种名为奎拉（Kwila）的树，外皮花白色，木质较硬，呈淡黄色，气味清馨，是做家具的上等木料，国内叫它菠萝格。还有一种树，当地人叫它马马（Marmar），外皮就像榆树，呈深褐色，树冠大，木质好，也是做家具的上乘材料，由于木质是红色的，中国人称它为"红木"。还有一种叫卡里卡（Karuka）的树，木质坚硬，适合做板材，它结的果子很好吃。这片树林中如此珍贵的树木都被砍倒筑路，实在是可惜。在中国，是人多；在巴新，则是树多。人多见人不怪，树多见树不怪。物以稀为贵，在哪里都是一样的道理。

一棵棵树木被砍倒，用斧子或油锯将树冠清理干净，树枝或小树干直接抬到路基上，粗树干劈开后再平铺在路基上。铺好的树干密密麻麻，红、黄、白、绿各种颜色混杂在一起，从远处看去就像一条五彩路，一直延伸到森林的尽头。中巴员工就是这条路的开拓者。

随着道路向前推进，机械损坏越来越严重，挖掘机常淹没在泥潭中，水中的树枝不断把底部油管刮断，设备躺在泥潭中不能动弹。泥水中不时冒出刺鼻的腐臭味，当地机械手光着身子钻进水里，将树枝和杂物清理出来，出来时成了黑泥人，只有那一口牙齿是白的。见土著兄弟这样吃苦耐劳、朴实肯干，我们打心里佩服他们。

伐木路的前5公里进展很快，每天各段都有成效，不久有的路线就连接到了一起。但在瑞木河桥头前，有一段1.2公里长的沼泽地，常年被水浸泡，水下的淤泥深约半米，被大家称为浸水路。修此段路，首先要解决排水问题。当地人说，附近有一条暗河，可将水引到暗河中排走。我们立即组织机具将明沟与暗河连接，解决了沼泽地排水问题。因为沼泽地无法用泥土堆成路基，只能将大量的树木层层垫起。路两侧100多米范围内的树木都被砍光。整根的树干放进泥塘，顷刻就淹没在泥水里，放下一棵树干时，只能靠人在泥水中摸着定位。一般摆放两层树干才能出水，有的地方淤泥深，要铺三层。

浸水路是7公里伐木路最后修成的路段，成了会战的主战场。各段完工的工人都集中于此，两端可以互相听到机器轰鸣声和工人呼喊声。施工场地有200米宽，现场树干、树枝、黑泥、浑水一片狼藉，树木横七竖八地躺在地上。工人们浑身沾满了黑色的泥水,难闻的臭气直冲鼻子,但他们仍不停地砍树、修枝、运树干。当地人是这场战役的功臣,此时最大的奖赏莫过于对准他们健壮的身体,拍摄几张照片。他们摆好架势,鼓起一块块发达的肌肉,让你给他拍个英雄照。从数码相机中看到自己的形象,他们高兴得像孩子一样拍着掌笑。

百人会战的场面,让每个在场的人都为之感动。辛勤的劳动换来的,是每天20多米、甚至只有十几米的进展,但谁又能说这种速度太慢呢?对面的机具和人群已经清晰可见了,两边施工队互相叫着、喊着,彼此加着油。目标越来越近,合龙的愿望越来越强烈,人们的劲头也越来越足。在浸水路段合龙的最后两天里,工程的进度明显加快,两边人群互相挥手致意,就像两支登山部队最后登顶会师之前,是那样的兴奋和势不可挡。

2007年1月26日,筑路的队伍汇合了,通往瑞木河桥头的伐木路全线打通了。

这段路凝聚了瑞木人的心血和汗水,也是中巴两国工人团结合作的结晶,是瑞木工程开始以来让人深为感动的一幕。

消息传到瑞木工程例会上,全体与会人员长时间地鼓掌。这是对现场中巴员工的最高褒奖,这一时刻也铭记在瑞木工程参战人员的心中。

33. 罢工(三)

圣诞节友好、祥和的情景还是中方员工茶余饭后的热点话题,不期而至的第三次罢工开始了,冶炼厂统一罢工,当地员工无一例外都坐在现场的地上。虽然我们估计罢工还会再次发生,但两次间隔如此之短是完全没有预料到的。现场项目部与马当总部派员共同讨论事情的发展和对策:

"他们已经将罢工作为对付中方的有效武器,每次我们都做了让步,这样下去不行。"

"我们应该认真研究巴新关于罢工的法律法规,才能找到解决问题的办法。"

"他们提的都是生活问题,我们在国内是先生产后生活,而这里是先生活后生产。现在环境恶劣,生活条件差;工程仓促上马,物资紧张,这些问题一时很难解决。"老李说出了问题的缘由。

当地人多次罢工、挑起冲突，要求不断高涨，但是我们一筹莫展。最后大家共同决定：去谈判，不急于答应条件。

走进会议室，当地人摆出一副不达目的决不罢休的气势，平时几个领头的坐在会议桌的前排，土地主协会主席利马、达克都来了。

恩菲公司负责地方关系的王工主持这次谈判，他首先问："前两次的罢工，我们针对所提问题都做了改进，对此你们还有什么意见？"

"上两次你们解决了劳保服装以及午餐问题，但我们还有很多问题没有解决。"领头的沙马不再隐瞒自己罢工组织者的身份了。

"我们的要求是全面的，中方必须在近期内解决。"沙马从包里拿出3页文件，上面一共有11条要求：

1. 提高工作待遇，按欧洲公司的标准，由目前每天10基那提高到至少25基那。

2. 节假日以及晚上加班应支付双倍工资，而且要及时发放，不得拖延。

3. 按照其他公司的规定享受带薪休假待遇。

4. 住宿标准应与中国人相同，房屋必须是木质结构。

5. 发放工资，应该每人一个工资袋，方便使用，不能发大票面让工人自己分。

6. 在巴萨木克建立银行，工资打入银行账户，方便工人使用和存取。

7. 定期发放工作服及劳保鞋，质量要好，坏了及时更换。

8. 开通班车，接送家远的工人上下班。

9. 建立正规的食堂、厕所和淋浴室，提供卫生的饮用冰水。

10. 提供医疗设施，为当地工人及周围村民服务，有急重病人应送马当抢救。

11. 抓紧修建道路和桥梁，解决村民交通不便的问题。

我考虑到自己与他们接触较多，关系比较好，想先出面缓和一下气氛，于是打了头阵："刚才你们提出11条意见，应该说大多是有道理的，其中有些是我们正在解决的，如建食堂、厕所、浴室和宿舍等；还有些需要一段时间才能实现，例如通班车、修路、医疗等。现在大家都有困难，希望我们共同克服暂时困难，在工程进展过程中逐步改善生活条件。"

我的讲话未起到作用。

"我们不同意你们的做法。欧洲公司一开始就把工人的生活安排好，你们却很多事情都没有做好，工资标准太低，这是对我们的歧视。"一个工人强烈地抗议。

老李不耐烦了："罢工能解决问题吗？罢工没有工钱，你们也受损失。只有瑞木工程尽快建成投产，你们才能摆脱贫困。"

"你们承诺的很多事都没有办，我们不能忍耐了，不答应这些要求绝不开工。"一个当地工人气势汹汹地说着。双方剑拔弩张，对抗相当激烈。

我们并不歧视当地人，但解决问题不主动的现象也是有的。他们提出的问题有些已经超出了 MOA 协议范围，不可能事事都满足，只能分轻重缓急，逐步解决。

会议陷入僵局，双方谁也说服不了谁。

这时，土地主协会主席利马发了言："工程已经进行了半年，中方对 MOA 协议不重视，相关条款没有执行，几次承诺也不兑现，我们表示失望。这次罢工，是工人人身利益的基本要求，中国公司应该满足，否则罢工还会发生。如果不能限期解决，你们将对严重后果负完全责任。"利马这次完全站在当地人一边，态度相当强硬。

达克为了缓和气氛，讲了几句无关紧要的话："今天的局面，我认为是平时双方沟通得不够造成的。建议形成一个制度，每半个月双方碰一次面，协商解决问题。有意见憋在肚子里，时间长了就会出现问题。"

我们认为当地人要求过高，不能接受这些条件。两个半小时的谈判不欢而散。

这次当地人没有得手，决定将工程停下来，等待着中方让步。

我们研究后决定，既然双方意见差距那么大，不如先等一等，让大家都静下心来思考，也让当地人尝尝罢工的后果。

第二天、第三天过去了，现场没有动静，只有中国工人在干活。这次中国人也铁了心，不着急了，看看事态到底会怎么发展。

第四天，很多当地人来到营地，要求上班。他们说不想罢工了，问题解决不了，也没有工资。我们答复："罢工不是我们的意见，你们想工作，去找组织罢工的人和我们谈。"

看来事情有了转机，大家决定再憋几天。第五天，来的人更多了，他们都希望上班。我们的回答与前一天一样。

第六天，利马和达克一起来找老李。此时老李正要乘船去马当，两人赶到码头，追着老李要求复工。老李不慌不忙地说："现在准备工作没做好，不能马上复工。你们想罢工就罢工，想复工就复工，没有这么简单。"

"这次罢工是少数人提出的，多数人并不同意，现在还要为多数人着想。"利马说。

"那为什么开会时你还支持他们呢？"老李说。

"他们的要求是合理的，但处理的方法不好，不应该罢工，可以边谈边干。"

"这你就说对了，本应该是边谈边干、边干边改。这样做实际是自己害自己。"

"是的，他们也同意这个意见，所以要我出面和你们商议。"此时的利马一脸诚恳的样子。

"你们必须保证今后不再用这种罢工的方式。"老李紧逼对方。

"我可以为他们担保。"利马信誓旦旦地说道。

目的已经达到，但老李还有意再拖一天："既然你作保，我们可以考虑复工。但明天不行，我今天有事去马当，明天回来，后天上午开始复工。"

罢工后的第八天，工程复工了，当地工人早早就来到营地。憋了八天，他们这时才尝到不能工作的滋味，同时也知道了罢工并不能解决问题。虽然工程停顿了几天，但最终还是当地人妥协了。当然，我们也检讨了自己的问题，将改善当地员工生活设施的计划纳入议事日程。

在瑞木工程矿山区，罢工事件也不断发生，有些规模比冶炼厂的还要大，持续时间还要长。

我们没有想到的是，这件事并没有完，一场由此引发的风波已在暗中涌动了。

第五章　劳资风波

34. 劳工部检查（一）

正当大家认为罢工结束、可以安心工作的时候，我们突然接到消息，巴新劳工部得知巴萨木克出现劳资纠纷，要组织调查团到现场了解情况，马当项目部要求我们做好准备。

刚刚平静下来的现场，又掀起一波风浪。

1月18日，巴新政府劳工部的调查组来到冶炼厂，四名官员中三名来自劳工部，一名是马当省瑞木工程联络员，还有一名记者。恩菲公司的胡经理和管理公司负责人一起陪同检查。

劳工部检查团在冶炼厂营地检查工作

此时的营地还在建设中，只有主干道是水泥路面，多数道路尚未建成，路面上一层厚厚的泥浆，汽车经过，溅起一片泥水。官员们首先召集当地人在会议室内开会，听取他们的意见，不允许中国人进入。

一个小时后，这几个官员到营地的宿舍、厨房、厕所、浴室、医疗室、垃圾站，以及正在建设的当地人宿舍检查。他们不住地看、不停地问，记者不时拍照。对于集装箱改造的厕所，他们更是指指点点，停留了不少时间。

中国人自认为这厕所有蹲便器、冲水箱，地上铺了瓷砖，条件已经是比较好的了。当地人宿舍与中方的标准一样，都是带空调的活动板房，只是与中方宿舍之间由一段20米的彩板隔开。官员们在此停留了一会，说了些什么。他们在营房内各处走，看了垃圾坑和现场临时搭建的"椰干厕所"，记者还专门拍了这个旱厕。

午饭后，巴方官员们开始检查中方的各种资料，包括工资标准及发放情况、劳动保险和工伤保险、现场医疗救治记录，并复印了一份带走。下午两点，调查组乘船返回马当。

这次检查并没有引起现场的重视。罢工事件之后，当地人工作都很努力，也没有人提出不同的意见和要求，似乎一切都很平静。

几天后，马当派人送来上次劳工部检查组给出的现场整改通知，并告知：1月25日，巴新劳工部将派人到现场检查落实情况。

这消息说明了事态的严重性，现场立即行动起来。首先开会宣布1月18日检查团提出的整改意见，具体内容如下：

一、工资管理

工资只有一个标准，没有工资单和工资袋。

改进事项：

1. 按技工、工头、监督、管理等分层次制定工资标准；

2. 工资单应包括姓名、薪金或津贴、加班费、工作时间、工资扣减、纳税等详细内容。

二、工资标准

超时工作（9小时），并有周日加班情况，均没有按法定标准支付工资。

改进事项：

执行8小时工作制，平时加班按1.5倍支付工资，周日加班按2倍支付工资。

三、食　宿

按法定标准为员工提供必要的住宿条件。

食堂问题：设施设备不全。

改进事项：购置桌椅，安装安全的饮水设备；提供员工洗碗及洗手相关用品。

住宿：拆掉中国工人宿舍与当地工人宿舍之间的隔离墙。

改进事项：加强管理，提供桌椅、饮水设备及洗漱设施。

四、厕所洗浴

按照卫生标准改建：

1. 提供男女分开的浴室和厕所；
2. 应设单独带隔间的厕所，增加洗手池及专用小便池；
3. 及时清理并处理厕所粪便。

五、废物处理

及时清理和处理工业和生活废弃物。

六、交　通

应为当地员工提供往返交通工具。

七、医　疗

提供必要的医生及护士，健全医疗、医药设备设施，免费为全体员工服务。

八、保险及工伤

1. 必须提供具体的保险方案及保险公司名称。
2. 任何工伤及伤害事件，七日内上报马当省工人赔偿办公室。

九、罢　工

发生罢工及冲突及时向劳工部秘书处或者劳工部汇报。

看完这张整改意见书，现场人员感到压力不小：整改内容多、任务重，25号就来检查落实情况，时间太短。

大家立刻研究整改措施与计划，重点加快当地员工宿舍、厕所、浴室、食堂的建设速度并提高标准：食堂及餐厅地面铺瓷砖，安装吊扇，室内接电、接水，组装好餐桌放置在餐厅内；中止当地员工建设厕所的任务，改由中国工人抢工，安装坐便器，配置水箱，每个便位安上门，淋浴室也隔成单间。总之，为了应对巴新劳工部的检查，顾不得解决中方的问题，先按高标准改建并完善当地员工营地的生活设施和条件。

同时，现场围绕管理方面的整改意见也做了安排。工资和劳动合同最重要，老李组织员工，为雇用的员工填写了登记卡，做成标准的格式；工作已满三个月、符合转正条件的人员一一确定，请来当地律师，按巴新劳工法及合同法要求制定标准文本，与工人协商后签订正式劳动合同，包括建立劳动保险、医疗保险制度，确认工伤补助、加班工资等各种标准。以上几项工作进行得比较顺利，一个星期之内就基本结束了。

35. 劳工部检查（二）

一周后，1月25日上午，巴新劳工部的官员以及报社的记者一行8人，又乘快艇来到现场检查工作。上到码头时，这些官员全部脱了鞋，和当地人一样赤着脚，其中的两位女士也光着脚走路。

中方事先准备了8双雨鞋，但此时尴尬的一幕出现了：两位女官员的脚小，最小号的雨鞋都不跟脚，走起路来哐哐作响。大家不约而同地笑起来，她们毫不介意，也跟着大笑。两位大个头的官员的脚又宽又大，最大号的雨鞋也穿不进去。最后我们拿来两双在巴新买的大号的拖鞋，非常抱歉地对他们说："对不起，没有更大的鞋了，只能委屈你们穿拖鞋了。"那两位官员笑了笑，毫不介意地说："这是我们巴新的鞋，我们穿着很舒服，不会让脚受委屈的。"说完就哈哈大笑起来。

这种轻松的气氛，让我们略松了口气。

小夏给官员们做了安全教育，他们开始工作。

检查团首先与中方开会，了解工人的工资、劳保待遇及纳税等情况。胡经理做了全面说明，并提交了有关的原始资料。

随后检查团又询问伙食标准、住宿标准以及医疗、工伤保险等事宜。我们进行了详细报告，两位女官员和记者认真地做着记录。检查团的官员们只询问和记录，不发表意见。会议半个多小时就结束了。

检查团一行人首先来到医疗室。室内简洁干净，医疗设备虽不完备，但能满足简单的治疗需要。检查官询问了当地人看病的情况，翻阅了中巴工人看病的记录。齐大夫回答了他们的问题，并告诉检查团，我们正在修建一个五间房的正规医疗室。从表情看，他们比较认可医疗室的工作。

检查团来到中方恩菲公司的食堂。厨房内设有空调、冰柜等设施。看到一个当地姑娘在做饭，他们很感兴趣。两位女官员与这姑娘攀谈了一阵，得知在中方厨师的指点下，她现在已经可以做简单的中国饭菜了。临走时，她们还拍拍小姑娘的头表示赞许。

走出厨房，检查团见洗菜盆和工作台暴露在室外，既不卫生也不雅观，向中方提出意见要求改进。

老胡解释道：一个可容300人就餐的食堂正在建设中，配有全套不锈钢厨具和300平方米的餐厅，餐桌餐椅齐备，正式启用后，条件将大大改善。检查团官员表示理解。

劳工部官员检查现场生活区

检查团来到22冶的厨房。这是由集装箱改建的，露着铁皮，温度很高，灶台、工作间都是用现场材料制成的，设备简陋，卫生条件较差。

老李向检查团解释，在中国，为了加快工程进度，往往都是依照"先工程，后生活"的原则，随着工程进展，逐步改善生活条件。但检查团不认同这一点："很多国家的矿业公司在巴新建矿，都是首先将生活设施建设好，具备了一定条件才开始工程建设，这样工作比较顺利，与当地人的矛盾也比较少。你们在条件不具备的情况下开展工作，虽然很辛苦，但得不到当地人的理解。所以现在最重要的就是加快生活条件的改善，让当地人满意，也改善你们自己的生活条件，这样才能有效推进工程进展。"

他们对当地情况了解，对国际惯例熟悉。他们的这些话有道理，对我们也是善意的。恩菲的胡经理表示："巴新政府对外国公司的要求，我们表示理解和接受，将按要求加快整改进度。"

接下来，检查团来到厕所兼浴室。为了迎接这次检查，中方用木板将六个蹲厕隔离开来,但没有来得及做门。检查团见到此景不住地摇头,高个的官员严肃地说:"在巴新,上厕所是个人的隐私,每个厕位都必须与外界隔绝,希望你们将厕所做得更封闭。"

听了这话,我们很不理解,当地人在大庭广众之下赤身露体跳舞,妇女不穿上衣都不避讳,怎么对这件事如此看重?看来民族文化的差异造成行为方式和习惯不同,不是一下子就可以理解的,只能相互承认、相互尊重。

"我们接受你们的建议,进一步整改。"我们回答。

再往前走,看到为厕所购置的崭新陶瓷坐便器和塑料水箱,他们满意地点点头。接着看到垃圾坑,他们要求离宿舍远一些,另选一处建新的垃圾坑。我们表示同意。

回到会议室前,正值工人下班,很多人在泥水中站着,等待政府官员与他们交换意见。十几个代表进了会议室,中方人员依旧被拒之门外。会谈进行了很长时间,中方准备好的午餐也没用上,只拿了些矿泉水、饼干进去。又过了半个小时,会谈才结束。

会议室门前围着很多不肯离开的工人。检查团的官员一出门,工人们便拦住他们,七嘴八舌地说了起来,嗓门都比较大,语气还算平稳。此时下起雨来,但工人全然不顾,一定要抓住这个机会,向他们的父母官倾吐心中的不满。

翻译小白虽然不懂皮金语,但也能听明白其中的一些意思,大致还是老问题:工资待遇低,工作服、住宿、交通、休假、吃饭、喝水等等。最后政府官员给他们解释,他们的要求是合理的,但工程刚开始,中方条件有限,问题要逐步解决;有意见可以派代表与中国人谈,不要采用罢工的方法,那样对双方都不利。

雨越下越大,已经一个多小时了,还有一些人在跟官员和记者交谈。直至下午两点半,工人才逐渐散去。官员们饭都没吃就乘船回了马当。

两天后,罗海洋坐船到了现场,告诉大家一个消息:"我昨天到马当省劳工部办事,看到桌子上有一份复印件,是用英文写的反映瑞木项目现场情况的报告,上面列举了11条问题,正是劳工部检查的主要内容,文件上签署的名字竟然是利马。"

大家这才明白,这一事件是土地主协会主席告状引发的!

年轻人愤愤不平，都骂利马没有良心，老李却心平气和地说："平心而论，在当地人与中方发生矛盾的时候，土地主协会主席为当地人争利，向有关部门反映问题，是无可厚非的。我们当时的处理办法也只能应付一时，没有根本解决问题。他这样做，也是想促进我们的工作。"

我点头同意。中国人引以为自豪的"为了工程早日建成，不怕艰难困苦，先工作后生活"的思路，在巴新却遭到了当地人的反对，也受到巴新政府的批评。初闯国际市场的中国公司的确需要重新审视自己的传统观念和做法。

36. 新闻报道

巴新检查团现场检查期间以及之后，社会上的各种报纸和新闻机构以不同的方式相继报道了瑞木工程现场的情况，《邮政快递报》更是接二连三地发表文章。

该报 2007 年 2 月 6 日的头版，用通栏的大号字"关闭矿山"为题，并刊登了两幅照片：一幅照片上六个陶瓷坐便器和六个抽水水箱一字排开，中间没有设隔板，下面写着"瑞木镍钴项目中国开放式厕所设施"；另一幅照片是一片泥泞的地面和旁边的简易厨房，下面写着"瑞木项目巴新员工的简陋厨房"。文章标题是《生活设施不适合人类使用》，文中写道："瑞木项目巴萨木克营地餐厅和厨房设施条件极差，还不如猪圈。"

巴新《邮政快递报》关于"关闭矿山"的报道

2007年2月8号，该报纸的副刊还刊登了一张用椰子树干搭起的临时厕所照片，下面写着："当地雇员露天厕所，无任何隐私可言。"

同时，这张报纸也报道了中方的答复："中冶集团和承包商说，现场条件差，是因为项目处在前期阶段。中方认真研究了劳工部要求和意见，将按照这些要求改善现场生活条件，并表示公司欢迎各种批评声音，这可以指导他们按当地法律办事。"

一篇《瑞木矿违反巴新工业法》的文章写道："如果中国开发商不遵循指令，劳工部准备关闭瑞木镍钴矿。劳工部官员告诉《邮件快递报》记者，巴萨木克营地当地雇员的工作和居住条件，未到适合人类工作和居住的标准。他要求这些问题在21天之内予以解决，如果未能执行他们的指令，他会中止此项目，直到指令得到遵守为止。"

这些报道在社会上引起波澜，巴新几个政府部门相继到现场检查工作，包括环境部、矿业部以及各报社的记者。同时，巴新驻中国大使馆也停止了瑞木工程来巴签证。

国内，国务院、外交部等中央政府部门要求中冶集团对发生的事件做出解释，经贸部、中国银行等金融部门都对此给予高度关注，承接工程联合设计的几家外国公司也相继来电询问事件真相。

现场承受着来自巴新各方的压力，工作难度加大了；集团公司受到国内政府各部门的质询，陷入风波之中。此时大家才体会到"外事无小事"的深刻含义。在万里之遥的国度，一些纠纷处理不当就会影响整个工程，还会涉及两国的政治和经济交往。

工程现场出现问题，主要原因在于我们自己。瑞木工程照搬国内模式，生活和生产仍采用国内标准，不了解国际矿业的规定，以致与巴新在建的其他国际矿业公司相比，中国人的问题显而易见。中国人的厕所样式与当地的风俗不符，也成为当地人诟病的问题。从工程的准备阶段开始就埋下了隐患，我们出现被动局面是早晚的事；加之实施过程中一些问题处理不当，与当地人的矛盾越来越激化，不加注意就会酿成政治性事件，引起国际舆论的关注和批评。

中国工程在前期建设中出现的一些问题，怎么会引起社会上这样强烈的反应？一些与中国友好的官员和民间人士分析认为：

2007年是巴新的大选年，5月份就要举行大选。在大选临近的时刻，在野的反对党和社会团体都想拿瑞木工程做靶子，对索马雷政府进行攻击。

瑞木项目是巴新最大的外国投资项目，是索马雷总理一手促成的。在项目合同签署时，就有不少反对派提出异议。如今工程中出现一些问题，正是攻击索马雷、乘机将现政府赶下台的好时机。

在此期间，澳大利亚、美国等报纸和电视新闻转载了相关的消息和报道，一些西方舆论对中国公司加以指责，也是各派政治势力角逐的结果。

> 这次事件是一堂深刻而又严肃的政治风险课，让现场的员工们受益匪浅。中国公司刚刚进入巴新，缺乏国际工程经验，对当地的政治制度、历史文化及社会风俗习惯不了解，工程管理的理念和方法与国际工程惯例不接轨，各个方面的准备都十分缺乏，出现问题是必然的。我们应该认真总结经验教训，主动适应不同的政治制度、陌生的文化背景、复杂的社会环境，处理好工程进展与当地社会关系，加快工程建设，确保工程成功。

37. 瑞木河

2007年2月7日，是瑞木工程中值得铭记的一天。前几天连续大雨，瑞木河中河水暴涨，冲毁了河岸，也冲毁了伐木路。劳资事件还没有平息，老天爷又毫不留情地将天灾降临在我们头上。伐木路凝聚着中巴300多名工人两个月的心血和汗水，是拼着性命抢出来的工程。它像一条生命线，连接着每一个施工者的神经。

2月7日清晨，大雨终于停止了。大家顾不得吃饭，背上水壶，穿上雨鞋，有的人干脆赤着脚，结队走向这段通往瑞木桥头的路段。

从营地走出没有多远，路就被河水淹没了，越走水越深。河水打着漩涡，不断往四处低洼地流淌着，把路基上的树枝和树干冲得七零八落。前些日子这里还是人声鼎沸、机器轰鸣，此刻已是一片泽国，除了横溢的河水，毫无生气。

有人开着独木舟过来，大家登上船向桥头方向开去。我们最担心的是靠近桥头的那段浸水路段。独木舟慢慢前行,远远地,浸水路段出现了,熟悉的道路依稀可辨。来到跟前才发现,这段路并没有像人们担心的那样被水淹没。这里有一条暗河,大量河水通过暗河排走了,沼泽路段幸运地保存了下来。真可谓不幸中的万幸,这是个莫大的安慰,使我们看到了希望。

被冲毁的营地旁道路

我们抓紧将施工的机具和材料运到桥头,瑞木桥的施工建设可以再次进行了。

2月10日,洪水完全退去,浸水路大部分树木没有被冲走,工程恢复的难度不大。19冶重新制定修复伐木路和修建瑞木河桥的方案,准备在2007年的雨季到来前完成这两项工程。

挫折对我们而言是一种冲击和激励,在这艰难的日子里,也给我们带来了无穷的动力。瑞木河的异国风情和奇闻逸事,也使人久久不能忘怀。

让外来人印象最深的,是瑞木河中的独木舟。它由当地人用整棵大树掏空制成,上口宽80厘米,长约20米,截面形状呈U字形,两侧壁厚2厘米,底部是平的,前部加工成梭状,尾部安装一台雅马哈的船用发动机。

这种独木舟是典型的土洋结合,外侧画着各种图案,大多是鳄鱼牙齿,漆上黑白的油漆,象征着舟的快速和坚实。

独木舟行驶得很平稳,七八个人蹲在里面不会晃动。转弯时,发动机停下来,前部有人用木制的桨划水,调正方向后再启动发动机。

我们经常租用这种独木舟,沿河给伐木路、桥头运送给养和物资,还可以接送工人们上下班。这种独木舟在伐木路工地上发挥了不可替代的作用，成了主要的水上交通工具。

瑞木河上的独木舟

瑞木河盛产鱼虾。工程初期，当地人将自己捕到的鱼送到中方营地，后来我们也纷纷动手，加入捕鱼的行列。大家自制鱼竿、鱼钩，弄来蚯蚓和蚂蚱做饵，到瑞木河的小支流中钓鱼虾。这里有长长的鳗鱼、扁平的鲳鱼，有类似鲤鱼、草鱼的鱼，还有各种各样叫不出名字的鱼。

瑞木河里的虾在当地很有名。这里的虾一般有 20 厘米长，我们钓到的最大的虾体长 35 厘米，加上钳子有 80 厘米长。

瑞木河中还盛产甲鱼。当地人不会吃甲鱼，捉到就放了。我们曾经钓到一只 20 斤重的大甲鱼，直径就有 40 多厘米。这样大的野生甲鱼，在中国现在是难得一见的。据当地员工说，这里是地震高发区，每当地震到来之前，河沟里的鱼虾都在水面乱蹦，搅得水面白花花的一片。

最让人叫绝的是当地人的一种捕鱼方式：他们从树林中挖出一种树根，坐在船上，将树根在水里涮，浸出一种白色液体。这种液体扩散到水中，鱼就像打了麻醉剂一样，纷纷翻起白肚皮，漂在水面上，当地人用鱼叉或网子将其捞起。过了一段时间，没被捞起的鱼就缓了过来，翻过身摆着尾巴跑掉了。

瑞木河中盛传有鳄鱼，但很少有人见到这种凶猛的恶兽。不久之前，在瑞木河沼泽地里，当地人发现一条鳄鱼趴在河沟边。报警后警察赶来，打了

8枪才将它打死。鳄鱼有4米多长、300多公斤,当地人骑在鳄鱼背上手舞足蹈,兴奋异常,我们连忙拍下照片。

说起瑞木河,不禁让人感慨:瑞木河呀,你物产丰富、变化莫测,你给工程带来烦恼,也给人们带来了欢乐。

38. 危机处理

2007年2月12日,管理公司和总包恩菲公司在北京召开紧急会议。会议在罗总主持下,针对巴萨木克现场劳资纠纷被巴新和澳大利亚媒体曝光事件,研究应对办法和整改措施。与会人员认识到事件可能产生严重后果,就如何处理与当地雇员的关系、完善现场设施、改善当地员工生活条件以及如何发展地方关系等重大事项进行了讨论。会议决定如下事项:

一、瑞木管理公司和恩菲公司立即成立瑞木项目危机事件处理领导小组,两公司的总经理担任领导小组组长。

二、恩菲立即启动危机处理程序,以巴新劳工部提出的整改要求为基础,按标准逐项予以整改,恩菲主要领导应尽快赶赴巴新现场。

三、管理公司主管领导赴巴新与政界高层沟通,并做好土地主的安抚工作,争取土地主的支持。

四、尽快组织宣传力量,做好与巴新和澳大利亚媒体的沟通工作,及时向媒体通告整改情况,主动邀请媒体来现场访问。必要时聘请当地资深专家做宣传顾问,扭转宣传工作的被动局面。

五、为避免类似事件再次发生,就有关现场餐饮、营地、商业机会等三项重大工作做出安排如下:

1. 管理公司人力资源部应在完善《雇用巴新劳工指导意见》的基础上,尽快发布有关巴新员工雇用合同和工资标准的具体实施细则。

2. 本着"中巴雇员一视同仁"的原则解决巴新本地雇员的餐饮问题。餐饮公司由四个土地主的合资公司共同组建。

3. 恩菲公司承担现场营地的建设和管理责任,两国员工食宿标准相同。营地实施分区管理,但禁止设置中巴员工的隔离墙;管理公司组建正式保安队伍到现场，并制定安全应急预案。

4. 医疗和急救体系的建设。

管理公司负责中国医生获取巴新执业资格以及医疗器械和药品进口许可事宜；

恩菲负责施工现场急救站点建设，包括适时聘用当地具有执业资格的医生负责当地员工的伤病急救，同时为当地居民提供医疗服务；

恩菲购置救护车一辆、船两条，分别停靠在马当和巴萨木克湾，以备现场急救之用，并落实现场急救电话和急救方式。

5. 商业机会。

同意恩菲提出的建设期内给土地主提供商业机会的方案，做好招标工作，让土地主公司从商业机会中获得合理利润。

会议决定，管理公司和恩菲公司的主管领导立即启程赴巴新现场处理相关问题，督促落实会议要求。

恩菲公司陆总赴现场处理危机

北京会议是在一个特殊的情况下召开的：刚刚走出国门的中国公司，由于国际矿业开发经验不足，思想准备不充分，照搬国内工程建设模式，以致双方产生分歧，进而矛盾激化。恰逢巴新大选，受政治斗争的影响，更有国际新闻媒体炒作，使得现场的劳资纠纷酿成了一场政治事件。每一个参加这项工程的中国人都感到突然，对造成如此严重的后果也是始料不及，工程项目遇到了前所未有的困难和压力。

会议之后，恩菲公司的陆总急速从国内赶到冶炼厂工地检查工作，落实北京会议的精神，督促现场整改工作，给现场的中方员工鼓励和支持。2月18日是中国传统节日春节，本打算回国休假的中方员工纷纷放弃了探亲的计划，留在现场加快营地整改进度。

39. 矿业部检查

2月13日，巴新矿业部的主检查官来到现场，在以陆总为首的中方人员陪同下进行了两个多小时的检查。

除了以前的问题，主检查官还强调了各种设施标准、工程计划和报审方面的要求。他没有与当地工人过多接触，临走时告知，他将意见和要求写成检查报告，3日后交给我们，中方据此进行整改。

矿业部官员现场检查

3天后，我们收到主检查官提出的整改意见报告，内容有19条之多，写得都很具体。其内容摘要如下：

1. 部分雇员的住宿没有解决，或条件尚不合标准。

问题：大部分当地雇员在家住宿，距离营地较远的雇员在公司租赁的当地农房住宿，还有一部分在营地宿舍住宿。

要求：向矿业部提交整个工程建设期间所需要的雇员总数，以及提供住宿条件的能力。宿舍建设计划必须提交矿业部获得批准，住宿标准不应有歧视，室内必须安装空调。

2. 缺乏合格的餐厅设施

问题：现场没有合格的餐厅设施为当地雇员提供就餐，现有小餐厅只能容纳 8 到 10 人。

要求：公司必须给所有雇员建立公共餐厅，为现场的雇员提供卫生健康的三餐；餐厅应以用餐卫生、便利、舒适的标准进行建设，餐厅设计须报矿业部批准后才能实施。

3. 厨房设施不满足卫生条件

问题：现有厨房太小，苍蝇多，不卫生，不能满足建设期所有雇员就餐需求。

改进：有效解决厨房蚊蝇问题；厨房和餐厅必须设在同一建筑里，设计须报矿业部审批。

4. 洗浴设施不足

问题：与现场的雇员总数相比，洗浴设施不足，可能导致营地传染性疾病的爆发。

改进：必须尽快建成与雇员总数成比例、足够的洗浴设施，保证每个浴室完全封闭，洗衣设备设施也应同时完成。

5. 厕所不合标准

问题：厕所没有独立房间，低于巴新矿山工业国家标准，且与雇员总数相比数量不足。

改进：根据雇员人数，按工业标准比例设立厕所；应在宿舍区、办公区以及工作车间分别设立厕所，为雇员提供方便；须在厕所内安装隔断和门，以保护雇员的隐私。

6. 没有合适的垃圾坑

问题：在检查中没有看到规范合格的垃圾处理设施。

改进：所有非化学品垃圾应收集并在合适的焚化炉中烧毁，化学品垃圾（油料）应集中收集并按照最好的办法处理。

7. 医疗设施及急救计划不足

问题：目前已有的医疗室远不能满足建设期的全部雇员需求。

改进：急救救援反应小组必须立即开始工作，包括与直升机公司以及大医院提前签订相关协议，确保能够随时转运和抢救伤员；医师须提供个人简历；医疗室应具备急救用的担架；增加住宿设施以满足病人在医院过夜的条件；提供配有医疗器械的康复中心。医疗中心设施标准可以向巴新卫生部以及劳工部咨询，保证满足巴新国家相关标准。

8. 污水处理

问题：在检查中发现，现场在修建直通大海的排水沟，这将造成生活垃圾对海水的污染。

改进：重新设计污水处理池。

9. 没有注册矿业经理

问题：工程已经进入大规模建设开发期，重型设备的使用以及爆破施工前期工作都已有所准备，现场雇员已经超过100人，但是没有一个注册矿业经理。

改进：尽快任命一个注册矿业经理，负责现场的管理和指挥，该任命必须提交给矿业主检查官批准并注册，合法注册的（施工）经理应是能讲标准英语的专业工程师。

10. 救生衣

问题：船上救生衣的准备不足，存在安全隐患。

改进：在运营的每个环节都要加强安全意识。应为船上的每位乘客提供救生衣，船长有义务确保每位出海乘客都身着救生衣。

11. 劳保用品

问题：现场部分雇员没有劳保用品。

改进：必须免费给所有的雇员提供以下劳保用品：工作靴（橡胶或金属头）、长裤及长袖上衣，安全帽，安全防护眼镜。在工作区域必须穿戴劳保用品。

12. 工作计划进度表

问题：公司和矿业部缺乏沟通。矿业部一直没有收到关于工程进度计划及具体落实情况的报告。

改进：中冶集团应该提供项目从建设开发到生产的总体实施计划，说明各个阶段的目标及要求，并按期报告实际工程进度。

13. 歧视意向

问题：将中国人和当地雇员分开提供设施，是歧视的表现。

改进：所有中国人和巴新人都应该学会适应并尊重相互间的差异，作为一个整体进行工作和生活。中冶集团必须提倡团队精神、同事间友爱协作，逐步建立起两国雇员有效交流的机制。

14. 饮　水

问题：没有为雇员提供卫生安全的饮用水。

改进：必须持续提供经过一定处理的安全饮用水。

15. 健康及安全管理系统

问题：现场没有标准的安全标识。

改进：公司应该通过健康及安全管理方面的咨询，制定综合性的健康及安全管理计划，使之成为瑞木项目的标准。

16. 道　路

问题：厂区道路泥泞湿滑。

改进：铺设石子，改善厂区道路状况。

17. 现场计划

问题：没有工程现场计划。

改进：公司须给矿业部办公室提交表明重要的基础设施定位的现场计划。

18. 爆破工

只有经过矿山检查官测试、由主检查官推荐的爆破工才有资格进行矿山现场的爆破。

19. 施　工

所有的房屋建筑、设备安装以及工厂的规划和设计在施工前必须提交给矿业部经主检查官同意批准后才能实施。

从这份整改通知书中可以看出，矿业部主检查官提出的意见是符合实际情况的，对中方的态度是善意的。他在工程管理方面有很高的专业水平，对存在的问题能够一针见血地指出，整改要求具体明确，对下一步现场工作具有指导意义。

通知书让人印象最深的两点，一是人性化管理，要求所有设施都要满足工人生活的基本需求。其中关于急救措施，要求与直升机公司和马当医院签订协议，保证无论何时出现人身意外都能及时运送和抢救，这一点在国内施工现场都未能实现。二是对种族歧视问题的反复强调，这些都是国际工程中不可回避的问题，应引起重视。

接下来的日子，我们按照矿业部主检查官提出的意见加紧了整改工作。虽然此时大家的心情都很压抑，但我们还是全力以赴地努力工作，争取时间，改变被动局面。

我到巴新工程施工现场已有半年多时间，从奠基典礼到劳资纠纷，遇到了不少风波与挫折，这是我人生中经历最曲折的半年。面对当时的严峻局面、国内国际的巨大反响，看到2月12日国内会议的决议以及劳工部、矿业部主检查官的报告，我想了很多：

作为恩菲公司冶炼厂现场负责人，应该说我与当时发生的事件是有直接关系的。一个投资巨大的国际矿业工程，自己是其中一员，所处地位又比较敏感，需要有较高的政策水平和国际工程的专业经验。这就要求我们加强学习，认真思考，谨慎决定。

管理人员的每一个决策，都有可能引起一连串问题和矛盾，甚至发展成为政治问题。国际工程直接面对外国政府和百姓，不能简单用国内方式去处理问题，必须认真吸取经验和教训，深入了解工程所在国的政策、法律、宗教、历史、文化和风俗等。

> 国际工程应结合所在国的实际情况，按照国际通行的规则、惯例和所在国的法律法规行事，逐步掌握与当地人交往的思路和方法。这就要求工程管理者既懂工程又懂政策，而且两手都要硬。巴萨木克劳资纠纷事件给我们的教训是深刻的。我们要认真总结教训，向国际矿业公司学习，处理好与当地人的关系。

40. 春　节

农历大年初一，太阳升得很高了，阳光在营地边的山林上撒下了一片金黄。营地内的山雀叫得动听悦耳，大自然一片宁静恬和，让人感觉与尘世隔绝了一般。走到营地北端的海边，波光粼粼的海面泛着金光，阵阵清凉的海风沁人肺腑，令人心旷神怡。遥望一望无际的大海，海的彼岸是自己的祖国，深感远离故土的孤单和寂寞。此时不能和亲人一起下春节的头锅饺子，热热闹闹地欢聚在一起，更感到家人的亲情和温暖是多么的珍贵。

我和肖工同住一间房，吃过早饭，各自做着事情。屋内静悄悄的，突然听到有人敲门。老肖将房门打开，只见一个胖乎乎的小姑娘站在门口，后面还有几个人，原来是马克带着妻子儿女还有几个亲戚，来给我们拜年了。

马克穿着一件紫红T恤，外面是蓝白相间的暗格花纹马夹，下身一条干干净净的白短裤，显得格外精神。他夫人身着一件蓝底白花的连衣裙，脸上挂着微笑。

马克的女儿向我们表示节日的问候，将一个塑料编织的网袋挂在我的脖子上，袋里装着绿色柚子和黄色木瓜，这是当地人表示节日祝贺的方式。

我按当地人的习惯拥抱了小姑娘，又赶紧迎上前去和马克及其夫人拥抱，互相问候，然后把一家人迎进了宿舍。肖工将饮料、糖果拿出来招待客人。没想到大年初一的早晨有巴新人上门拜年祝贺，周围几个房间里的同事都围过来向马克一家问好。

马克说："今天是中国的新年，我们全家来向你们表示祝贺。圣诞节那天晚上，你们来村里与大家共同欢度我们的节日。今天是你们的节日，我女儿和儿子一早就催我带他们到这里来，看来孩子们对你们也是非常有感情的。"

说罢，他向女儿示意。女儿马上走到我面前，把一个小小的玻璃珠做成的项链戴到我的脖子上，并亲吻我的脸颊。马克的儿子也把一个小螺壳放在我的手里，表示节日的祝福。

我和马克一家聊家常，问起他儿子的情况。马克告诉我，儿子已经上七年级了，在学校住宿，每年学费和住宿费大约1200基那。如果要上大学，一般每年的费用是2000—2500基那。全国只有十几所大学，都在莫尔斯比港，马当只有一所大专学校。

听到这些，我们都大吃一惊：高额的学费和微薄的收入反差如此之大，巴新老百姓的子弟要接受高等教育确实很不容易。

"你打算让孩子们继续上学吗？"我问。

"当然，我要尽力供他们学习。我们很幸运，冶炼厂就在家门口，孩子们有机会就业。一定要有知识，才能有好的工作。瑞木工程给他们带来了美好的希望，孩子们都很高兴，今天他们坚持要来这里向你们祝贺节日。"马克兴奋地说。

我赶紧从箱子里拿出礼物送给他们，给女儿一串琥珀项链，给儿子一个紫红的玉雕，给马克夫人一串白色球珠雕刻的项链。这些工艺品做得都很精致，是我妻子在国内精挑细选的礼品，备作友好交往之用。

临走时，马克一家和我、老胡一起在门前合影留念。我将这张象征中巴友谊的照片珍藏至今。

马克全家来营地向中方拜年

回到房间，大家都兴奋不已，没有想到当地人会来到营地给我们拜年。

到巴新已经有半年时间，但这里能与我们沟通交流的人不多，马克可算是巴萨木克第一人。他不仅受到当地人民的拥戴，也赢得了我们的友谊。我看着天真无邪的孩子们送给我的珍贵礼物，想着他们对我们的真挚感情，心中充满暖意。这些友好的小使者，随着瑞木工程的发展，将成为中巴友谊的传承者，中巴两国人民友谊永存。

在春节假期，营地又迎来了一位客人——美国博而思公司的一位专家，他是到现场进行实地踏勘的。出人意料的是，他竟是一位美籍华人。

在万里之遥的原始森林里，从未谋面的华人能够遇见，真是一种缘分。我们称呼他周博士。他个子不高，圆圆的脸，戴着一副近视眼镜，为人和善，一见面大家就有一种亲切感。他向我们介绍管线设计原理和专业知识，并给大家讲述世界矿业公司成功和失败的案例，给我们不少启发。

得知我们对他的经历感兴趣时，他微微笑了笑，回忆了自己曲折的人生。他上小学时，赶上了"文化大革命"，身心遭受创伤。但他小小年纪就下定决心，要用刻苦读书来改变自己的人生。从小学、中学到大学、读研，他一路冲关，学了矿业这一行。后来只身来到美国，从社会最底层开始拼搏，经过多年的努力，与一些志同道合的朋友创建了自己的公司。

到美国能从事自己所学专业的中国人在那个年代很少，自己开公司当老板的更是凤毛麟角。回想自己的经历，他无比感慨地说："年轻时的磨难，使我奋发向上，走好人生路。现在有机会为祖国服务了，也是一生的幸事，我要努力回报自己的父老乡亲。"

听完周博士的人生经历，一个饱受苦难的同胞顽强奋斗的经历，我不禁深思并且感慨。

我询问："凭你的经验，瑞木工程需要多少年才能建成？"

他静静地思索了一下，说："澳大利亚有一个与瑞木工程相似的项目，到现在已经投资了17亿美元，建设了7年，还没有完工。如果你们能在这样的时间内建成，就很不错了。"

他的预言，后来被事实证明是客观的。国际工程比我们最初想象的复杂得多、艰难得多。来到巴新，我们才开始认识到国际工程的真实面目。

41. 劳工部检查（三）

2007年2月19日，大年初二，巴新劳工部检查团一行6人如期而至。

由于多次接受检查，我们已有经验，安排周到有序：上船，HSE进厂前的培训，更换雨鞋，开车到现场检查。按部就班，没有出现问题。

这天天气晴朗，在我们的陪同下，检查团首先检查当地员工营地的厕所、浴室、餐厅及厨房，他们对其标准和设施表示满意。之后对中方营地进行检查，新建的600平方米的餐厅已经初具规模，但尚未完成，检查团表示理解。

正当检查团检查时，在营地里，两拨人做出了不同的表现。

在营地的一个角落，一批抗议的人聚集起来，几个人举着拳头、挥着手表示不满，等待与检查团对话。一个花白头发的老头，手中拿着一把砍刀，气势汹汹地走过来。我认出他是明珠村的一个土地主，眼睛有疾。每次我们到村子里，老人只是远远地微微一笑，从来不同我们接近，不知今天他为什么而来。他在营地中间停下，大声地叫嚷，一边叫一边转着身子，像在寻找着什么人，情绪十分亢奋。他围着营地转了一圈，然后离开了。

这是我们到巴萨木克半年来，第一次听到当地人这样叫骂，我急忙问明珠村的一个熟人，他解释道："他是我们村的土地主，是个好人。他的地被冶炼厂工程征用，但土地赔偿款至今也没有解决。他认为中国人在欺骗他们，非常不满。残疾人的脾气很容易急，请你们原谅老人过激的言语。"

大家明白了，还是我们工作没有到位造成的，我带着歉意回答："土地赔偿不及时，与我们有关。解决这些问题还有个过程，请你们谅解。"

检查团的官员们与等待许久的当地员工在露天对谈起来，了解他们的要求和希望。与前几次一样，他们情绪很激动。官员们一边听一边记，随行的记者更是收集素材，准备回去做新闻报道。

在营地的另一角，则上演了培训班开班的一幕。前几天，我和东巴村人商议开办第三个培训班。今天一早，组织者就按当地的习俗，送来半片猪和一些水果，在恩菲公司驻地与中方共同庆祝培训班开班。我们回赠了大米、面粉、啤酒及白糖等，恩菲公司的陆总也和大家一起合影。劳工部检查团官员正好看到这个热闹的场面，记者们忙着记录感人的情景。

庆祝活动之后，检查团向中方询问了培训班的情况。他们对我们为当地年轻人组织技术培训的工作很感兴趣。知道我们出资开办培训班，赠送教学用品及设备，学员不收学费，已有150名年轻人参加了培训，检查团官员赞许道："这个办法很好，年轻人学知识，百姓得实惠，为工程培养劳动力，是一件双方受益的好事。"

这项由当地人主动组织的活动，无意中帮了我们一个忙，让检查团了解到更多的信息，看到我们已经在为当地民众做有益的工作了。

回到会议室，检查团拿出事先准备好的调查提纲，提出一连串问题，基本内容与前两次相同。胡经理一一做了回答。22冶的人员也主动向检查团提出问题:"工程现场经常出现罢工,希望劳工部将巴新政府有关罢工的规定解释一下。"

与前几次检查的情况不同,中方改变了被动的局面,有准备地提出了一些问题。

"你们提的问题,我们将在下次到现场时做详细的解释。"显然他们也没有做好充足的准备。

老李进一步提出:"现场经常出现罢工,影响了工程进度。希望你们能对周边百姓解释政策,做好工作。有问题采取正常交换意见的办法解决,罢工这种方式对双方都没有好处。"

"我们会教育他们正确处理双方的矛盾。现场有了明显的变化,希望继续改善环境,下一次我们想看到更新的面貌。"主检查官给予肯定的同时,又进一步提高要求。

一系列整改措施的落实,使现场发生了不小的变化,检查官的态度比前几次和缓了许多、友好了许多。第四次巴新政府的检查结束了,大家的心总算是落了地。

劳工部官员来检查

就在巴新劳工部检查团到冶炼厂检查工作的当天,管理公司的罗总从国内飞抵巴新。

巴萨木克的劳资纠纷,把我们的节奏给打乱了。无论是国内还是国外,领导和职工都几乎忘记了春节这个重要节日，都在为解决这一问题而忙碌。

这次罗总专程来巴新，就是为了和政府官员以及各界人士见面，加强沟通，消除不良后果。作为工程的首席长官，她必须立即着手处理这些棘手的问题。由于长期合作，她已经与巴新政府上层官员建立了友好关系；女性的身份、开朗热情的性格以及流利的英语，使她更容易与他们沟通交流。在首都莫尔斯比港，她马不停蹄地会见了巴新副总理兼矿业部长、土地部长、劳工部长等政府官员，就项目计划、环境保护、人员准入等事宜进行商谈，极力扭转纠纷而带来的不利影响。

2月23日，罗总飞往马当，在现场与中外员工进行座谈，亲切慰问现场员工。

2月24日，罗总主持召开地方关系工作会议，听取工作汇报。她提出"主动、公开、透明、诚信、理性"的工作原则，就地方关系指出了工作重点，提出了要求。

为了进一步促进与当地政府、社区及各利益相关方的关系，罗总还与马当省省长、前卫生部长、巴新路德教会领袖等进行了座谈，就项目环境保护、医疗支持和MOA协议等工作交换了意见，取得了互相理解。罗总还会见了巴新主要媒体的记者，介绍了中方相关政策与项目进展情况，就增强沟通和理解达成了共识。

2月26日，罗总一行在首都总理府拜会了索马雷总理。罗总向他转达了集团公司领导的亲切问候，介绍了公司在促进中巴两国经济合作中所做的工作，报告了项目的进展和下一步工作计划，得到了索马雷总理的肯定和赞赏。

2月28日，罗总结束了为期10天的外交公关工作，启程回国。

42. 天堂鸟

春节过后的一天晚上，我们着实领教了巴新雨季的阵雷。

从天黑就开始的小雨一直下个不停。晚上10点半，很多人还坐在电视机室里悠闲地看电视，突听震耳的暴雨倾泻下来，砸在房顶上，哗哗作响。一道闪电划破黑沉沉的夜空，把营地照得透亮。两三秒后，一个霹雳打响，就像在头顶上爆炸一样，把坐在房子里的人都震得一惊。不少人走出房门看个究竟："听说巴萨木克的雷声响,这次算是领教了。"

过了一分多钟,一道更亮的闪电划破夜空,把营区照得如同白昼,屋外的人赶快躲进屋子,关上了门。几秒钟之后,一声更响的雷在头顶炸开,震得屋子咔咔作响,似乎要炸裂一样,吓得大家心惊肉跳,都屏住了呼吸,竖起耳朵听着。当地员工宿地传来姑娘们的尖叫声,看来她们也吓得不轻。在寂静了一两分钟后,第三次闪电亮起,紧跟着又是一记响雷,我们赶快把电视关上,担心设备发生意外。此时,屋里没有一个人说话,都静静地坐着,接受老天爷的震怒。随后平均一两分钟就是一个闪电和雷击,有的人开始记打雷的次数。

"这么大的雷,咱们营地有没有避雷设施?"有人好像想起什么。

"只在码头的油罐区安了避雷针,不知这次有没有事。"另一人说。

"要告诉北京负责设计的同志,新建营地一定要考虑防雷。"

"这次要是没事,就是万幸了!"

突然一道强烈的闪光直插到院子里,透过窗户射进房间,刹那间屋内如同白昼。已有心理准备的人们,知道一次更强烈的雷声就要炸开,不由得张开了嘴,闭上了眼,就像在战场上听到炸弹呼啸而来,即将在身边爆炸,抱着一死的心情。只听一声巨响在头顶爆裂,如同地震引起的山崩地裂,电灯突然熄灭,板房拼命摇晃。不仅女人,很多男人都高叫起来,不少人都抱着头捂上耳朵,企图躲过这一灾难。几秒钟过后,室内的照明才闪了几下,恢复了正常。从来没有经历过如此之响、如此近距离的巨雷,我们都被吓坏了,就像在鬼门关走了一趟。此时才真正领教了热带雨林的厉害。

大雨终于转小了。大家问刚才记数的工程师,一共打了多少个雷。

"最后那个雷把我打蒙了,不记得多少了!"这个小伙子半开玩笑半正经地说。

事后据大家回忆,这阵群雷持续了约 40 分钟,大约打了 30 多个响雷。第一次遭遇这么短时间、这样密集、在这么近距离的范围内强烈爆发的响雷,让人终生难忘。

第二天早晨,我们到营地周围转了一圈,芒果树下是一地震落的果实;被劈开的树枝一头挂在树上,一头在半空中摇晃着。所幸营地和码头的油罐区没有出问题。

据当地人说，昨晚的阵雷在这里也是很少见的，至少近十年人们都没有经历过。

说也奇怪，这场阵雷过后，天气格外晴朗，风和日丽，众多鸟儿都在庆祝艳阳天的到来。在众多美妙歌声之中，有一种类似风啸声或口哨声的鸟叫与众不同，不时从深山之中传出，但只闻其声，不见其形。

我很奇怪："这是什么鸟在叫？"

当地人自豪地告诉我，这是世界著名的巴新特产——天堂鸟，在冶炼厂工地附近就有天堂鸟。这种鸟能模仿多种声音，木柴燃烧声、猫叫声、小号声、鼓掌声、敲门声，甚至射击声，但现在人们已经难得一见了。这引起了我们对天堂鸟的浓厚兴趣。

美丽的巴新国鸟——天堂鸟

巴新是天堂鸟之乡。天堂鸟生活在深山老林里，身上的羽毛五彩斑斓，尾翼硕大艳丽，腾空飞起，流光溢彩，有如彩霞满天，有如瀑布狂泻。

当地居民深信，这种鸟是天国里的神鸟，能为人间带来幸福和祥和。它们食花蜜，饮天露，造物者赋予它们最美妙的形体，赐予它们最艳丽的羽毛。土著人膜拜天堂鸟如同神灵，把天堂鸟的毛皮当作护身符配饰在身上，作为节日的盛装。

巴新的国鸟就是天堂鸟，巴国国旗、钱币及国徽上都有天堂鸟的身影。据统计，全世界共有 40 余种天堂鸟，仅在巴新及其附近岛屿就有 39 种之多。

据说，16 世纪时，西班牙一位船长从摩鹿加群岛返回西班牙，献给国王 5 张美丽的天堂鸟皮，朝臣们个个看得目瞪口呆。这种鸟实在是太美了，人们纷纷传说，船长带回来的是来自天堂的鸟，天堂鸟由此得名。欧洲贵族把这些鸟皮视为珍宝，妇女用它们的羽毛做帽饰。

在天堂鸟的产地被发现后，大批商人纷纷涌入，从当地人手中收购鸟皮。一时间，天堂鸟交易红火异常，大批标本被源源不断地运往欧洲。在交易最频繁时，新几内亚每年出口的鸟标本达 5 万只。直到 1927 年禁猎后，天堂鸟才得到保护。因为天堂鸟声名响遍世界，人们将南部天空的一个星座命名为"天堂鸟座"。

冶炼厂附近的天堂鸟，当地人称为 kumul。天堂鸟大小不等，体型瘦长，体长约 17—20 厘米，大多数雄鸟都有特殊饰羽和鲜艳的彩色羽毛，尾羽呈金黄色或黄白色。它们以各种果实为食，也吃昆虫、蛙、蜥蜴等；通常不结群，单个或成对生活；在树枝上筑巢，用树枝杂草等垒成盆状的窝。

当地人把鸟的标本拿到营地向我们展示，虽然标本被压扁保存，但我们还是非常兴奋，纷纷拍照留念。

这更激起了我的兴趣，我希望能在大自然中见到它们。

一个周末，应托地之邀，我们一起去原始森林寻找天堂鸟。

走进森林，路越来越窄，树木越来越多，树径也越来越粗，脚下的路已被厚厚的枯叶覆盖，走在上面软软的，沙沙作响。四周自由自在上下飞舞的蝴蝶，小如指盖，大如手掌，褐色的、黄色的、红花的、绿黑的，如同到了蝴蝶世界。

托地边走边讲天堂鸟的故事。天堂鸟的寿命一般是 20 年，在深山老林里的树上筑巢。它们一早从窝里飞出，到外面活动，晚上太阳落山前返回。这里的天堂鸟主要以嫩叶为食，有时也吃虫子。为了得到美丽的羽毛，当地人爬上树，用网将鸟捕到，把羽毛拔掉之后再放生，不久新的羽毛又会长出来。前几年，这里的天堂鸟随处可见，但现在已经很难觅到了。

雄鸟身披美丽的羽饰，主要是为了吸引异性。每当繁殖季节来临，雄鸟就选出一片林间空地，进行炫耀表演。它们竖起全身的羽毛在原地跳跃，有时还会以一只脚为轴，做大幅度的旋转动作，常常突然张开嘴，满口的翠绿色像一颗祖母绿，点缀在这幅色彩绚丽的画中。有些雄鸟每天不吃不喝地表演10个小时以上。雌鸟一旦被雄鸟吸引，就会前去交配。雌鸟一年产卵两次，每次一两枚，雌鸟孵卵两个月，由雄鸟为其喂食。6个月后，小天堂鸟离开父母自食其力，一年后就有了生育能力。天堂鸟死期一到，便只身找到一个洞穴钻进去，将自己土葬在大自然中。

托地以前经常到山里来看雄鸟的表演，一看就是几个小时，天太晚了就夜宿山林。可惜当时没有录像机，否则就有精彩的录像可放了。

中午用餐时，我们在一处小溪边休息，看到两个村妇艰难地在山路上攀爬，头上挂着大大的网袋，里面装着各种食物和日用品，看起来约有三四十斤；她们身边跟着三个小孩，其中一个女孩用网袋背着一个婴儿，吃力地弯着腰，光着脚爬着。托地告诉我，这些是住在深山里的土著人，他们每个星期都从山上下来，用水果与商店交换食品，然后返回山里。

托地提醒我们该回家了。返回的路上，一个水源处的树枝上挂着白色的塑料袋，里面装着一些废弃物。托地把塑料袋摘下随身带上。他说，教会要求当地居民把山里的垃圾带出深林，放到集中的垃圾堆里，以保护森林的自然环境。

在茂密的原始森林中走了近三个小时，也未能一见高贵美丽的天堂鸟，就连它的叫声也没有听见，非常遗憾。但我们意外看到了深山里土著人让人难忘的身影，也算一种收获。

在巴新，天堂鸟已成为重点保护鸟类，禁止捕猎。据说，目前世界上只有在新加坡飞禽公园可以近距离看天堂鸟，观赏到天堂鸟飞翔、进食甚至交配的情景。

北京的徐悲鸿纪念馆有一对栩栩如生的天堂鸟标本，那是印尼友人赠送给徐先生的。

第六章　危险提示

43. 澳洲公司提示

根据巴新的相关法规，持商务签证的外国公民，在入境 3 个月后必须出境。管理公司将离境地点选在澳大利亚的凯恩斯，我和老李等人到巴新已经 6 个月，需要第二次出境了。

到凯恩斯休假两天，我们回到巴新。一下飞机，迎面扑来潮湿的热浪，使大家意识到艰巨的工作又要开始，轻松的心情一下就收紧了。

恩菲办事处的小杨把我们送到办事处休息。坐在沙发上，我随意翻看着茶几上的资料，一篇文章引起了我的注意，封面的标题是"澳洲公司的危险提示"。

我粗粗地看了一遍，原来是澳大利亚高地公司斯图尔特·琼斯先生写给中冶集团的信，时间是 2006 年 11 月，内容是给中方提出诚恳的忠告。

这篇文章让我十分吃惊，我立即复印了一份，准备带回去认真研究。我又从办事处借了几本关于巴新历史和矿业史的资料，这些资料成为这次休假的最大收获。

回到巴萨木克，我立刻认真研读了这份提示。结合在巴新半年的工作实践，我深感作者对于巴新历史和矿业公司的情况非常熟悉，他的提示对初到巴新的中国人十分有益。于是，我将这封信又复印了几份，交给几个分包单位，并在工程例会上宣读，要求大家提高警惕，加以防范，希望现场的每个工作人员都认真研究。

信的内容摘要如下：

澳洲公司的危险提示

詹姆斯：

很荣幸上周能再次和您通话。与您的心态一样，作为伙伴，我们期望项目有最好的成果。正如我所允诺的，这封邮件将包含我们的观察、思考和建议，观察内容来自近期进行的环境调查报告和一篇报刊文章。

1. 概　　述

有两件事情极为紧迫，中冶集团要特别注意。

1.1 与当地人的关系

布干维尔暴乱给人们的教训是：搞不好与当地人的关系，就别想搞资源开发项目。自80年代以来，在巴新，每一个新的矿山和石油项目都在小心翼翼地吸取这个教训。这些项目的业主在培训和本地化、商业发展、倾听和化解不满等各方面，付出了巨大的努力，这就是为什么自布干维尔暴乱之后，任何项目的建设或运营都没有严重中断的原因。

高地公司将这些事情列为头等大事，瑞木项目才获得批准。当地人对这些承诺的履行有非常高的期望。在我们看来，中冶集团没有履行这些承诺。照这样下去，我们坚信当地人会关闭你们的项目。种种迹象显示，这件事很快就会发生。一旦发生，中冶集团将会发现，当地的警方和军方是不会帮助你们把自己的意愿强加于当地人民的。中冶集团必须靠自己挽救危局，利莫大于防患于未然。

1.2 环境管理

中冶集团很显然并没有遵从环境管理计划，这将影响中冶集团的声誉，并助长土地主的不满情绪，等于给了他们一个争取国际同情、仇视中冶集团的武器。

1.3 名　　誉

瑞木项目的反对者——国际上的非政府组织活动分子，长时间以来并没有获得当地人的支持，这使得他们看起来像一小撮外国的麻烦制造者，完全缺乏正当性。然而，中冶集团的工作如有疏忽，就会导致当地人支持并追随国际活动分子，情况很快就会改变。一旦中冶集团面对的是仇恨的大众，将严重影响公司的声誉，也将使得中冶集团更难在发展中赢得和开发新项目。

1.4 中冶集团现在该做什么

A. 不良的地方关系是项目的最大危险，应将履行环境计划中的社会承诺作为首要任务。

B. 任命一个巴萨木克环境经理,严格管理承包商,监督他们执行环境管理计划。

2. 具体评论和建议

2.1 环境计划

您说过由于准备奠基仪式,暂时把注意力从现场环境管理转移开了,但是刚刚已经将环境管理计划翻译成英文。您还说要把它给每一家承包商。我们赞成您的想法,但是建议您还要做以下事情:

A. 把这份文件复印给每一个建设工人。

B. 给每个进入巴萨木克建设现场的人提供一份正式的现场介绍,内容包括:

——介绍巴萨木克,并且强调尊重巴萨木克的社会和环境(比如人、植物、动物)。

——列出环境管理计划的纲要、它的要求、每个雇员或承包商的责任,以及对不遵守规定的惩罚。

——列出中冶集团安全管理规定的纲要。

C. 您说过,您打算任命马克为巴萨木克的现场环境监督员,我们表示支持,并建议尽快落实。重要的是,对马克既要赋予确保履行环境管理计划中的承诺的责任,也要授予他处理那些不执行环境管理标准的工人和承包商的权力,他的权力应该包括可以当场解雇项目的雇员和承包商。

2.2 社会工作

当地人对中冶集团有所不满:

A. 当地人说,我们支持采矿和建冶炼厂,但是中冶集团在就业和培训方面正在食言;中国工人不尊重我们,与我们说话就更少——完全瞧不起我们,开着车飞快地跑了,也不向我们挥手招呼,中国人只与中国人聚在一起。

B. 当地人不满中冶集团引进许多中国劳工和操作手,他们说:"我们想要这个工程,但是不喜欢中国人的做法。"

C. 很显然，巴萨木克和瑞木的人极不了解中国人，语言障碍仅是问题之一——无法交流（当地人不会说中文，大部分中国人不会说英语和皮金语）。

D. 在马当可以见到不友好的涂鸦。

E. 当地人发现那些劳动力工作和半技术性的工作，比如开卡车、围篱笆，正被中国人占据，在巴新还从来没有第二家外国公司这样干过，这会引起当地社区的憎恨。

F. 在巴萨木克，给当地人提供工作方面存在着混乱。表面上看中冶集团已经同意给当地人提供工作，然后人们发现他们花更少的钱从另一个村庄雇人来干活，结果是，当地人挥舞着大砍刀把另一帮人赶回去了。

G. 很显然，中冶集团没有清晰的面向当地人就业和培训的政策。

H. 在现场的中国人没有得到充分的防疟疾保护。

I. 在奠基仪式后的新闻会上，土地主协会发言人严厉要求政府和中冶集团不要只让他们做自己土地建设的旁观者。

放任自流的后果：

上述观察结果和见闻都是警告信号，是严重警告信号，如果置之不理，局势将会急速恶化。

在巴新，地方的不满如果不加以控制，将以下述形式发展演变：

——第一阶段，不让建设车辆进入；

——第二阶段，恶意破坏建设车辆、设备和建筑物；

——第三阶段，对建设工人进行暴力攻击。

换句话说，愤怒的当地人将会让你们的项目建设戛然而止！到那时，警察和军人将无法把你们的意志强加于当地人身上，中冶集团将孤立无援，只能自己救自己。

2.3 妥善处理媒体对中冶集团的宣传

目前的形势将给予项目反对者最需要的东西——愤怒的社区将更有可能与国际非政府组织结盟，使后者拥有梦寐以求的东西——

长久以来开展运动阻止这个项目的正当性。

以上事项,欢迎垂询、讨论。

致礼

斯图尔特·琼斯

这封信翻译成中文的时间是 2006 年 11 月 21 日,那么写信的时间应该是在 11 月 3 日奠基仪式之后不久。

我记得奠基典礼以前,我们和当地土人没有发生什么大矛盾。而信中提到,在巴新,由于地方的不满,将发生一些不良状况,这些预见在最近几个月相继发生了。当地居民的不满情绪以及频繁罢工的现况,已经给我们造成很大的麻烦,严重影响了工程进展。

我明白,这不是琼斯先生个人的先见之明。澳大利亚等外国企业在巴新开发资源项目已经有几十年的历史,经历了无数次失败,他们熟悉当地的国情和民情,深知巴新办矿之道,目前已在这里成功建成投产了五六个大型矿业项目。所以在瑞木工程奠基仪式不久,仅凭一些现象和萌芽,他就能敏感地预见到问题的严重性和可能出现的不利后果。

我们在国内办矿已有很多年的历史,但在国外投资矿业是近一二十几年的事情。对中冶集团来说,虽然有国际投资矿业的案例,但国际矿业开发经验尚在初级阶段。巴新被世人称世界上投资环境最恶劣的国家,被国内金融机构评价为投资风险极大的地区,而我们是在对其政治、社会、文化及宗教等国情知之甚少的情况下匆忙上阵的,所以进场以来的半年多时间,琼斯先生预言的事情相继发生了。文中提到的将会发生的"关闭项目",让我感到不寒而栗。

从琼斯先生这封信里,可以看到对方的真诚与友好。他在信中将巴新办矿的关键、应遵守的原则和方法,都向中方直面相告,其中没有委婉动听的言辞,有的是严肃的奉告和让人汗颜的预见,这就是西方人士特有的不讲情面的诚意。

信中提及的"布干维尔暴乱"是怎么回事?巴新人为什么会仇恨此矿?我们应从中吸取什么样的教训?以如何防止重蹈布干维尔矿的覆辙?高地公司为什么把与当地人的关系看成头等大事?如何消除当地民众对中国人的怨

气和不满？这些都是必须认真思考的重要问题。

> 国外工程首先要做好风险评估，包括政治、经济、社会、宗教及环保等各个方面，并制定相应的对策。要对全体员工进行风险意识教育，要求大家尊重异国文化、宗教、民俗、民风，了解其他同类工程出现的风险，以提高员工对各种风险的认识和防范意识。

此时，恩菲公司现场经理部也颁布了《恩菲巴新现场工作人员行为准则》，要求严格管理个人的言行。

恩菲巴新现场工作人员行为准则

为规范恩菲巴新现场人员的行为，树立集团公司和恩菲在海外的良好形象，协调与巴新社会各阶层的关系，促进瑞木镍钴项目的顺利实施，特制定本行为准则。

一、日常行为准则

第一条　日常着装以正装为主，并注意正装的搭配和穿法，休闲时间着装也应保持得体，男员工禁止在公共场合赤裸上身，女员工不宜穿领口低的衣服、超短裙等暴露性服装。

第二条　特殊场合的着装，如泳装，应在指定的更衣间更衣，禁止着泳装穿越公共场合。

第三条　工作时间穿鞋应以皮鞋或有带凉鞋为主，穿皮鞋时注意要把鞋擦亮，鞋上不要有灰尘，工作时间禁止穿拖鞋。

第四条　工程现场应穿戴恩菲的工作防护服、安全帽及防护鞋，严禁穿戴不符合施工现场安全管理规定的其他服装和鞋帽进入施工现场。

第五条　日常饮食应在员工餐厅进行，条件允许时应采取坐姿进餐，避免站立进餐，禁止在餐厅外进餐。

第六条　个人吃剩的饭菜、饮完的空饮料瓶及个人生活垃圾应倒入指定的垃圾桶，禁止随地乱扔乱倒，影响环境。

第七条　野外用餐时，要把吃剩的食品带回，不得随意丢弃；

垃圾要装入袋内，放到指定的垃圾点。

第八条　个人取用瓶装水应本着厉行节约的原则，一次饮用不完的应继续饮用，不得丢弃浪费。

第九条　因工作应酬请客吃饭，应主动将剩菜打包，养成勤俭节约忌浪费的好习惯。

第十条　马当本部除节日外，不供应香烟、饮料和酒类；日常只供应接待所需的瓶装饮用水、饮料、香烟；施工现场接待所需的瓶装饮用水、香烟、饮料和酒类根据现场经理的批准范围适量供应，员工不得将从国内带出的物品在当地贩卖。

第十一条　严禁随地吐痰和乱扔烟头，吸烟应到指定的地点，一定要将烟头彻底熄灭后再丢入垃圾桶内，公共场合、办公室、员工宿舍及其他一切标有禁烟标志的公共场所都禁止吸烟。

第十二条　员工宿舍应保持干净整洁，及时清理个人脏衣物，保持个人卫生，经常洗澡，勤换干净衣服，避免身体异味，保持头发干净整齐，发型端庄。

第十三条　清洗和晾晒衣物应到指定地点，禁止在宿舍和其他公众场合洗衣和晾晒衣服。

第十四条　遵守作息时间，员工宿舍应按时熄灯，不得因个人事务干扰他人休息。

第十五条　员工之间应相互尊重、相互关心、相互帮助，使用公共卫生间、公共电视、公共网络等公共设施应互谅互让，避免争议。

第十六条　道路驾驶应持有当地的驾驶执照，严禁无照驾驶车辆。

第十七条　学习驾驶应由现场经理部批准，并有专人陪同、使用专门的车辆和到指定的地点学习，不得擅自学习驾驶。

二、工作行为准则

第十八条　一切行动服从现场经理部的安排，个人利益服从集体利益，集体利益服从公司利益，公司利益服从国家利益。

第十九条　爱岗敬业，钻研业务，工作中积极主动，精神饱满，全心投入，能够独立完成本岗位的各项业务。

第二十条　思维不断科学创新，开展创新性工作，开拓本岗位的新局面，为企业创造价值。

第二十一条　工作作风要严格、严密、严谨，加强学习，更新知识，创建学习型组织。

第二十二条　协调好接口关系，本部门和本岗位的问题尽量自己解决，为接口对象创造最好的工作条件。

第二十三条　工作中不弄虚作假，不随意隐瞒或歪曲事实真相，应实事求是，对自身工作要敢于承担责任，不推诿，不搪塞，工作中发生矛盾时，应首先检讨自己，不能一味指责他人。

第二十四条　尊重客户、业务关联单位和同事是基本职业准则。职员不得在任何场合传播任何不利于团结和损害公司形象的小道消息、谣言，诋毁任何单位和个人。

第二十五条　努力发挥自己的专业和技术特长，尽全力完成艰巨的工作，不做技术寡头，工作中和同事充分沟通和交流，加强合作。

第二十六条　不得利用工作之便非法收受他人财物或侵占公司财物，员工不得以任何名义或形式索取、收受业务关联单位的利益，如遇业务关联单位给予的回扣、佣金或其他物质奖励，一律上报公司处理，不得私自据为己有。

第二十七条　保守公司管理和技术活动中的各种秘密，不该打听的决不打听，不该外泄的决不外泄。

三、外事行为准则

第二十八条　自重、自尊、自爱，不做有辱人格、国格的事，遵守所在国的法律，不搞种族歧视，与外方接触时注意外事礼节及各种交往细节，不得傲慢无礼，但也不能过于谦让，要维护国家形象，保持大国风范。

第二十九条　严守国家机密和公司机密，机密文件的发送、存档应严格遵守规定的程序。

第三十条　增强政治敏锐性，与当地外国公司、中国台湾公司打交道要有理、有据、有节，维护公司和国家的利益。

第三十一条　注意舆论影响，个人不经现场经理部同意，不得私自接受任何媒体的采访，在公共场合注意个人形象，避免被外国媒体歪曲报道，不得随意散布任何有损公司和国家形象的言论。

第三十二条　具备全员危机公关意识，当外部发生突发性危机事件，有可能或已经危害恩菲公众形象，应以最为快捷的方式向现场经理部详细报告，并在力所能及的范围内，控制危机传播的可能和速度。

第三十三条　注意社区关系，尊重当地居民，与当地居民要和睦相处，见面要主动打招呼问候；与社区和居民相处，要多使用文明礼貌用语，并尽可能地融入当地的社区文化，不要做任何令当地居民反感的事情。

第三十四条　公共场合禁止大声喧哗，在咳嗽和打喷嚏时要以手掩面，尽量减少声音，并向在场的其他人略表歉意。

第三十五条　要尊重当地人民的风俗习惯，不对当地人劝烟、劝酒；与当地人共同进餐，不过分谦让劝食，不得吃那些令当地人无法接受的食物（比如一些野生动物等）。

第三十六条　保持礼让的品格，在公共场合办事要按次序排队，谦让老人、妇女和儿童，遵守当地交通规则和当地的驾驶习惯，不超速和超载，礼让车辆和行人，如发生交通事故，要及时报告公司，不得私自解决。

四、安全行为准则

第三十七条　人员外出应履行登记和汇报制度，夜晚外出应由部门经理审核批准，周末和节假日更要注意加强安全防范意识。

第三十八条　人员出行应乘车，确有必要步行时，应两人以上结伴同行，其中至少一人能讲熟练的英语或皮金语。

第三十九条　未经现场经理部同意，个人不得参加当地人的公众集会，不驻足街头与当地人谈话和观看热闹。

第四十条　不在银行和闹市区等高危地带过多停留，不去当地人的酒吧和夜总会等高危场合进行消费，遇到当地人寻衅滋事，要立刻报警或报告现场经理部，保持冷静，尽可能避免冲突。

第四十一条　遇有抢劫、骚乱等，应保持冷静，认真观察，利用附近的车辆、建筑等迅速寻找避身之所，寻求自我防护，并尽快回到现场或当地的中方机构。

第四十二条　中方人员应随身携带200—300基那作为紧急情况自我救助款，遇有当地人对中方人员抢劫，在可能的情况下舍弃金钱换取生命安全。

第四十三条　在市场购物尽可能采取信誉结账或转账支票结账，现金支付时应避免在当地人面前暴露大额现金。

第四十四条　离开房间、办公室时要锁闭门窗，离开车辆时要锁好车辆，并带走贵重物品，购物时钱财应放在贴身或不易引起注意的地方。

第四十五条　与当地人的公务谈话在办公室进行，不留当地人在宿舍谈话。

第四十六条　严格遵照高温地区的食品安全卫生操作，把好中方人员和当地雇员餐饮安全关。

第四十七条　了解当地的用电常识，正确使用符合当地用电标准的设备，防止造成火灾及损坏贵重电气设备。

第四十八条　根据当地的自然环境和道路条件，定期检查、维护保养车辆和船只，驾驶车辆和船只应由专职司机进行，严禁超员及超载，出车前要确保车辆处于最佳状态；乘坐船只时，必须穿好救生衣。

第四十九条　严禁私自下海游泳，避免发生意外。

第五十条　野外调查和作业要带好急救药品箱、卫星电话，备好火柴、刀具、绳索、手电筒、铁锹、帐篷等物品，并做好野外宿营的准备，在野外宿营时，要做好对野兽攻击的防护工作。

恩菲项目现场经理部
2007年3月13日

这份行为准则是罗海洋编写的，他在恩菲工作人员中多次进行宣讲，起到了整顿纪律、规范行为的作用。与此同时，总包还进行了安全抢救讲座和演练。工程初期，在恩菲现场经理部的领导下，总包的工作是积极的、有效的，得到各方面的赞扬，胡经理也被公司评为先进工作者。

> 国际工程应根据不同国家和行业编制不同的行为准则。恩菲准则的不足之处是没有把与当地居民共建工作写入。然而最困难、最要紧的是严格执行的问题，最好能够成立专职的培训、监督、安全、纠风的队伍，由退役军人等经培训、敢担当的同志来负责，坚决把"严管理"工作落到实处，这是工程能否成功的非常重要的一环。

44. 扩大培训班

澳洲公司的风险提示信，使得恩菲现场项目部更加重视当地民众的培训工作，这也是执行 MOA 协议的一项重要内容。短期内满足当地土地主和百姓的要求，进一步扩大培训班规模的想法得到公司的支持。

增办培训班的消息在巴萨木克周边的民众中传开，大家的积极性都很高，主动要求办班的村子也越来越多，以前不关心此事的土地主协会也相继找到恩菲公司，要求办培训班。他们知道，中方给予物资和教学方面的支持，帮助年轻人提高技能，增加就业机会，是民众拥护的好事情。经过商议，我们决定在岗劳和苦利兰两个村再办两个培训班，加上原来的三个，共计五个班，学生有近三百人之多。这样，巴萨木克周边一半以上的年轻人都被组织起来学习了。

一个星期内，两个新培训班都办了起来。苦利兰村的培训班是由土地主协会副主席高瑞组织的，借用村里的教堂做教室。这教堂面积比较大，但已破旧不堪。开班那天，我们参加了开学典礼，五十多名学员整整齐齐地坐在教室内。这些年轻人都是附近的村民，在城里找不到工作，每天只有待在家中游荡。如今他们不用花钱，在家门口学知识学技能，以后有机会到冶炼厂工作，所以格外珍惜这个机会。有的学员虽然每天要步行一个多小时来上课，但学习热情都很高。

开学典礼上，一个学员大胆地问："今天我们在这里，有笔有本能上课，感谢上帝给我们的恩赐，也感谢中国人给我们的支持。我的愿望是能在你们那里工作，你们能给我工作机会吗？"

"我们在这里办学，就是要帮助你们实现自己的愿望。希望你们努力学习。"我们的李校长回答。

"我们家里的人都是老百姓，没有任何关系，你们能要我吗？"那个年轻人继续问。

"瑞木工程会优先从培训班中招收工人。"

话音刚落，教堂中立刻响起了一片掌声，学员们都发出欣慰的笑声。会后，大家难掩心中的喜悦，拥到室外和中方人员一起合影。

我们把教学用的电视机、发电机和 DVD 放到高瑞家里，男女老少都来看热闹。最高兴的要数高瑞的妻子。看到我们把这么多设备放在她家中，自己的丈夫风风光光地为当地人办了一件好事，这个结实的女人站在那里咧着嘴笑个不停。突然间她转身跑掉了，不一会儿手里抓了两只鸡，走到我们面前，把鸡当作礼物送给我们。那两只鸡乱蹦乱叫，搞得她一身鸡毛，在场众人都笑个不停。

回来的路上，我们又顺路去弗兰西村查看情况。那里的培训班办了一个多月了，最早培训的电工已经开始到现场实习。培训班的负责人杰尼建议我们去看新办的木工班和机修班。

在瓦楞板搭起的棚子里，中间有一个木板搭成的案桌，上面放着木锯、锤子、卷尺等一大堆木工工具。学员们围着案桌，在笔记本上画这些工具。其中还有一个姑娘。她看到我们过来，不好意思地把本子捂上，怕我们笑话。老师告诉我们，她叫嘉米斯，22 岁，是八年级学生，听说有培训班，一定要报名参加，学习很用功，画得不错。老师将她的笔记本拿给我们看，果然那把手锯画得长宽比例很协调，木把手曲线也画得很逼真。

李校长问她："你喜欢做木工吗？"

嘉米斯笑了笑，点头不语。

"你希望今后做什么工作？"李校长接着问。

"我做什么都可以，只要有工作。"她不好意思地说。

杰尼解释说，这里的年轻人很多，男孩子就业的也不多，女孩子就更困难。这个姑娘很要强，到现在也没有嫁人，总想有机会改变自己的人生。冶炼厂给了年轻人巨大的吸引力,他们可以在家门口实现自己的理想了。

棚子四周还放着不少木头和木板。老师让这些年轻人一边学一边自己动手,用这些木料做个凳子或柜子。教科书是老师在莱城学习时留下的英文版中专木工课本,图文并茂,浅显易懂,是非常好的培训教材,现在已经买不到了,在国内也很难找到类似的英文初级技工教材。

看着这教材,我十分感动:没想到土生土长的巴萨木克培训班,由于充分发挥了当地人的积极性,许多问题都被他们自己解决了。这件事给了我很多启示:在巴新,只要依靠当地民众、土地主协会以及教会的力量,社会工作就可以取得事半功倍的效果。

木工培训班学员在认真学习

从木工班出来,我们又去了机械班。20名学员围着黑板,老师在画发动机的外观图。

我认识这位老师,他家就在巴萨木克,前些日子我们还曾请他到营地来修过发电机。这里的老师大多是技师,文化水平不高,但专业技能很强,而且有丰富的工作经验。

老师主动和我聊起来,他希望过些日子能够带着学生到现场的机修厂实习,提高动手能力。我非常高兴,用人单位和培训单位如此紧密地配合,学以致用,这种短平快的培训方式,也是当初我们自己都没有想到的。

看着当地人高涨的办学热情和强烈的就业愿望,我们在受到鼓舞的同时,也开始考虑下一步将面临的问题:三四个月的培训班结束之后,如果我们不能立刻接纳这么多人就业，这种热情就会变为我们的压力。此外，对于技术工人来说，理论学习完成后，下一步必须解决岗前的实习问题，提高实际操作能力。

明珠村培训班开班已经快三个月了，他们要求到营地内实习。经与老李商量，我们把一个100立方米混凝土水池的施工工作交给他们。这个水池只打了底板，大雨把基坑淹没，四周的泥土塌陷，看去就是一个大水坑。

带领学员现场实习的是头脑灵活、踏实肯干的小李。他在国内是木工班长，到巴新已经三年多，初步学会了皮金语。

小李将20多个学员组织起来。首先需要把坑里的水抽干，把泥挖出来。小伙子们光着膀子赤脚跳进坑里挖泥，钢筋中的泥无法用铁铲挖出，他们硬是用手一点一点抠出来，再抛到地上。以前雇用当地人，没有人愿干这种又脏又累的活，更不会用手抠泥。可现在是教学实习，在马克的带领下，他们就像换了个人一样，不管多脏多累，都下到坑里抢活干。

下一步是学习绑钢筋。学员们第一次绑扎钢筋，钢筋钩在手中一点都不听话，不是拉不紧，就是用力过大，将铁丝弄断。他们十分兴奋，一边说着笑着，一边绑着。用了两天时间，池壁第一层钢筋绑扎完成。

接下来学支模板。内模板采用钢管脚手架支撑，他们装了拆，拆了装，歪歪扭扭的，花了两天时间才撑起来。外模的支撑用木支架固定，当地的木工就有了施展才干的天地。这种内洋外土的模板，四天之后终于固定好了。

第五天开始打混凝土。装载机把搅拌好的混凝土运到现场，学员们将其送入模板内。小李又教他们使用振捣棒，告诉他们诀窍是快插慢拔。学员们觉得这个玩意儿很有意思，不久就掌握了要领。用了两天的时间，第一层水池墙体浇筑完成。

几天后拆模，一个光滑的池壁出现在众人面前，池壁基本平整，没有蜂窝麻面，混凝土质量不错。看到第一次打的混凝土能有这样的水平，学员们都很高兴。在此期间，学员们自带午饭，没有工资，只有一天4基那的实习补贴，可是这些人没有叫苦，没有怨言，都很认真地练习。

这件事让我和老李感触极大：不是当地人懒惰、愚蠢，而是我们原来的思想方法和工作方法有问题。首先，必须尊重他们；其次，要给予他们学习和工作的机会；第三，我们改进教学方法，加强语言沟通和言传身教，当地人完全能够掌握技能，胜任各种工作。

与此同时，弗兰西村的电工班也开始实习了。每个星期四作为实习日，恩菲公司的吴工给他们讲解工作内容和要求，并亲自示范，当地的电工教员也在一旁指导。学员们起初做一些接线、安灯工作，有时也参加地下电缆的铺设。这些简单的工作，学员们做起来一丝不苟。有条件时，吴工还讲解电控箱、开关柜线路以及安装布线图和原理图，让他们自己动手安装。十几次的实操之后，学员们已经掌握基本的电工知识和操作技能了。他们强烈希望能早日参加工作，成为一名合格的电工。看着这些未来冶炼厂的第一批电工，吴工心中充满了自豪。

恩菲的管理人员对培训班都有一种责任感，大家对当地学员的感情都是发自内心的。这使总包在冶炼厂早期的社会工作中取得了成绩，同时也摸索到了与当地人建立友谊的方法和路径。一句话，把当地人关心的事当作自己的事来办，就一定能赢得他们的心。

> 必须重视对当地民工的培训，这是工程中重要的一环。要讲究实效，组织中国和当地的技术人员对他们进行多种形式的培训和实习；也可以联合土地主协会、当地教会一起办学，这样很有可能取得事半功倍的效果。

45. 罢工规定

3月中旬，巴新政府的联合检查团第五次来到现场，其中包括劳工部、矿业部、环境部等的七名官员。检查团首先要求查看营地。这天阳光明媚，现场道路干净、营房整洁。在查看了中方和巴方的宿舍、食堂、厕所、淋浴等设施后，他们对营地的整顿成果表示满意。现场检查之后，检查团回到会议室，这次室外没有告状的当地员工，大家心情都比较放松。

检查团的官员们尤其关心当地员工的罢工情况。中方提出罢工还时有发生，并询问巴新劳工部有关罢工的规定。检查团的一位官员拿出了一份巴新政府文件，并做了解释。

听了翻译的解释，我们大吃一惊。实际上，巴新政府的相关文件对罢工有严格要求，对外来投资者有着明确的保护作用。而几个月来，我们一直没有看到这些文件，无法可依，对当地人的罢工毫无办法。

中方人员陪同巴新官员检查营地

检查官员在了解了目前中方的工资待遇和劳保条件后说："在中方基本条件已经达到巴新要求的情况下，我不知道这些年轻人为什么还要罢工。中方目前处于建设期，还没有盈利，罢工是不合法的，政府也要保护投资者的利益。"

听到这番话，我们憋在胸中几个月的疑虑和苦闷消失了，只是遗憾这个文件到达的时间太晚。实际上是我们对巴新法律法规了解研究得太少了，所以现场工程受挫，受到极大压力也不知如何应对。

老李再也憋不住心中的压抑，说："几个月来，巴萨木克当地员工罢工的次数太多了，这样既对中方不利，也对罢工者不利。我们希望劳工部这次不仅带来规定，还能给当地土地主做宣传解释，避免今后再次发生无理罢工。"

"过去巴萨木克的罢工，部分是中方自身条件不具备造成的，经过几个月的整改，现在已经有了明显改进。我们要着手教育他们按巴新的法律办事，不得轻易罢工。"劳工部官员回应。

接着他与利马和联络官用皮金语交换意见，又与中冶集团的地方负责人沟通，然后对老李说："刚才与本项目负责人和土地主协会主席进行了讨论，他们将组织人员到工程周边村庄宣传政府关于罢工的政策，要求当地员工遵守规定。同时也希望中方与当地人多沟通，了解他们的需要，在条件许可的情况下，尽量满足他们的正当要求。"

马当政府联络官建议，中巴双方加强互相理解。工程刚开始中方很困难，当地员工的条件也很艰苦，巴方将加强政策的宣传工作，希望中方加快改善条件，共同解决频繁的罢工问题。

土地主协会主席利马表态："当地员工随意罢工是不理智的，我代表他们表示歉意，今后将开展员工教育。他们要求中的合理部分，希望中方能更积极地解决。"

第五次联合检查团工作结束了。下午，翻译再次将政府关于罢工的程序规定一句一字地读给大家听，共有11条：

罢工程序

1. 确定公司是否盈利；
2. 如果公司盈利，所得利润是否以增加工资的形式使员工受益；
3. 工作条件及生活环境是否符合要求和标准；
4. 列出要求，与雇主讨论；
5. 如果雇主拒绝考虑所提要求，再将此事提交劳工部；
6. 劳工部委派一工业审理委员会，对争议举行听证，并就争议做出决定；
7. 如果雇主拒绝遵守工业审理委员会的指示，雇员将投票决定是否举行罢工；
8. 投票结果是最终决定；
9. 劳工部是唯一有权决定是否允许罢工的合法机构；
10. 请愿书/抱怨信的注册必须得到审理委员会（劳工部）的签字认可；
11. 如果不遵守以上程序，任何罢工均被认为是非法的。

听完这个规定，大家七嘴八舌地议论开了：

"人家有对罢工的规定，咱们怎么没有早点看到呢！这么说以前的罢工都是非法的。"

"还是咱们没有国际工程经验,一开始就应主动了解研究政府相关政策,按照法律法规来解决问题。"

"还不能完全把希望寄托在这个规定上。矿山、冶炼厂等地的罢工一直就没断过,咱们应根据规定,采取有理、有据、有利的办法解决罢工问题。"中冶集团土地关系部的同事提醒说。

"关键是做好我们自己的工作。员工食宿、工资待遇、上下班交通等问题要一个一个地解决好,这都是当地员工意见比较大的问题。"恩菲胡经理头脑清醒,及时提出了要求。

这个迟到的文件虽然是亡羊补牢,但它起码表明了巴新政府对罢工的态度。既然巴新对罢工有严格的规定,我们应该利用这个武器维护投资者的权益。

这件事让我想起一句话:"一个CEO,不管走到哪里,身边必须带两个人,一个是精算(会计)师,一个律师。"它告诉我们:国际商务活动中必须熟悉法律知识,及时运用法律手段才能有效开展工作。中国人有时对法律法规重视不够,在国际工程中必须补上这一课。

> 要收集、研究、学习工程所在国的各种法律法规、行业政策以及关于劳务、罢工、环保等的重要规定,并在工程中贯彻执行,以保证项目的顺利实施,否则出现问题,损失将是严重的。

46. MOA 协议

3月中旬的一天,"瑞木镍钴工程备忘录协议"(以下简称"MOA协议")的中文译稿送到了巴萨木克现场。这本协议书共90页,据参加翻译的同事介绍,中文译本已经将原文中很多定义、法律条文和没有实际内容的部分省略了,原文英文版的文字量是中文译本的两倍。

拿到这本厚厚的协议书,我关起门从头到尾认真读了起来。

巴新国实行土地私有制,土地和地下矿藏属于土地主所有。兴办矿业是消耗有限自然资源的投资,当地百姓用自有土地和矿产资源参与办矿,是以自己和子孙后代唯一的生存手段为代价,因此投资商必须保证他们的当前收益和后代的可持续发展。

1999年9月14日,澳大利亚高地公司与巴新政府和瑞木土地主共同签订了MOA协议。协议明确规定,巴新中央政府、地方政府以及国际开发商必须对土地主利益给予保护并确保落实到位。在项目的实施过程中,还要根据实际的变化,对MOA协议进行复议和修改。中冶集团从高地公司手中接过这项工程,也必须接过这些责任和义务,切实履行协议。

中巴双方举办MOA协议复议会议

在国内,由于土地与资源均为国有,资源开发项目都由政府统一部署,当地政府负责解决百姓的工作和安置问题,所以中冶集团没有签署过类似文件。

第一次看MOA协议,满眼都是法律条文的严谨规定,虽然经过翻译,仍然让人头昏脑涨,不得要领。细细读了几遍,才对协议有了大概的了解。

瑞木项目的MOA协议由巴新国政府、马当省政府、开发商与土地所有者四方共同签订,涉及内容广、范围宽,各方相关责任与义务规定具体详细,分正文和三个附件共四部分。

正　文　备忘录协议;
附件一　当地商业发展计划;
附件二　培训以及本地化政策;
附件三　社会和经济发展计划。

正文主要内容包括:

1. 中央政府、省政府、开发商和土地主的责任中央政府责任：

（1）制定收益分配原则：巴方股权中巴方合资公司占83%，土地主为17%；矿产资源费土地主占65%，马当省政府占31%，当地政府为4%。

（2）建立后代信托基金（每年资源费的1%）、特别支持基金（每年项目纯利润的1%）。投入180万基那用于基础设施建设，商业开发支持基金（政府投资）用于支持土地主公司启动。

（3）成立环境委员会就项目开发的环境事宜进行监督，确认培训以及本地化总体原则。

马当省政府责任：

（1）建立瑞木镍钴基金（来自每年项目分红及相关收益），投入132万基那用于地方社会经济发展和基础设施建设。

（2）负责执行上述计划。

（3）每年应投入土地主协会一定资金，与各方密切配合确保项目有效运营，解决困难与纠纷。

中巴合资联营体责任：

（1）为瑞木镍钴基金投入50万基那作为种子基金。

（2）为社会经济发展计划投入165万基那，并完成指定建设项目；与省政府协商参与基础设施建设，商业活动不能以土地主的权利和利益为代价。

（3）严格贯彻培训以及雇工本地化的原则。

土地主责任：

（1）相关资金的使用情况定期向政府报告；

（2）不管发生什么问题，不能有中断项目的行为，保证项目平稳有效运行；

（3）与联营体和各级政府密切联系解决问题和困难。

2. 当地商业发展计划

瑞木项目联营体应将项目产生的商业机会交予马当省企业完成，包括货运、服务业以及其他商业机会。部落性的土地主公司合并组成区域性公司，联营体应给予这些公司提供商业服务的机会。

小型商业企业如没有能力独立承担瑞木厂的商业服务，可以与政府公司合资经营。

3. 培训以及雇工本地化政策

政策强调了培训及雇工的本地化原则。在项目建设和经营期间，联营体培训和雇工的优先顺序是：首先是工程所在地的土地主，其次是马当省其他地区的人，再次是巴新公民。如果项目所需技能的员工在以上优先次序范围内不存在，可以雇佣非巴新公民。

培训工作：雇用前的介绍性培训，包括职业健康教育、安全教育、环保以及文化学习教育；上岗前的技术性培训，以提高在岗操作水平为目标；特殊高层次培训，以满足有难度的技术工作或管理岗位的需要为目标。

根据长远发展的需要，计划成立瑞木工程员工培训中心进行高标准的职业培训。

4. 社会和经济发展计划

瑞木项目给当地企业提供了货物和服务商业机会，员工和土地主收入的增加也会派生更多的商业机会，将极大推进马当省社会与经济的发展。为实现不发达地区的可持续性开发，协议制定了详细的社会和经济发展计划，明确了每个阶段的具体项目、资金来源和实施主体及完成时间，建设计划按轻重缓急需要安排：阶段一（项目启动期）共计8个项目，以建设学校为主；阶段二（项目建设期）共计28个项目，以基础设施和公众教育、医疗为主；阶段三（项目投产运营期）共计40个项目，以运输、基础设施、教育、医疗、农业、渔业等为主。计划有很强的可操作性，既利于执行者操作，又便于政府和公众对计划的实施予以监督检查。

读完全部内容可以发现，协议充分保护了土地主的权益，更多强调的是政府和开发商对土地所有者的责任和义务，以期得到土地主的拥护和支持，确保工程能够顺利开展。它是在总结了巴新矿业史上著名的"布干维尔暴乱"事件的教训后逐步完善的，这是发达国家在长期国际资源开发过程中，不断总结失败教训，探索成功路径，逐步积累的成果，是项目开发合同法律文本的重要组成部分。

协议明确了政府和开发商应尽的责任和义务，详尽列出各个主体在不同阶段应承担资金及具体实施项目，使得各方能够规范有序地操作。协议对联营体的责任和义务规定得清晰详细，所需的投资、承担的建设项目都一一列出，对中方社会工作的展开有很好的指导作用。

我深感这是一次极好的学习国际工程管理知识的机会。

> 中国人在境外易单打独斗，不懂联合作战。MOA就是国家、投资者和百姓共同达成的协议，要求几方齐心合力、共同努力。这是西方矿业经验和教训的结晶，我们应从中领悟它的精髓——合作与共赢。

47. 视察（一）

2007年3月23日上午10点多钟，中冶集团沈总、项目公司罗总及施工单位的领导，乘坐直升机来到现场。

中冶集团沈总视察冶炼厂现场

这是在奠基仪式后，沈总第一次来冶炼厂视察。领导们站在20米高的珊瑚礁平台上，下面红、绿、黄各颜色的旗子插在不同区域，厂区布置一目了然，40台机具在现场不停工作着、奔跑着，一片忙碌的景象。

在全场总平面图板前，我向领导们汇报工程进展情况。

领导们来到当地员工居住区，检查宿舍、食堂和厕所。看到装好空调、房前栽满花草的宿舍，沈总非常高兴。他走进食堂，对现场的人员说："要配备和中方一样的厨具和设备，地面要铺设瓷砖，要比我们现有的条件都好才行。"

在厕所和淋浴室，沈总看到每个厕位和淋浴室都是封闭式的，坐便器全部为冲水马桶，条件比中方用的蹲便器要好。当看到厕位的门变形大、关不严时，沈总严肃地说："全世界都在关注这里的厕所，当地记者随时都可能来拍照，搞不好宣传出去都是问题。不要怕花钱，一定要做好。"

走到中方员工食堂，一个当地的姑娘独自掌勺在炒中国菜。陪同人员告诉沈总，这个小女孩跟中国人学了半年，现在已经可以独立操作了。沈总笑着说："好！双方人员交流学习，有利于沟通感情、增强合作。"

现场检查一圈走下来，大家已经是汗流满面。回到办公室，22冶的工人将砍开一个小圆口的新鲜椰子递给大家，让远道而来的领导尝尝巴萨木克的水果。这天然的消暑饮料来得正是时候。大家一边喝甘甜清凉的新鲜椰汁，一边谈工作。

沈总把话题引到正题上："前个阶段，由于我们工作上的问题，出现了一场风波，国外报纸报道后，造成了很坏的影响。现在事情虽然已经过去，但是大家要有清醒的认识，第二次风波还有可能会来。国务院会议特别指出，一定要遵守培训及雇工本地化的原则、尊重当地人的原则、互惠互利的原则。因此，全体人员要从上到下统一思想，提高认识，友好合作，实现双赢，保证可持续发展。我们要彻底改变'先生产、后生活'的陈旧观念，生活必须放在前头，永久性的生活设施马上启动，尽快完成，建好后可以先供当地员工使用。"

午饭是食堂特意为领导做的鸡蛋西红柿打卤面，土豆、黄瓜做拌菜。对多数北方人来说，吃碗打卤面，也是一种享受。

3月24日下午，沈总在马当召开瑞木工程现场干部会议，并做了重要讲话。他首先强调了瑞木项目的重要性："巴新瑞木项目是中冶集团组建以来最大的对外投资项目，有三大意义：第一，南太平洋地区是我国外交最重要的地区之一，开展与这一地区国家的友好合作是落实外交政策的需要，这个项目是南太平洋地区我国最大的投资项目，影响很大，只能成功，不能失败。第二，瑞木项目的镍矿湿法冶炼技术在世界上处于领先地位，建好项目、生产出合格产品，中冶集团将在国际矿业开发中有更大的发展空间和更强的竞争力。第三，我们正在做前人没有做过的全新的艰难事情，这个项目40年前开始运作，许多外国公司来尝试，最后都退缩了，难度可想而知。现在我们接手，这个项目对国家、对中冶集团、对在座的各位都十分重要，是挑战，更是机遇，一个前人没有做过的事业将在我们手中完成。"

接着，他回顾了前一段事故引起的风波，分析了原因："去年12月份，由于项目紧急，我们没有把握好与当地土地主和民众关系的处理方法，引发的矛盾在社会上造成了不良影响。集团分析事故产生原因，首先是仓促开工，准备不足。项目在去年的11月3号举行奠基仪式，当时的情况并不具备开工条件，为了资源战略的需要立即开工，思想准备、物质准备、管理体制的准备均不足。其次，对巴新国情况不明。我们对巴新的历史、政治、文化、法律法规、民风民俗了解不多，没有真正读懂巴新，这个国家既落后又文明，是个法制非常健全的地方，情况很复杂。第三，没有重视培训工作。同志们来自四面八方，有的经过一些培训，对巴新情况有所了解，但大多数没经过培训就匆忙出国上岗。以前出的事，责任不在大家，而在领导。事情过去了，大家不要放在心上，一定要把后面的事情做好。"

最后他提出了八点要求：

第一，希望大家从更高的角度去认识这个项目。由于资源充足、技术先进，合同运营期40年，只要精心建设、科学管理，一旦建成投产，项目效益将十分丰厚，中冶集团的品牌和声誉会迅速提高。

第二，要从政治风险上去认识项目。这个地区和项目的本身性质决定，今后还会出现政治风险，对此要有充分的思想准备。立即成立公共关系研讨小组，定期收集当地员工的反应、政府的反应、社会的反应和舆论的反应进行分析研究，找出应对的办法。

第三，各个施工单位必须团结协作。各公司虽然分工不同，但目标一致，应该从大局出发，互相谅解、互相理解、互相支持、互相补充。有困难，大家都出手；有问题，大家共同解决。五个子公司就是五个手指，握起来就是中冶集团。

第四，现场的全体员工要学习当地的法律法规，了解当地民风民俗，深入当地的生活，努力处理好公共关系，同时加强对新来队伍的培训。

第五，严把质量关，高标准地完成项目建设。工程质量是项目投产运营的保证，运营时出现质量事故，造成的经济损失不可估量。因此一定要把工程质量视为达产达标、创造效益的生命线。

第六，高度重视安全。除施工生产安全外，在巴新还要注重厂区社会安全和交通安全，这些问题牵涉到与当地人的关系，必须引起足够的重视。生活条件要继续改善，医疗卫生工作要跟上。

第七，搞好培训工作。进一步加强对当地员工的生产技能培训。在项目谈判的时候，我们对巴新社会是有承诺的，一定要兑现；还要加强对国内来人的政治教育以及法律法规、民风民俗的培训，向巴新人民展示中国国企的良好社会形象。

第八，按照集团提出的工期要求，努力工作。这是最重要的一条，也是关键的一条，尽管有这样那样的困难，但是目标一定要实现。

沈总最后满怀深情地说："来了以后感受很深，看到了大家的努力，看到了大家的情分，看到了大家的认真。虽然出现了这样那样的问题，但关键是工程已经开展起来了。我们对准的目标是世界级的矿业公司，大家全力以赴，实现这个愿景！"

马当会议结束后，施工现场传达了沈总的讲话精神。他提出在巴新这个特殊国度中要有应对政治风险的思想准备，并预计新的风险还可能再次降临，要求大家必须了解巴新国情，高度重视与当地人的关系，深入当地的社会，认真研究解决办法，处理好公共关系，有效规避风险。这些指示对参与工程的全体人员都是重要的启发和教育。

48. 唐工之死

3月26日，20冶的前期考察小组来到了巴萨木克。

20冶在冶金行业中素有"国军"之称，是中冶集团一支战斗力很强的队伍。在巴萨木克的3天，他们考察了施工现场和营地，到周边村落了解培训班情况。让他们惊讶的是，培训班竟是由教会主办的。当地年轻人如此高涨的学习热情和认真的学习态度，令负责培训的唐工非常感慨："这样的部落里有这么多好学生，虽然文化水平不高，但是学习热情高涨，做事十分认真。我对今后到这里来搞培训充满了信心。"

20冶的袁经理向我介绍说："唐工是文艺高手，京剧、民歌、通俗歌曲唱得都是一流的，而且还是水平很高的主持人，单位很多大型会议都是他主持的。这次公司派他来巴新，就是要发挥他的特长，把培训工作做好。"

唐工已经50多岁，他和我谈得很投机，毕竟都是上了年纪的人了，大家互相鼓励着。

3月29日，考察小组的四个人离开巴萨木克回国。临走时，唐工向大家告别："一个月后巴萨木克见！我们一起办培训班。"

但是没有想到，这竟是他留在这里的最后一句话。20天后，他在上海不幸病逝了。

我从20冶新来的人那里了解到具体情况：由于时间紧、任务重，唐工回国后立即投身于紧张的工作中。不久，他自感乏力，全身酸痛，尤其是头痛。由于旅途劳累，又赶上装修房子，他自认为是过度劳累，没有重视。但很快开始发烧，肌肉不时发紧、疼痛，头疼也越来越频繁了。在家人的劝说下，他到单位医院检查。常规的尿、血检查没有发现问题，只是体温高一些，大夫诊断为感冒。他便没重视，吃着药坚持上班。

之后，他的病情越来越严重，体温在38℃—39℃之间，时而畏寒发冷，寒战后又发热、头痛，服退烧药后体温下降，顿时感到轻松，但随后又重复发作，且频率越来越高，症状越来越严重。除了肌肉痛、头痛外，腹部及腰部也开始隐隐作痛。

4月12日，唐工出现尿血的情况。他大吃一惊，立即就医，住院治疗。因病因不明，且有尿血症状，医院将他安排在肾病科。住院后的常规治疗不见效果，尿血越来越严重，医院一筹莫展。近年来，这种时冷时热、浑身疼痛和尿血的病例在医院极为少见。第二天，唐工体温升至40℃，引起了医院的重视，各科主任立即进行会诊。传染病科的大夫得知他不久前曾到过巴新这个热带国家，根据骤冷骤热的典型病状，建议进行疟疾的化验和检查。

最终结果出来，他的确染上了疟疾，而且是最严重的一种恶性疟——脑疟。这种凶险的疾病对人的生命威胁相当大。此时唐工已经昏迷，高烧不退，处于病危状态。由于疟疾在中国大中城市已经绝迹几十年，所以特效药青蒿素不仅医院没有，上海市各医药公司和药店都没有。医院立即与生产厂家联系，从广西桂林医药公司得到消息："上海援外物资公司有青蒿素，可以就近解决。"

当这救命药拿到医院时，病魔已经把唐工拖到生命的尽头，神药也无回天之力了。

消息传到瑞木工程现场，大家都觉得不可思议：20天前刚从巴新好好地离开，为什么因为一个普通的疟疾，就在上海这个拥有国内最先进医疗条件的大都市不治而亡？

在马当的中国员工有四五十人都得过疟疾，有的也是恶性脑疟，但并没有人员死亡。细想原因很简单：马当医疗条件虽然落后，但因疟疾在当地比较常见，医院有丰富的经验，化验后半个小时就可确定病情，及时对症下药。长期在这里工作的人都对它有所认识，一旦出现感冒症状就会及时去医院检查，不会发生误诊或者延误治疗的情况。

唐工这次来巴新时间虽短，但已经传染上疟疾。由于对疟疾了解甚少，他没有想到患上此病的可能性。因为疟疾病例在国内已经很少出现，很多医院都没有专项检查，大夫也缺少这方面经验，治疗的特效药都很难找到，所以因误诊而错过了抢救时间。这是一个非常惨痛的教训，应该引起赴南亚及非洲的项目单位高度重视，作为一个需要普及的知识，必须让出国员工都了解，尽量减少无谓的牺牲。

壮志未酬身先死。相约在巴萨木克共同工作的愿望还没实现，新战友就离开了人间，让人无比伤感和痛心。

唐工是第一个为瑞木工程献身的人。这种非正常减员，反映出巴新环境的险恶。他的去世让大家感到悲痛，也给每个人的心中蒙上了一层阴影。

49. 病　魔

随着工程的开展，中方内部各单位之间的矛盾再次升级。

恩菲公司总包项目部要求加强管理力度，从严管理施工单位物资领取程序和施工质量。施工单位对工程款不能及时结付、合同单价太低、一些合同条款与现场情况差异过大等十分不满。总包和分包之间的矛盾愈演愈烈，有时甚至到了公开对抗的程度，一些事情僵持着不能落实，严重影响了工程进度。

我长期从事工程总包方的管理工作，能够理解各方的要求，对现场出现的问题也一清二楚，深知处理这种矛盾的难度。工程远离国内总部，情况不能及时反馈，甲乙双方是中冶集团下属平级子公司，谁也不服谁，协调工作更加困难。

我心中十分郁闷，经常失眠，感觉自己快要撑不住了，决定回马当看病，哪知刚一上船就开始呕吐。我心里很奇怪，这是自己到巴新后的第一次晕船。

当我坐在马当办公室里，等待领取住房钥匙时，我突然发现自己眼前变暗了，电视画面越来越模糊，耳朵里像塞了一团棉花，声音越来越不清楚。我感到心跳很重、很慢，就像要跳到嗓子里，头垂得很低，像要睡着了。这时，我还保持着一丝意识，鼓足了气力，对身边的会计说："快找张大夫，我难受。"说完就晕了过去。

不到两分钟，张大夫赶来，小心翼翼地把我从椅子上移到床上。给我测脉搏，脉搏很慢；量血压，只见高压很快从80降到60、40……最后竟测不到了！

张大夫立即输液，全力抢救。

约半个小时后，我仿佛听到在很远的地方有一群人在谈论着什么，那声音低微而含混，熟悉而陌生。我感到浑身发冷，身子僵硬得不能动弹。慢慢地，身上有了暖意，神智也逐渐清醒，周围的人的讲话也能听清楚了。

我听到张大夫在说话："现在血压上来了，高压有60了。他一会儿就会醒过来的。"

"老刘是什么病？"一个年轻人关切地问。

"现在还不好说，可能是一种神经性休克。"

"刚才还好好的，怎么一下子就出了问题呢？"

"可能是精神长期处于紧张状态，导致出现要休息的潜意识，造成了机能紊乱。"张大夫解释道。

40分钟后，我完全清醒了，就像睡了一觉。我睁开眼睛，看见胡经理和众人都关切地围在四周。我大概知道刚才发生的事情，不好意思地说："对不起，吓着大家了。"

"真把我们吓坏了，刚才还全身冰凉，不省人事，以为要跟唐工一样了……"看到我苏醒过来，大家也放心了，说起了笑话。

"谢谢，谢谢张大夫！"我握着他的手，连连致谢。

"没事了，你先好好休息，有机会回北京检查一下。"张大夫安慰道。

当晚，我久久不能入睡。我知道，就在我一条腿刚要迈入鬼门关，心脏已经停止跳动时，由于张大夫的及时抢救，救命的液体重新启动了心脏，那扇鬼门关闭了。

我暗自庆幸，也有些后怕：如果一个人在房间里犯了病，谁来救我？

可能有了这样的经历的人，才会感悟到生命的脆弱。大概是上帝的眷顾，让我死里逃生。生命的逆转，让人的意境变得豁达而淡定。在我六十载的人生道路上，这不能不说是又一次重要转变。

我回到北京检查，没有发现什么病，大夫也说不出什么原因。过了一些年，在全面体检时才发现，我早已经患有糖尿病，可能是低血糖造成的现场休克。

医生警告我，低血糖严重时，由于脑部缺糖，人可能丧失意识，严重的甚至会危及生命。

那时我才知道自己的病情，庆幸自己大难不死，感激同事及时相救，感谢老天爷发慈悲，没有把我收去，否则瑞木工程人员中接着"走路"的，就是我这个年龄最大的聘用工了。

出国前妻子就担心我的身体，没想到这次却真的遇到了意外，想起来都还后怕。

回想在清华附中上学时，我就是学校中长跑队的骨干，参加过两届北京春节环城长跑比赛和市中学生运动会。到清华大学后，也加入学校的中长跑队，参加了高校比赛。在学校"为祖国健康工作五十年"的号召下，同学们积极参加体育锻炼，力求以强健的体魄为国效力。后来做工程时，我买了一台小型跑步机，常年带着它转战南北，这次它也跟着我来到了巴新工地。每天晚上跑上20分钟，出一身热汗，保证身体能够适应热带雨林高温高湿的气候和恶劣的工作环境。

病后一个月，我咬着牙坚持跑步，逐步恢复了体力，更体会到清华的德智体全面教育对莘莘学子是多么重要！健康的身体和自强不息的精神，以不竭的动力支撑我坚持前进！越在逆境和危难的时刻，越显示出它的重要和强大。

总包方对 22 冶的老李意见最大，坚决要求撤换他。这个强人虽然在奠基典礼前出了一把力，但现在的激烈矛盾主要是他的霸道作风、目无总包引起的。意见传到 22 冶北京总部，公司领导非常了解老李，他善打硬战、不善交往，现场的一些做法的确不合适，但作为瑞木工程的有功之臣，必须保护他和一线员工的积极性。经再三研究，公司决定再派一位副经理负责对外联系，老李主管施工生产，今后打硬仗还需老李出马。因他爱人正生病住院，需要照顾，公司领导批准他回国，也是为了让他避开一段时间，缓解矛盾。

在老李回国的日子里，现场的紧张状态有了缓和。可是工作平平淡淡，失去了活力，工程进展缓慢。

一个多月后，老李回到现场，像变了个人一样，现场再也听不见他的吼声，看不见他的笑脸。

我立刻找他询问情况，才得知他的爱人已经病入膏肓。

"那你为什么还要回来呢?!"我不解地问道。

老李痛苦地讲述了一个令人心痛而又感动的故事：

回国第一眼见到妻子，老李几乎认不出她来了，以往身体健壮、满面红光的她，此时瘦得就像一个老妪，憔悴的脸上像涂了一层厚厚的黄蜡，一切都变得让他陌生。看到眼前的情景，老李像有一把尖刀插在心头，感到剧烈的疼痛。在他到巴新的八个月里，家中发生了如此之大的变化，是他始料不及的。

爱人的病是从一年前开始的。她的母亲突发心肌梗死，因抢救不及时而去世，孝顺的她自责没有尽到责任，心中一直郁郁不安。几个月后，她自感胃部不适，吃不下饭，到医院做胃镜检查，结果诊断是胰头部位发生病变，医生建议立即到大医院进一步检查。此时正好老李回国，立刻通过熟人联系医院，尽快为她安排手术。

在医院的手术台上，大夫发现她腹部的主要器官密密麻麻长满了肿瘤，胰腺部位是最大的，这是胰腺癌晚期，癌细胞已经扩散了。大夫见胆总管被肿瘤压迫得变了形，造成病人全身黄疸，当即把胆囊摘除，消除黄疸对身体的侵蚀。其他手术已经不能做，两个小时就结束了。

大夫告诉老李，她最多还有几个月的时间。悲痛欲绝的他下决心不回巴新了，尽一个丈夫的责任，把这青梅竹马、相伴一生的爱人送走，以弥补他的终身遗憾。

第二天，爱人清醒过来，看到自己的黄疸退了很多，身体也比以前舒服了，以为手术成功了。出院回家后，老李精心照顾着妻子。眼看一个月的探亲时间已到，这天妻子关心地问老李："我已经好多了，你该准备回巴新了吧。"

"我不打算去了。"老李坚决地说。这是妻子一生中头一次听到丈夫说这样的话，她感到很诧异。

"没什么，你生病，我不去了。"老李敷衍地说。

看着丈夫有意回避，她已猜到自己病情的严重性，心里明白来无多日，是该做最后打算的时候了，她想和最亲的人多说些话。

"老天爷给我的日子已经不多了，我知道你是为了我的病才不走的，想送我最后一程。"当妻子把她心底的打算都摆在面前时，老李无言以对，两人长久地沉默着。

"你这一辈子都是一条汉子，工作是你的生命，从没有顾过家，我懂你。我还有一段时间，如果我快了，你再回来送我也不迟。"妻子的这番话让老李心中为之一震，泪水止不住流下来，没想到病重的妻子在人生最艰难的时刻，为他想得如此之多、考虑得如此之远。

老李最终还是听从了爱人的意见，在她的全力坚持下，重新回到巴新这片让他又恨又割舍不下的地方。

我被深深地感动了：多么忠诚的战友，多么深明大义的女人！中国人舍小家为大家、舍个人为国家的崇高思想境界，是我们走出国门取得成功的思想基础，也是中国人特有且可贵的品质和性格。

50. 学车惹祸

工程现场有很多辆车，按照规定不允许无照开车。但不少在国内根本没有摸过车的年轻人，看到别人开车，心里痒痒，偷偷摸摸地学起来。周末不上班，现场经常有人在空地上学开车，练练起步、跑跑圈，只要不上路，一般没有人管。

一天午后，管理公司一个刚学车的年轻人把车开出现场，径直开往营地。此时营地的大铁门已经关闭了，只有小铁门半开着，一个保安站在那里值班。车快到大门，他才看见大门关着，心里一慌，一脚刹车没有刹住，小门被猛地撞了一下，把保安的腿碰伤了。保安倒在地上，血流不止，不断地呻吟。小伙子急忙下车，蹲下身不住地道歉。一个当地员工看到此景，抓住小伙就是一拳，其他当地人也跟着冲过来，眼看一场围攻就要开始。小伙见势不好，拔腿就跑，进了营门，跑向中方员工生活区。后面一群人追了上去，边跑边用石头砸他。

听到门口一片混乱，中方员工都跑出来看个究竟。那个小伙子跑进了22冶生活区，工人们将他藏到一间房子里。追来的人被激怒了，围在房子外大声喊叫着，要严惩肇事者。老李带着许多工人站成人墙与他们对峙，这种阵势使当地人不敢前进半步。

救人要紧，我和翻译小张、齐大夫一起赶到大门口。大门外越来越多的人冲了进来，他们群情激昂，不住地叫喊着。保安躺在地上，小腿还在流血。齐大夫蹲下身仔细检查伤口，发现伤势并不重，只需要消毒和包扎。一个工人把保安背到医务室，进行了紧急处理。包扎好伤口后，齐大夫告诉当地人，伤员已无大碍。

当地人找不到中国小伙，聚集在中方生活区，将我和小张这一老一小围在中央，不时地挤压着、推搡着。一个身高1.8米的当地员工，举着拳头站在人群中央，怒不可遏地叫喊着，要中方交人。

这个员工在化验室工作，平时文质彬彬，是个很有礼貌的人，但此时就像一头愤怒的雄狮，率领狮群不屈不挠地抗争。他的身体几乎与小张贴在一起，高出半个头的他低头怒视着矮小的对手，像要把他吞下去。长着一副娃娃脸却很老成的小张毫不理会他的挑衅，在人群中间不急不慌地解释着，努力平息他们的怒火。

他向当地人说明：中方人员撞了当地员工，我们表示道歉，责任由中方负责，大夫已经为伤员做了治疗，骨头没有问题，人也没有危险，我们将尽快把他送到马当医院做进一步检查治疗，请大家放心。中方员工肇事，我们会把他送到警察局，按照巴新的法律制裁，绝不袒护。目前不能把人交出来，是为了避免更大的冲突，这也是为了双方的安全，希望大家能理解。

小张用流利的英语一边做着解释，一边安抚那些情绪激动的人。焦躁不安的当地人慢慢地平和了，混乱拥挤的场面也逐渐平静下来。此时正是中午时分，热带的太阳火辣辣的，他脸上挂满汗珠，上衣都湿透了。齐大夫在对伤员做了紧急处理后，也来到当地人聚集的地方，通报了伤员情况，宽慰他们不要着急，缓解大家的紧张情绪。

　　在小张与当地人交涉的同时，几个单位的现场负责人一起进行研究。大家一致认为，目前局势紧急，要控制局面，应请求总部派直升机将伤员送至马当。一个当地人受伤是小事，如不及时处理，就会引发骚乱，酿成大祸。宁可把问题看得重一些，绝不能掉以轻心。之后立即与马当联系，汇报情况，要求派飞机到现场。

　　在国际工程中，建立应急预案是很重要的。2月份矿业部检查官就要求中方与直升机公司签订合同，在紧急救援情况下动用直升机。没想到在几个月后，这条措施的必要性就体现出来了。

　　半个钟头后，空中一阵嗡嗡的轰鸣声，一架直升机向现场飞来，直接降落在生活营地的一块空场上。当地人被直升机的到来弄得莫名其妙，只见中方人员用担架抬着伤员，把他送上了飞机。巴萨木克当地人经常见到飞机，但从来没有坐过，这架飞机还是专门来接伤员的，这也让情绪亢奋的当地人没有想到。看到我们这样认真地对待他们的同胞，他们心中的怒气平息了许多，仇恨的心结也荡然无存了。

　　更让当地人没想到的是，在起飞前的两分钟，被保护起来的中国小伙突然跑过去，迅速登上飞机。飞机启动，随着顶部螺旋桨越转越快，在扬起一阵风沙后起飞了。飞机上乘坐了三名乘客：一名伤员、一名大夫和一名肇事者。两个当事人同乘在一架飞机上，在不到四平方米的空间里面对面，真是"不是冤家不聚头"啊！看着飞机带着伤员起飞了，当地人没有了脾气；看着中国的小伙也飞走了，他们也没有了主意。

　　在营地围观的上百名中国人和当地人，随着飞机的离开也慢慢散去了。20多分钟后，飞机降落在马当机场，在那里等候的汽车将伤员直接送到马当医院进行救治。由于没有伤及筋骨，两个星期伤员就痊愈了。这起车祸是中方人员无照驾驶造成的，所以小伙子被送到法庭，中方负全责，最后判决对肇事者罚款，但免除了行政处罚。

直升机载着伤员和肇事者飞往马当

  一场突如其来的事件来得那样快,没有任何预兆,让人措手不及。而事件结束得又是那样迅速,没等人们明白怎么回事,直升机就把事件双方一起从现场解救出来,既对受害者加以抢救,也对肇事者进行保护,真是一举两得。

  当时最难受的是小张,他在烈日下与当地人对峙,消耗了大量的精力和体力。在飞机离开后,大汗淋漓的小伙子回到宿舍呼呼大睡。晚上他开始发烧,吃了药还是高烧不退。第二天被送到马当,无奈正值周末,医院不上班,他又受了两天煎熬。周一上午去医院做疟疾化验,结果呈阳性,疟原虫的比例高达35%,属重型病症。确诊之后,中方大夫立即让他服用特效药青蒿素,两天后体温回归正常。几天下来,被烧得头昏脑涨的小伙子,体重下降了10公斤,人瘦了一圈,长出浓浓的胡子,就像是个囚犯,无精打采,完全没有了当初的英气。肇事的小伙子买了很多水果和营养品,来看望这个搭救他的小哥们,感谢他在危难时勇于出手。

  小张当年27岁,陕西人,外语学院毕业,三年前曾在印尼的工程上做过HSE负责人。他性格外向,工作能力强。在这次突发事件中,大家看到他勇于面对、临危不惧、有胆有识,顺利化解对立情绪,都打心里喜欢这个年轻人。

  事后,管理公司表扬了老李和小张,对他们的突出表现给予肯定。这一次,大家团结一心,快速出击,果断应对,控制局面措施得力,积极化解了危机,同时也积累了处理类似事件的经验。

在境外工作，一定要制订好切实可行的紧急事件处置预案，遇到问题冷静沉着、快速反应、有勇有谋、团结协作。平时还要进行被攻击、被掳和救助的演练，配备必要的报警和防御器具，具备解决问题的常识和能力。

第七章 巴新矿业

51. 矿业概述

巴新矿产资源十分丰富，矿业从 19 世纪末开始发展，至今已有 100 多年的历史。20 世纪末到本世纪初的近 30 年时间发展加快，以澳大利亚为主，南非、英国、加拿大等多国矿业公司先后投资办矿，中国中冶集团是最新加入的外国公司。

巴新有着世界级规模的铜矿和金矿，其中布干维尔的潘古纳（Panguna）铜矿在 1989 年被迫关闭时是世界第五大铜矿，奥克特迪（Ok Tedi）铜矿是世界第八大铜矿，普尔杰瑞（Porgera）金矿和利希尔（Lihir）金矿都是世界前十名的大金矿。巴新黄金产量位列世界第 11 位，如果继续保持现有的矿业开采趋势，有望成为世界三大黄金生产国之一。2005 年巴新矿产收入为 76.5 亿基那（约合 25.5 亿美元），占巴新 GDP 的 11%。

奥克特迪铜矿位于巴新西部省北飞地区，属大型露天铜矿，由澳大利亚 BHP 公司投资 14 亿美元建成。1984 年开始生产黄金，1987 年开始产铜精矿，2005 年生产铜精矿 66.4 万吨，其中含铜 19 万吨，金 14.9 吨，银 41 吨。

该矿给巴新带来了巨大的经济效益，但也给所在地区的环境造成了危害。该矿采用河流处理系统处理大量含酸及硫化物的废水，河水漫过河堤污染两岸土地，流行植物梢枯病的地区超过 1000 平方公里，影响了下游民众的生产与生活。投资商遇到了极大的困难，经济亏损十分严重，最后不得不把大部分股份低价转让给巴新政府。

为了解决环境污染，奥克特迪铜矿计划执行一项新的废物管理计划：在废石中添加石灰石中和酸性物质，减少对周边土壤的污染，每年对河道进行疏浚去除沉积物，缓解河水泛滥及植物梢枯病流行。拟新建一条 130 公里的管道，将浓缩硫化物运至偏远地区深埋处理，力争有效减少对环境的危害。一项耗资 1.3 亿美元的废物管理项目即将启动。但是，该矿能否继续保留并发展，仍在商谈之中。

奥克特迪铜矿造成环境危机及潘古纳铜矿被迫关闭之后，来自各国的矿业投资商都开始重视环境保护以及与原住民的关系，以不同的形式与当地土地主达成协议，为改善民众生活和促进经济发展采取各种有效措施，取得了一定的成效。

普尔杰瑞金矿是比较成功的合资项目，投产以来，每年对巴新出口收入的贡献比率平均高达 14%。矿业公司为当地建设供电供水等基础设施，资助当地人的商业活动，为发展地方经济，提高民众的健康、教育及生活水平等做出了很大努力。非法采矿是普尔杰瑞金矿面临的一大难题，随着政府部门的介入以及媒体宣传的压力，这一问题得到了缓解。

辛贝里（Simberi）金矿正在开发中。作为辛贝里岛上的第一个矿业企业，联合基金公司认识到，获得土地主的支持对于金矿开发的成功至关重要。一改过去的传统模式，矿业公司与土地主签订特殊协议，直接而不是通过政府将收入交给土地主。

与巴新大多数矿区不同，图鲁库玛（Tolukuma）金矿完全与外界隔绝，所有货物运输都必须借助于直升机。金矿为当地社区解决供电饮水问题，免费为学校修建厨房和餐厅，并定期向土地主的公司提供资金，资助其经营，为所在地区带来经济实惠。

巴新矿业已经成为国家经济发展的重要支柱产业。但是，对于巴新政府来说，办矿在给国家带来巨大经济效益的同时，也带来了严重的环境污染；对于国际矿业公司来说，办矿在给公司带来丰厚利润的同时，也带来了无尽的烦恼。其中布干维尔潘古纳铜金矿和利希尔金矿的典型案例，对于刚刚进入国际矿业俱乐部的中国企业具有一定的启示和借鉴意义。

52. 布干维尔事件

潘古纳铜金矿位于巴新最东部的北所罗门省（布干维尔自治区）的布干维尔岛上。在我国，这个南洋小岛很少有人知道，但珍珠港事件的策划者——山本五十六的名字大家都曾听过，他的座机就是在布干维尔岛上空被击落的。潘古纳铜金矿由澳大利亚克日克瑞泰斗公司投资经营，1970 年建成投产，80 年代中后期已成为世界第五大铜金矿。它的出口额占巴新年出口总额的40%，上交的税金占政府税收的17%—20%，成为巴新重要的支柱企业。迅速发展的矿业公司给原住民带来了受教育的机会和稳定的工作，为仍停留在农耕时代的布干维尔地区修建了道路、学校、医院、水电、通信等现代化基础设施，民众生活得到很大改善。然而与此同时，对原住民传统观念及平静生活的巨大冲击、对自然环境的破坏也埋下了深深的隐患。

作为巴新早期的矿业投资项目，首先遇到的是3800名外国员工和6300名当地雇员的关系问题。由于思想观念及生活习惯不同而产生的矛盾和碰撞时时发生。

其次，矿业公司占用了原住民世代生息的土地，彻底改变了他们的生活方式。他们对土地有着深厚的感情，一位德高望重的土地主说："土地是一种婚姻，是历史，是任何东西。我们的土地被毁灭了，我们也将走向死亡。"虽然布干维尔铜矿的赔偿与很多地方相比并不算少，但无法与同期种植可可树的收益相比。当时布干维尔地区盛产的优质可可豆大批量出口德国，种植可可的土地主收获十分丰厚。

导致布干维尔危机的另一个重要原因是环境的破坏。该矿投产后，大量的矿渣废弃物涌入河中，又顺河倾泻入海，造成海面的严重污染。

矿山开发协议的不平等使双方矛盾进一步激化。上个世纪60年代签订矿山开发协议时，当地社会仍处于原始状态，民众文化水平低，没有深入了解内容即签署了协议。若干年后，接受了高等教育的年轻人仔细研究协议，发现了很多不合理的地方，如协议上写明是铜矿，实际上还生产大量黄金，矿业公司的收益远远超过原协议的估算，但原住民没有得到任何补偿。民众多次与矿业公司和政府谈判，要求复议并更改协议，均遭到拒绝。

布干维尔危机加剧，还有一个原因是矿业公司对民众诉求处理不当。公司投产初期与当地民众关系很好，对所有种族的员工一视同仁，公司还设置了专门倾听村民诉求、解决问题的办公室。但随着时间流逝以及双方矛盾的发生和不断激化，矿业公司将办公室撤销，民众的困难和诉求不但得不到妥善解决，管理人员还对着他们呵斥怒骂。

外人说布干维尔危机是个突发事件，但知情人认为它绝非偶然。

1988年末，当地土地主对矿业公司的长期憎恨最终爆发：村民设置路障，阻止工人上班，冲入工厂砸坏设备，工厂炸药丢失，厂区及周围不断发生爆炸事件，12 月该矿被迫关闭。

1989 年 3 月，村民与矿区工人发生冲突导致的流血事件，将当地民众对矿业公司的怨恨转化为布干维尔地区激烈的民族分裂情绪，布干维尔的美拉尼西亚人用武力对抗巴新政府，与矿业公司、政府及军队抗争。从此之后，布干维尔地区民众为争取民族独立与巴新政府进行了长达 12 年的战争。2001 年 8 月，巴新政府与布干维尔各派签署了和平协议，布干维尔地区获得民族自治的政治地位。但是，迄今为止，布干维尔世界级的铜金矿还没有任何复苏的迹象。

了解了这些情况，我联想到澳大利亚专家信中的警示——"布干维尔暴乱给人们的教训是：搞不好与当地人的关系，就别想搞资源开发项目"，更加深刻地认识到这个问题的严重性。

53. 金矿危机

利希尔金矿位于巴新东北方的利希尔岛，距首都莫尔斯比港 700 公里。该矿是世界前十名的大型金矿，经证实的储量达 1.88 亿吨，预计可以开采 40 年。1992 年，该矿由利希尔黄金公司投资建设，1995 年建成。2005 年的生产数据显示，冶炼厂的原料处理量达 20 万吨/日，年产黄金 63 万盎司（大约 18 吨）。公司计划再投资 2 亿到 4 亿美元，将年产量提高到 100 万盎司。

利希尔金矿冶炼厂

利希尔黄金公司的成功建设和运营，对中方有很大的借鉴作用。瑞木管理公司两次组织人员前去参观学习。

2006年，恩菲公司的设计考察组到那里参观考察。金矿和镍矿的冶炼工艺不同，但利希尔公司的浸出系统设计及深海填埋装置等很多技术，值得瑞木工程借鉴。给中方留下深刻印象的还有他们对环境保护和清洁能源的重视。公司投入2亿美元，利用当地地热发电取代柴油发电，解决了全部生产用电和社区生活用电的需求，成为巴新矿业经济和环境可持续发展的典范。

2007年8月，为了妥善安排工程开工后员工的生活，又一批中方人员来到这里参观，学习其餐饮及后勤管理工作。

利希尔公司的餐饮及后勤管理均由NCS公司负责。该公司由澳大利亚人组建成立，除常驻的3名白人高管，其余440名员工都是当地人。餐厅包括厨房共计800平方米，另有送餐部300平方米，负责矿区1500名生产工人中午的配餐。轻钢结构的餐厅明亮干净，餐桌上摆放着各种调味品。中间是自助区，各种熟食、蔬菜、水果以及饮料应有尽有，一端是售饭窗口。厨房里清一色的不锈钢厨具及制作西餐的设备一应俱全、一尘不染。员工凭卡在餐厅内吃早、晚餐，中午带饭到工作地点就餐。送餐部负责将荤素搭配的午餐放到塑料饭盒里，方便员工携带。

从餐厅出来进入NCS的仓库，各种物资整齐地摆放在货架上，工作全部用计算机管理。库房左侧是一排带有冷藏设备的集装箱，摆放着各种保鲜的食品；另一侧是冷冻库，存放着各种肉类。让人耳目一新的是这里对食品安全的严格管理，有保鲜要求的食品进库即贴上标签，七天分七种颜色，便于分辨，期限一到立刻清理掉，确保员工的饮食卫生安全。

后勤采购设有专用码头，60个集装箱不停地从世界各地采购物资：一般日用品从中国广州采购，备品备件大多从澳大利亚进口，在东南亚或巴新各地采购蔬菜和肉类。公司还在附近建农场，鼓励当地人种菜养鸡，满足公司食品需求，有效降低采购成本，同时增加他们的收入。

木制的员工宿舍设施完备、整洁干净。营地内设有洗衣房，有40台滚筒式洗衣机，20多名女工为员工服务；健身房的器械齐全，营地边有网球场、游泳池和娱乐室，可以满足员工的不同需求。公司还设有含60台面包车的交通队，每天负责接送工人上下班。

NCS 公司为金矿提供后勤服务所获得的利润，50% 交给土地主公司，用于社区设施建设，以改善民众的生活。社区建有政府办公室、警察局、学校、医院等服务机构以及银行、超市、交通运输等商业设施，社区生活方便、管理有序、服务周到。岛上的居民多数都有工作，居住环境和生活水平在巴新国内都是最高的。

两次考察给我们留下了深刻的印象：工艺先进可靠，设备设施完善，生产稳定安全，后勤管理一流，员工满意度高，社区平安和谐，公司利润丰厚。这应该就是现代化国际矿业公司的标准样板。

但是就在 2007 年 10 月，巴新报纸连续刊登了利希尔金矿罢工的消息。我们十分惊诧：在这堪称模范的矿业公司，巴新最幸福的工人怎么也罢工呢？

原来，导火索是一个工人家属看病的问题。长期存在的与白人员工待遇的巨大差距激怒了当地员工，起先是部分工人罢工，后来发展到整个矿区停工。长达一个星期的罢工给矿业公司造成的损失高达 1200 万美元。当地员工成立了工人联合会与金矿公司谈判，谴责高层领导对原住民的歧视，要求平衡国内和国际员工工资和待遇差距。罢工最终以资方的让步结束。了解了巴新矿业发展历史及现况，瑞木人心里沉甸甸的：在巴新办矿实在太不容易了！在与当地人的关系方面稍有疏忽，就可能发生罢工事件，在瑞木工程建设期间如此，在成功的国际矿业公司同样如此。我们不由得感叹，今后要走的路将很漫长、很艰辛。

> 当地员工与国际员工待遇的差距是所有跨国企业都面临的问题。这个问题有它的合理性，然而解决也需要把握尺度。在巴新这个保留着很多传统的国家，民众的期望及表达方式是矿业公司必须面对并要妥善解决的问题。

第八章　风雨前行

54. 车　祸

6月15日，承建码头的中交集团一航局的先遣队到巴萨木克现场考察，领队的是公司副总经理宋宝珍。他高高的个子，身体结实健壮，满脸的岁月沧桑，为人谦和友善，见面就给人一种亲近和信任感。这次为了给公司打好在巴新市场的第一仗，他虽然即将退休，还是亲自带队来考察了。

当天下午，我开车带着新战友来到了码头区，观察海湾的海潮、礁石以及地形地貌。为了解第一手材料，大家拨开一人高的茅草，跨过躺在海边的大树，深一脚浅一脚地沿着海边小路往前走。宋总与同行的年轻人不停地说着、讨论着，走了40多分钟，才从树林另一头钻出来。这样闷热的天气，走在热带雨林中，汗水把大家的衣服都湿透了。回到汽车里，打开空调，大家一边擦汗，一边继续研究。

"老刘，请帮忙在我们进场前把海边的树砍了，将施工场地平整好。"宋总提出。

"请放心，现场准备工作我们来做。"我回答道。

"太感谢了！还有，巴新办理船只进关在什么地方？"

"莱城，马当海关属莱城管辖。"

"什么地方可以买到水泥？"

"也在莱城。"

"好，我们回马当后去趟莱城，把报关和购水泥的事情落实。"

但我做梦也没有想到，莱城之行竟是宋总生命旅程的终点。

2007年6月19日上午9点，翻译罗海洋陪一航局宋总等三人和一名当地警察，驾一辆丰田双排座皮卡从巴萨木克前往莱城。

下午2点多，马当瑞木管理公司突然接到北京国际长途，说这辆车在路上出了车祸，要求马上实施救援，及时通报情况。

管理公司立刻通知恩菲项目部派车前往出事地点，同时利用通信设备与澳大利亚海兰图基地联系，请求直升机支援。20分钟后，第一架飞机到达车祸现场；半个小时之后，第二架直升机也出发了。

亲身经历此事的一航局郑经理事后回忆，出发时由当地警察开车，午饭后改由罗海洋驾车继续前进。罗海洋在前排右侧驾驶座，宋总坐在他的后面。车在路上颠簸行驶，大家都昏昏欲睡。突然，车飞了起来，车里的人都倒向右侧。只听"轰"的一声，车身重重地撞到什么东西，车里的人随着车连翻几个滚，后来就什么都不知道了。

根据当地警察局出具的报告，这起交通事故是因为路况不好，车速又快，车在左转弯时被向右抛出十几米远，重重地摔到一棵碗口粗的树干上，右侧车门被撞开，罗海洋、宋总当场被甩到车外，头部受到严重撞击，其他三人虽未被甩出，但已不省人事。

不知道过了多少时间，郑经理最先醒过来，立即用手机联系救援。但他只有国内的电话号码，所以第一时间将车祸情况报告了一航局。局领导马上与中冶集团北京管理公司联系，然后马当项目部才接到通知。

车祸发生不久，路过的车辆很快通知了警察，附近瑞木糖厂的几名医务人员立刻赶来。罗海洋和宋总因头部伤势过重，当场死亡。医生将两名伤者送到工厂医务室进行抢救。高经理胸部受伤，胳膊骨折；警察也受了内伤。直升机赶到后，伤员被转送至莱城。

救人要紧，恩菲公司立刻联系莱城沈老板帮忙。沈老板安排救护车将伤员接到医院，并以自己的名义担保全部医疗费用，所有急救、住院等事项非常顺利。由于抢救及时，两名伤员恢复了健康。

在第三世界国家，一起车祸能在两个小时内处理完毕，得益于现代化的通信设备及交通工具，得益于澳大利亚公司的全力支持（平时他们的直升机并不外借），得益于巴新当地民众的及时抢救和华侨血浓于水的真情帮助。一个国际联合的急救行动深深地感动了我们！

在抢救伤员的同时，罗海洋和宋宝珍的遗体被移至瑞木糖厂的医务站，经过清洗和包扎后运到马当医院停放。

2007年6月23日，是瑞木人难忘的日子。下午两点，马当省医院的大棚内设置了庄严而简朴的灵堂，哀乐低沉而忧伤。灵堂的横幅上写着"沉痛悼念罗海洋、宋宝珍先生"，两侧挂着对联："山山水水留足迹，风范长存；

风风雨雨为事业,终生奋斗"。灵堂中央并排放着两具红木棺材,棺木前立着遗像,像前摆着香盒、烛台。

灵堂入口设有签到处。人们纷纷来到这里,祭拜两位亲密的战友,两位异国的朋友。参加仪式的有近两百人,其中有中方员工、当地华侨,还有许多巴新民众,大家面色凝重,有人泪流满面,还有人失声痛哭。下午三点,追悼会正式开始。向逝者默哀三分钟之后,恩菲公司胡经理发表了真挚感人的悼词:"今天我们在这里举行送别仪式,追悼我们的战友和兄弟罗海洋、宋宝珍。他们不远万里来到巴新,是为增进中巴两国人民友谊而来,是为促进两国繁荣和发展而来,是为建设瑞木镍钴项目而来,并为此献出了自己的宝贵生命。罗海洋同志到巴新已经一年半,他对工作兢兢业业、认真负责,为瑞木工程做出了重要贡献。宋宝珍先生不顾年事已高,刚到巴新就投入紧张的调研和考察之中。逝者已逝,我们活着的人要化悲痛为力量,与当地人民携起手来,共同为瑞木项目的成功建设而奋斗,完成他们未竟的事业,以告慰他们在天之灵。"

罗海洋、宋宝珍追悼会现场

接下来,人们围着棺木缓缓而行,献上白色的鲜花,向逝者鞠躬,为他们送行。灵堂中一片哭泣声,与罗海洋朝夕相处的恩菲员工压抑不住内心的痛苦,大声哭喊着:"海洋呀,你太年轻了,我的好兄弟,一路走好!"

我一直不敢相信罗海洋真的走了,一闭眼,他就活生生地站在我面前:马当智斗托马斯成功后的兴奋,莱城港口卸大船时共同度过的不眠之夜,巴新夜色中一起观赏上空月亮的美好画面……现在，面对罗海洋的棺木和遗像，我不禁老泪纵横。

在巴新这片土地上，我们用实际行动履行着自己的责任和义务，为工程早日建成而努力拼搏。全体参加人员都在默默地奉献，两位战友甚至献出了生命！人们情不自禁地抹着眼泪，让突然失去战友的悲痛和内心压抑很久郁闷情感全部流淌出来。

两具棺木在车队的护拥下运往马当机场，参加追悼会的中外来宾恋恋不舍地追着车队走了很久……

在国际工程中会遇到很多意想不到的问题，其中人员在异国他乡去世后遗体的处理就是一件棘手的事，多数情况是就地火化后将骨灰送回国。这次瑞木的情况有所不同，家属提出，因两家老人年事已高，不便到现场，希望将遗体运回国。恩菲和中冶集团领导同意了这一要求。

接下来，一场棺木国际联运的工作开始了。

将两具遗体通过国际联运送回国内，这是以前从未遇到过的问题。恩菲项目部首先与马当航空公司联系，得到的答复是可以进行特殊空运，但各种证件要齐全，包括医院的死亡证明和验尸报告、由法院出具的尸体埋葬地点等中英文证明资料；还必须先将遗体装入专门的密封袋，再放置于航运专用的棺木内。

一切准备停当。6月24号早晨，巴新国内航班飞机将两具棺木送至首都莫尔斯比港。专车将棺木运到巴新唯一一家殡仪馆，对遗体进行了清理缝合及整容。

中方委托巴新国际航空公司办理国际联运，通过新加坡转机到北京。比起国内运输棺木，国际联运要求更加严格：一是要在棺木内加镀锌铁皮，以防遗体腐烂对木质造成影响；还要换密封性更好的盛尸袋，便于充入惰性气体保护遗体。相关文件资料中还要增加交通事故报告、殡仪馆的尸体密封证明、卫生检疫部门检疫报告以及中国大使馆的中国公民国籍证明等。所有这些资料要由巴新国外交部确认，再经中国驻巴新大使馆加盖钢印，棺木才能合法离开巴新，并得到中国海关的入境许可。好在，在多方的大力支持下，全部手续在几天内顺利完成。

28号上午，恩菲及瑞木管理公司的工作人员来到殡仪馆，向两位战友做最后告别。人们隔着棺木上方的透明窗口,看到他们安详地躺在那里,就像在熟睡中,坦然且宁静。大家围在四周,向自己的兄弟三鞠躬,表达深深的悲哀和思念。

一架波音飞机载着棺木刺破蓝天,向地球的北方飞去,那里有亲人在等待着他们。

晚上,我独自一人待在屋外,望着晴朗夜空中那一簇明亮的南十字星座,仿佛罗海洋还在身边。三位战友相继离世,对我来说是刻骨铭心的,可能不久前我在鬼门关走过一遭,对生命的理解更为豁达和深刻了吧。在夜深人静的时刻,我回到屋子里,打开停写多日的日记,用笔记录下了近日发生的一切。瑞木人的事迹算不上是英勇的、壮烈的,但一定是动人的,是值得记忆的。既然上天赐予我再生的机会,我要为这些离去的战友,为瑞木的兄弟们,也为巴新的朋友们记录些什么,写点什么。这些在世人的眼里或许是微不足道的,但一定是真实的,是需要让国人知晓的。

55. 不满情绪

2007年6月,巴新大选准备工作如火如荼地展开,各派政治力量的竞争十分激烈。巴萨木克四周的百姓对工程的不满情绪,也在不断地酝酿和漫延。

一天,几个村的土地主在明珠村举行会议。他们情绪高昂,提出种种补偿要求,并将意见记录整理好,派代表交给我们。内容如下:

1. 占地补偿

(1) 按照MOA条款要求给予占用土地的补偿,不得压低价格。

(2) 同时支付扬尘、噪音及污水对正常生活影响的补偿;墓地赔偿价格不合理,必须重新谈判。

(3) 开设银行账户,将补偿款存入各部落账户中。

(4) 赔偿要有票据,复印两份,发给各部落并签字认可为准。

(5) 立即支付现在工程临时占用土地的费用。

2. 培　训

建立学校,让所有巴萨木克的孩子接受教育,为学校配备优秀的教师；并为学生提供初中、高中直到大学的全部学费。

增加当地村民就业培训，以替代外来技术工人。为优秀员工提供海外培训的机会，提高技术及管理水平。

3. 招聘与合同

瑞木项目只能在巴萨木克招聘工人，不得随意解雇；工程所有合同必须分包给土地所有者。

4. 工人待遇

公司为居住较远的工人提供宿舍，安排班车解决营地附近工人的交通问题。

5. 社区救助

帮助社区解决教育、医疗、丧葬、交通及商业等服务基础设施；提高社区居民居住条件，房屋改用木料、砖等材料建造。

以上提到的问题，必须在7月份解决，否则将在8月份第一个星期关闭营地。

这份文件措辞强烈，不仅有具体要求，还有解决时限，当地人的急迫情绪跃然纸上。尤其是8月份第一个星期关闭营地的严正警告，让大家都有一种不祥的预感。看来这次与以往不同。

另外，中方和达克的矛盾也爆发了，导火索是一个合同的变更处理不当：两个月前，22冶将营地餐厅施工承包给了达克，后因材料短缺，被迫暂停。当国内材料和施工队伍到现场后，为了加快进度，改由中方自己完成。由于没有与达克很好协商并给予补偿，他觉得自己被深深伤害了，非常愤怒。

收到上述文件后不久，达克自己来到营地，将一封信交给22冶的人员，一句话没说就扭头走了。信的内容如下：

合同违约

致李先生：

我认为，不征求我们的意见就变更餐厅施工合同是不对的，你已经违约。如果你自己做这项工作，请在完成工程之前把钱支付给我。

此前交付的文件中，我们已经对土地赔偿提出要求，你们必须认真考虑并执行。如果不能严肃对待，你会面临更多问题。

作为一名相关的土地主，同时也是这个项目坚定的支持者，在任土地主协会主席的十年间，我经历许多艰辛，冒着生命危险为这个项目服务。但我看到很多事情没有按MOA条款执行：

1. 土地补偿支付协议一直没有执行。因为这个项目，我失去了种植园，但是我还没有得到任何补偿。

2. 当地商业机会现在并没有实现，它仅仅是土地主们的梦想。你们低估了我们的能力，只是想从我们身上剥取更多的利益。

3. MOA关于培训和雇工本地化的条款没有实施计划。请给我们一份正式的培训和本地化计划，我们必须知道它是否能满足当地民众的需求，如何从计划中获利。

4. 我们没有看到环境保护计划。如何保证项目不破坏环境，是我们最为关注的。你们今天在这里，明天就走了，我们是这里永久的主人。

考虑到以上情况，提出以下基本要求：

1. 所有合同必须由当地公司分包，不能再分包给与土地没有关系的中国人。

2. 不征求土地主的意见，不得在土地上建造房屋。

3. 必须支付餐厅工程全额合同价格及毁约补偿费。另需支付我受到侮辱的精神补偿和运营公司因此亏损的费用。

4. 如果7月底前不能满足要求，我们将进行和平抗议，甚至最终关闭营地。同时我会通知媒体，向他们揭露我所知道的、你们想努力隐藏的阴暗面。

请尊重我，不要用不正确的方法威胁我。原住民可能没有受过教育，但我们有上帝，他给了我们赖以生存的头脑和技巧；虽然我们缺乏现代工程的技术技能，但是我们仍然享有自己的权利，我们不是二等公民，我们是这里的主人！

达　克

这封措辞严厉、情绪激烈的信让我们进一步了解了达克的为人。大家既感慨又紧张，感慨土地主们强烈的自尊心、争取自身权利的不屈要求，又为问题不能及时解决、可能造成的更大矛盾冲突而紧张，不安情绪弥漫在中方人员的心头。

我们没有想到，这个仍处于部落状态的社会里，同时具有现代文明社会的健全法律体系，原住民不仅能高举着砍刀，也可以高举着法律武器与投资者抗争。原住民的要求有时已超出现实和规定，需要与他们沟通和解释，避免有人挑拨和破坏。

与当地民众签订工作合同，宁可经济上吃亏，绝不能失去信用。更不能让看似弱势的民众变成你的仇人，否则那将是工程噩梦的开始。

> 搞好与当地人的关系，一定要有组织保证，必须配备专职人员，及时解决矛盾和纠纷。既要做有影响人物的"统战联谊"工作，也要发展自己的"线人"，使中方耳聪目明。中国人的脑后要长一只眼，要能洞察和预防社会政治风险的发生，并配备专项资金。

56. 土地补偿

从6月初开始，中央电视台中文国际频道就连续播送中国驻巴新大使馆给国人的警示：2007年6月到9月巴新大选期间，巴新社会处于动荡期，没有紧急事务的中国公民，尽量不要到巴新来。

6月下旬，我们从几个渠道得知，当地人要组织大规模罢工并封锁营地。几天前的车祸阴影尚未抹去，又听到这些消息，不少人都很焦虑，一些新到巴新的员工感到紧张，有人睡不好觉，提出要到马当避难，甚至有人要打道回府，订机票回国。

在这种气氛中，现场的几个单位联合召开了紧急会议，要求大家放松心态，不要过度紧张。为了对应这种复杂的局面，大家经过反复讨论，提出防范预案，其内容分为上、中、下三策：

上策：主动采取措施，解决民众诉求，化解矛盾，消除隐患。

中策：采取必要的安全措施，做好物资准备；全体中方人员组织起来，统一指挥、统一行动，阻止当地人围攻营地，力求降低经济损失，保证员工安全。

下策：做好最不利情况的预案，建起撤离用的海边备用码头。

为了应对突发事件，会议要求，一旦当地人冲入营地，各单位领导要带领本单位人员快速赶到，组织中方人员形成人墙，要给对方以压力，第一时间控制局面，由恩菲公司管理人员与其交涉。中方人员一定要镇静、团结，积极主动地化解危机。会议希望各单位领导做好职工的思想工作，避免不必要的恐慌和混乱。同时，为以防万一，恩菲公司把奠基仪式中用过的一批塑料外包的铁管发放给各寝室，以备不测。

此项预案我写成文字材料，由回马当的人员转交给马当管理公司。现场已按预案积极准备。第二天一早，20辆自卸车将珊瑚礁石拉到营地内，将码头处填平。老李带头跳到海水里，在营地码头前沿打入十几根钢管。花了三天时间，用槽钢和角钢搭成一个简易备用码头。

内部工作有序准备的同时，主动化解危机的工作也开展起来。

这天上午，中冶集团马当地方关系部的老郝来到巴萨木克，到村里找达克和土地主谈判。正赶上达克90岁的姥爷两天前去世，各地亲戚都来吊唁，家中忙得不可开交。

老郝找到达克，代表中方向他表示了哀悼及慰问，又关切地询问了丧事情况，然后随口问道："你知道封闭营地是违法的吗？"

"我那也是说说，索马雷不也是常说过头的话吗？"达克随意地回答道。

老郝半开玩笑地回应："如果你要敢冲击营地，我就把你关进监狱，决不让你轻松出来。"达克听后一笑，没接茬。

达克提出土地赔偿的问题，老郝表示，下周请他将有土地赔偿要求的居民召集起来，自己统一给大家解释至今没有发放赔偿的原因。

老郝回到冶炼厂营地，讲述他在巴新的经历和体会。他那浓重的东北口音和绘声绘色的故事，吸引了一大批员工："我去年3月从国内来到巴新，刚开始不摸底，与当地人经常对抗和争吵。其实当地人很简单，平时他们性情温和，有时又异常暴躁，缺乏理性，经常做出不理智的举动，如打架、斗殴，过后又十分后悔和懊恼，会向你赔礼道歉。与他们经常交流是最主要的，如果他们不了解情况，就会怨气十足，有和你有拼命的劲头。你能及时沟通，解开他们心中的不满，他们就可以与你和平相处；只要你说的有道理，他们会点头同意的。"

他提醒大家注意几件事：

一是当地人有很强的自尊心，一旦受到不公正的待遇或人格受到污辱，一定要报复你。所以必须尊重他们，不能损害和污辱他们的人格。

二是主动与当地人相处，多交朋友，多帮助他们。有个例子大家要引以为戒：一天晚上下大暴雨，巴新员工无法回家，只能在营地附近点火取暖过夜。他们向中国人求助，希望给些干柴点火，中国人却冷若冰霜，不予理睬。他们被激怒了，用刀将营地的电线砍断，让你有电不能用，屋子里立刻变得漆黑一片。

三是与他们交往一定要讲诚信，不能耍小聪明，答应的事一定要办。有一个中国人，汽车陷到坑里，叫当地人帮忙，答应事成每人给10基那。没有想到，车刚被推出坑，他开车就跑。第二天，成群的当地人跑几十里地围住中国人营地找他算账，再给钱都不行。巴新政府法律法规的相关条文，如带薪休假、劳保待遇、工资水平，一定要严格执行。如有人无止境地提高要求，也不能一味退让，以规定的标准为底线。

大家兴致勃勃，听得正起劲，老郝卖个关子，突然打住了。一个工人急切地说："你讲的真有意思，多聊聊，也让我们这些新来的人长些见识。"

老郝乘机给大伙做思想工作："很多员工刚到巴新，听到很多消息，心中有些害怕，电视台上又在播放巴新的紧张局势，与国内家人联系，听到的都是惦念，焦虑是可以理解的。今天我们到村子里去，一个90岁的老人去世，他们正忙得不可开交，没有要进攻营地的意思。前些日子，有些人放出话来要封锁营地，这只是对我们施加压力，以加快土地赔偿。他们盼这个工程已经有40年了，不愿意失去这些机会。你们好好睡觉，放心工作，我敢保证你们没事。"

"老郝，你要是早来几天，我就睡好觉了。你今天要不来，明天我可能就回国了。行了，今天我就没事了。"一个小伙子站了起来，指手画脚地发表感慨。屋子里一片笑声，持续几天的紧张气氛轻松了下来。

巴萨木克人第一次封闭营地的企图，就这样阴差阳错、无声无息地结束了。

几天后，管理公司的负责人和恩菲胡经理来到现场，召集有关人员开会。在会上，老胡面带难色地说："前些日子现场传出了当地人要围攻营地的消息，恩菲现场的同事错误估计形势，夸大了事态，而且没有通过恩菲马当本部，越级汇报给管理公司，这种做法是不合适的。"

听到这席话，我意识到在马当管理公司召开的会议上，恩菲公司受到了领导批评，老胡是代我受过，今天到这里来是传达会议精神的。

接着管理公司的来人宣布："鉴于现场出现的情况，恩菲的现场管理是有问题的，错误地估计事态的严重性，小题大做，领导是不称职的。根据管理公司的决定，从即日起，巴萨木克现场的对外社会工作由施工单位负责，恩菲公司不再担任这项工作。"

事已至此，恩菲公司被撤销了对外社会工作的管理权，我也下台了。此时，可能是倔强的性格使然，我不假思索地跟了上去："说到越级汇报，是因为事发当天情况紧急，恩菲领导当天不在马当，不得不直接呈文给管理公司，我认为没有什么不妥。说错误地估计了形势，现在下断言还为时过早。这次围攻营地，是因为达克家办理丧事没有闹起来。根据我的观察，土地补偿款不到位，百姓怨气不消，要不了多长时间，围攻营地的事情一定会发生。所以我建议，领导尽快研究达克信中提出的问题，尽快解决。"

会上出现了对峙，现场的几个恩菲工作人员也发表了相同意见，会议在反对声中结束了。

当晚，淅淅沥沥的小雨下个不停。办公室里，恩菲同事们围在屋里，大家一根接一根地抽着烟，议论着当天突然发生的变化。

"马当管理公司的领导偏听一面之词，不了解当地人的情况和性格，问题不解决，当地人早晚要封锁营地。"大家说出各自的看法。

"领导刚从国内调来现场，对当地情况不了解，做出这样的决定也是难免的。我们刚到巴新不也捅了大娄子，搞得满世界都知道了。有的人缺乏国际工程经验，惯于听汇报做决定，不深入社会，不了解民情，也不善于吸取以往的教训，真的出了事，就难以挽回了。"我也谈了自己的看法。

"也是。刘工，别生气，不干也好，咱们还不担责任呢！"

"这对我来说是件好事，真的把我解放了。"我平静地说。

我是退休聘用人员，不当现场负责人，没有了压力，倒也无官一身轻。

> 国际工程的负责人要有敏锐的洞察力和处理突发事件的决断力。我被罢免事小，瑞木工程抵抗风险的免疫力却被削弱了，没人再提风险，更没人敢负责防范了。如果只是采取行政手段把问题压下去，说不定风险在时刻等着呢！

这次因土地赔偿而起的风波，暂时告一个段落。可是让人不解的是，为什么工程进行快一年了，土地赔偿却迟迟解决不了呢？这还得从土地赔偿本身说起。

根据瑞木镍钴项目土地和环境补偿协议，项目需要承担包括土地补偿，社会补偿，房屋、树木、河流、海洋补偿以及墓地与圣地赔偿等在内的共计14项补偿义务。所有补偿需要经过合理的程序，严格执行巴新土地及环境法律和MOA协议规定的标准。

工程常见的补偿有以下五种：

1. 土地使用补偿；
2. 环境补偿；
3. 房屋、树木等地上物补偿；
4. 扰民补偿；
5. 收入损失及农业活动干扰补偿。

以上五种补偿的划分、评定、计算是一件工作量十分巨大的工作，不是短时间能解决的。特别是土地补偿，巴新的土地为私人所有，几代人传下来，不同家族或同一家族所属土地的具体位置和面积都没有准确的界定。即使通过法律程序，做出一个公平公正的判决也是很困难的。存在土地纠纷的，管理公司将补偿款注入土地主后代信托基金账户，待土地产权界定后再支付至个人。此项工作进展得比较缓慢，与当地人期待赔偿的急迫心情相比，差距显而易见，这是引发双方矛盾和纠纷的主要原因。

> 国际工程前期，一定要把土地赔偿工作作为重点来抓，加快进度，以安抚当地百姓，避免给工程带来不利影响。

57. 老码头

神通广大的"老码头"

2007年7月,冶炼厂工地迎来了中交一航局的新战友。中交一航局是国内一流的建造码头的专业公司,因交通事故去世的宋宝珍就是这个公司的副总经理。他们的任务是为冶炼厂建设5万吨级的高桩码头。

一航局第一批到港的施工人员中,为首的是外号"老码头"的老于。他50多岁,身板笔挺结实,留着寸头,一口地道的天津话,一看就是一个老江湖。

"我说老哥哥,上次俺们几位领导全栽在巴新地面上了。这次家里把我派来打前站,咱不会别的,就会修码头。我是头一回留洋,没见过世面,一切还得靠大伙帮衬着,我先谢谢了!日后再请兄弟们到我那喝酒吃肉,管够!"

老于变化无穷的脸谱、抑扬顿挫的语气,把在座的人都给逗乐了。

"码头大哥,您请好吧,没问题!"电工老吴也用天津话风趣地回应着,又引起一片笑声。

这个老码头到哪儿,哪里就是一片欢笑声。他到现场没两天,就成了众人关注的人物,没有他不认识的人,也没有他办不成的事。

他首先从恩菲公司搞到四间住房,硬是软磨硬泡地从后勤那里借到了工作服和施工工具;在各家争抢混凝土的混战中,他竟有如神助地让机械手开着装载机把混凝土运到他的营地，打了20多个混凝土墩基。

他把自己手下的年轻人分成小组，从早到晚把工作安排得满满当当。在火热的太阳下，他敞着胸、红着脸，脖子上的青筋都鼓了起来。不到20天时间，整修好伙房，建成化粪池和排水沟，规划和清理好码头的施工现场。不等不靠，全凭一双手和公关能力，使前期工作开展得有条不紊。

这天，老码头来到了我的房间："刘哥，听人家说您老来的时间长，我求您帮个忙。"

"别绕弯子，直说吧。"我知道他的困难。

"听说在这干活非要用当地的人，可那些人干不了码头的技术活。我连小工都带来了，现在还得花钱雇当地人，这事怎么着啊！"老码头说。

"巴新有规定，没有巴新工作签证的人，不允许在巴新工作。你们这批工人都是商务签证，在这里工作是违法的。所以，你们一定要招码头当地人，否则被他们告到政府，你们就要倒霉了。"

听到这里，老于一头雾水，不明白这是怎么回事。

"你们在这里要待一年多的时间，必须和当地人搞好关系。要尊重他们，帮助他们，建立友好关系，维护他们的利益，这样你有困难的时候，他们就会帮你。"我凭一年多的经验与他交流着。

"我听说当地的招工是按地片来划分的？"老码头不解地问。

"是这么回事。码头区的地属于岗劳村，招工首先要在他们村招。因为他们失去了土地，很难找到工作，所以占了谁的地，谁就有优先工作的权利。"我向他解释道。

"这规矩还真有道理！既然这样，咱们别坏了人家的规矩。招人的事我找谁呢？"

"岗劳村有一个叫素茂的老人，和咱们关系很好，有事都可以找他。在巴新，土地是私有的，谁能把土地主的关系搞定，谁就能把事情做成。你20天就把我们的事搞定，只要再花些心思把当地人搞定，你的工作就没问题了。"

听完这些，老码头乐了，立刻约我第二天带他到村里去。

第二天的早晨，我们在岗劳村村口下了车，一帮人正聚在树下聊天，素茂就在其中。

我把老于介绍给素茂。素茂伸出一只干瘪的手和老于握了握,那对小而圆的眼睛瞪着他揣摩着。

经过翻译,素茂明白了老于的意图,会意地笑了,转过身和后面的年轻人说着什么,然后让老于跟他们对话。老于抓住这个机会向他们说道:"我是建码头的,这次到你们家门口来,是要修一个比马当还要大的码头。我知道你们想工作,这事就包在我身上了,等几天我们的船来了,大家就到码头去干活。"

老码头一句话就抓住了村民的心理,很快就与当地人混熟,成了他们的好朋友。

两个月后,码头打桩工程顺利展开,半月下来打了50多根桩,虽然进度不算快,但也让人满意了。

一天下午,西南风刮过来一片乌云,然后一阵狂风席卷而来,瓢泼大雨从天而降,海上掀起了三四米高的大浪,把港湾里的船只打得前摇后晃。高高的打桩船受风面积最大,只听到机架发出"吱吱呀呀"的声音。

突然,打桩船上有人大喊:"跑锚了!"

只见船被大浪打得向东北方向漂移,船头抛下的铁锚抓不住海底,脱离了锚地。没了根基的船被风吹得四处摇摆,只靠两根缆绳与岸边的大树相连。缆绳被拉得直直的,绷成了一条线,那棵树也被拉得摇摇晃晃。经验丰富的老码头见形势危急,立刻喊道:"抓住西边缆绳,别它让跑了!"

一声令下,岸上十几个年轻工人跟着老码头跑到码头上,拼命拉住拳头粗的缆绳。在风雨中,人与自然做着顽强的抗衡。无情的风浪不知疲倦地拍打着船体,船漂移得越来越远。之后,一阵飓风彻底打垮了努力的众人,眼看船再一次漂移,十几个人的力量已无法阻止这场灾难进一步扩大。老码头猛喊了一声:"放开缆绳,快跑!"

有经验的中国工人放下缆绳,跑到码头后面;没有经历过这种危急的岗劳村年轻人,仍然呆呆地在码头上抓着缆绳不放。冒着缆绳被拉断、击中人群的危险,老码头冲上前,把当地人一个个拉下来,躲开了那危险的地方。

20秒钟后,缆绳再也抵挡不住飓风的强大拉力,"嘭"的一声被拉断了,像两条钢鞭一样,向船体和岸边两个方向同时抽了过去。这是海上作业最危险的时刻之一。所幸岸上和船上的人都躲过了这一劫。此时的老码头浑身透湿，安慰着惊魂未定的年轻人。

看到这惊心动魄的一幕，我领教了海上作业的风险，更领教了老码头的机智与勇敢。

没有了缆绳固定的船，被浪打得一路往东北方漂去。突然，插在海底的钢管桩在空中画了一条弧线，顷刻间倒在了海面上，溅起四五米高的浪花。随着钢管桩的倾覆，原来抱紧钢管的那副夹子生生裂开了大嘴，再也合不拢了。打桩船随风漂动，直到转了一个 45° 的弯，被海面上的礁石卡住，再也动不了为止。

这场突如其来的狂风暴雨，把一切都搞砸了。巴萨木克湾被袭击得七零八落，狼狈不堪。这是工程开工以来，巴新天神最大的一次袭击。

58. "八·七" 纪念日

这篇《纪念日随笔》，是恩菲公司地方部刘经理在参加了当地纪念日活动后写的。他细腻而生动地描述了活动的全过程，让人读了回味无穷。

纪念日随笔

8 月 7 日，是巴新的阵亡将士纪念日。不仅首都莫尔斯比港，巴新全国各省府也都有纪念活动。马当的纪念活动，是在烈士纪念灯塔下举行的。

灯塔高 18 米，面向大海，通体白色，塔顶有一个旋转的三向标灯，日落之后便射出三束耀眼的白光，徐徐转动，指引着过往的船只。塔的名字一如纪念碑上英烈的称号——海岸守望人。碑上镌刻着 36 位"海岸守望人"的名字。这些人都是 1942 年马当沦陷后，在后方坚守的澳大利亚士兵。他们躲在丛林里，监视日军的行动，为空袭的美军和澳军提供情报和打击目标；他们或被日军发现杀死，或在指引目标时被自己飞机误炸而死。塔下有一块不大的绿草坪，周边用铁链围起来，中间是一条砖铺的甬道，供怀念祭奠的人们到塔下献花。左侧是一棵高大的榕树，上百气根使树围大得 20 多人抱不过来，树冠浓绿，蓬勃向上，让人感到英灵犹在，精神不死。右侧是一挺二战时的重机枪，枪管仿效联合国总部的雕塑折了起来，表示永不再战。

马当的地标——烈士纪念灯塔

活动开始的时间与日出同步。不到5时,各路参加活动的人们陆续来到灯塔前,有乘车的,有步行的;有举家出动的,亦有朋友相约而至的。

此时正是黎明前最黑暗的时刻,塔上的灯光显得格外明亮,一圈圈缓缓地转着,扫向无际的夜空,惊飞的蝙蝠不时从光柱中掠过。纪念活动是由马当省政府和各派教会组织、地方企业赞助的。灯塔和大树间搭了两个鲜红的尖顶帐篷,上面印着可口可乐公司的标志。靠前些是一个快餐档,烧烤炉已噼啪作响,成串的烤肠飘出诱人的香气。塔的正前方树立了一根旗杆,前面摆了十几排塑料椅,是给受邀代表坐的。右面是身着白色制服的仪仗队和鼓乐队,还有很多穿学生服的儿童。帐篷下是司仪的讲台,旁边有一架已显破旧的电子琴和两个老式的高音喇叭。人群渐渐将绿地围了起来,内圈的坐在铁链上,外圈的顺势越站越高,远处的则站在汽车上。

天水合一的地方慢慢地泛起一缕青光,低声细语的人们也渐渐静了下来,人们都在默默地等待……

在黑寂的空旷中等待黎明,原来是如此庄重!

啊,起来!
祖国的儿女们,
让我们为自由歌一曲,
欢呼我们的新国家:
巴布亚新几内亚。

从高山，
到大海，
我们同声高唱：
巴布亚新几内亚。
让我们向全世界宣布：
巴布亚新几内亚。

伴着一个小女孩略显稚气的国歌声，迎着初升的朝阳，红黑两色、嵌着黄星的国旗，在晨风中冉冉升起。所有的人都站了起来，随着仪仗队行注目礼。

黝黑的皮肤，虔诚的眼神，上下无声闭合的嘴唇，在晨曦霞彩的辉映下，让人肃然起敬。

海涛隆隆，浪花飞溅。

"啊，巴布亚新几内亚，我们为你骄傲……"

清凉的空气中，稚气的歌喉宛如天籁之音，叫人心颤，叫人心地空明。

场面震撼，不需要宏大奢华。相对国内各地的祭祖大典，这里的器具只能说是简陋寒酸。

对于这样一个蹒跚起步的国家，对于原始纯朴、世居山林的民族，有什么可说可怨的呢？

升旗仪式完毕，司仪宣读出席活动者名单，包括组织活动的教堂和资助活动的个人单位。长长的名单汇集了马当各路政要精英及大小公司、全部14个教派的教堂负责人。

神谕大学的校长代表各界致祭辞：

值此和平宁静的早晨，
我们这些享受着生命快乐的人，
谨以虔诚的心，
表达我们对献身于这片土地的灵魂们的敬意。
愿那些，
为了和平、自由、正义牺牲的英烈安息；
愿那些，
为了自己信仰而死的敌方将士永宁。

我们对为那些建设这片土地而死伤的人深表怀念，
愿所有已逝的灵魂在天国快乐。

随着凄婉的安魂曲，祭辞将人们带回过去，带进深深的冥想——

罗海洋、宋宝珍两位兄弟的灵魂已融进这里的山山水水，铸刻在寄托人们思念的白塔上。愿迎风飘舞的天堂鸟能带去我们心底的祝愿。

雄浑的男中音，和谐的四重唱，或诗或歌，各个教会表演了自己精心排练的节目，表达对逝者的敬意与思念。

伴着一阵激昂的鼓声和嘹亮的军号，献花仪式开始了。身着白色制服的仪仗队，踩着鼓点进到场中央，又一分为二踏到两旁。随队而至的是手捧鲜花的小学生，他们环立在白塔四周。

咚咚的鼓声在一阵长长的敲击后戛然而止，全场一片寂静。手拿鲜花的人们默默地走到白塔前，躬身将鲜花放在塔下的平台上，再缓缓地退到原地。

一位老者吹起了竹笛，嘶哑的笛声让人想到了远古，没有优雅飘逸，没有起伏跌宕，单调的三节音，时断时续的呜咽，让人听了想流泪。

迎风飘舞的旗帜，此时也慢慢地降到中间，卷在旗杆上。场内外的人都站了起来，低头肃立，为逝者的灵魂默哀……不知过了多久，一声由远而近的军号声将沉思的人们唤醒，随即又由强减弱地飘去，仿佛灵魂有知，在和人们依依惜别。

"愿主与你同在，阿门！"

虔诚的人们画着十字，默默地散去。

2007 年 8 月
草于南洋马当

巴布亚新几内亚的新几内亚岛和布干维尔岛，是二战时南太平洋地区的主战场之一。当年，日军投入数以万计的兵力与美澳组成的盟军在此激战，计划占领巴新后正面进攻澳大利亚。马当被日军占领后，在争夺重镇莱城和首都莫尔斯比港的战役中，双方发生了激烈的战斗。巴萨木克湾附近就有多架日军战斗机和美军轰炸机的残骸，瑞木工程中方人员也曾到过这些地方拍照留念并收集飞机的残片。

在巴新北方城市韦瓦克，有一个坐落在北郊小山上的少年管教所，院内耸立着一座纪念碑，是二战后澳大利亚和日本交战双方阵亡士兵的家属共同建造的。碑上用英文和日文刻着几个醒目的大字——"要和平，不要战争"，下面刻有韦瓦克决战中双方阵亡者的名字。碑座上放着几顶留着弹孔、锈迹斑斑的钢盔，警示人们永远不要忘记历史。

近来有报道，澳大利亚政府多次派飞机搜寻二战时的飞机残骸，一名飞行员意外发现密林中有几块刻着中文与中国军队标志的墓碑。经当地华侨仔细查找，发现这些墓碑就在拉包尔西北方向十几公里处一座荒凉的山坡上。据说，首都莫尔斯比港原来也有一些中国英烈的墓地，早先还能看到残存的墓碑，但因前期战乱及后期城市建设，如今已踪迹全无。

澳大利亚国家档案馆的资料记载，二战期间，先后有1600名中国将士被日军押送到巴新拉包尔战俘营当劳工，其中1000多人长眠在这个远离祖国的热带岛国。根据报道，淞沪会战中坚守四行仓库的八百壮士被迫退入上海英租界后，英方迫于日军的压力，不敢放他们回归原部队，而是把他们缴械后扣留在"孤军营"。太平洋战争爆发，日军攻入租界，他们变成了战俘，其中部分被解送到拉包尔战俘营。二战胜利后，仅有少数幸存者被美国海军救出后送回中国。

"鸟飞反故乡兮，狐死必首丘。"让人感到欣慰的是，中国外交部发言人表示，中国政府将以隆重、庄严的方式，迎接在太平洋岛国巴新的抗战将士遗骸归国。我们期待着这些英烈早日回到故乡，回到亲人身旁。

59. 关闭营地

8月22日中午时分，久违的达克来到营地，交给我们一封信，随后悄然离去。翻译小陈看后来到会议室。此时各单位负责人正在开会，小陈拿出那封信，对大家说："达克来信，又说要关闭营地。"

我感到这件事来得突然，不敢贸然决定，考虑片刻后，还是让小陈把信交给管理公司负责当地事务的王工，请他核实可信度。

中午，王工告诉我，外事办公室的当地雇员下去了解情况，没有听到这个消息，应该是跟上次一样，达克在造声势。

听到这些，大家就放心了。

下午5点半，达克穿了一件镶有红边、印着"4"字的黑色短袖球衣，戴着一顶红黑相间的鸭舌帽，穿着一条蓝色的短裤，光着脚，一脸酒气，红着眼，摇摇晃晃地在工地上指手画脚地喊着。他让四五个当地年轻人把所有工作车辆拦住，让车开回营地。看到冶炼厂现场的工程停了下来，又调转方向往码头工地方向走去。

此时，一航局的卸船工作刚刚开始，码头混凝土斜面的台子上，一辆100吨的履带吊车还没停稳。达克醉醺醺地瞪着双眼，晃着胳膊跑到履带吊车的前面让司机下来，嘴里喊着："Stop，Stop！"司机听不懂他说的什么，赶紧下了车，卸船工作停了下来。接着，他来到码头营地的大门口，用事先准备好的铜锁将大门锁了起来。

达克扭着身子喊着叫着，脸上洋溢着得意的笑容，似乎在庆祝自己的胜利。见我过去，他立刻上前抱住我，一边喷着酒气，一边用含混不清的英语断断续续地说："为了赔偿款，我只能把门锁起来，对不起，我没有办法。"

达克通红的眼睛直勾勾地望着我，在他以前的雇主面前，无所顾忌地表白自己的心声。此时的他，全然没有了以往唯唯诺诺的样子，借着酒劲，把自己袒露在我面前。他拍了拍我的肩膀，又转过身对在场的人大声说道："两个月来，土地赔偿问题一直没有解决，我只能这样做。我们要引起中方和政府的重视，此事不是针对恩菲，我们关系很好，请你们理解！"

达克率领众人离开码头，向生活营地走去。我立刻通过车载电话，将现场发生的情况向马当做了汇报，得到的指示是：不要和达克正面冲突，保持局面。接着，我赶紧把现场发生的情况通知了生活营地。

我通过小门进到码头区内，找到了老于。

"这叫我们怎么卸船呢？"老于无奈地问。

"我想你的那个朋友可以帮忙了。"我指着旁边的素茂说。

老于会意，向素茂招了招手："伙计，你说明天我们怎么办？"

素茂想了想，问："你想怎么样？"

"我想请你给达克做工作，码头的活不能停，只有你有这个能耐。"老于知道当地人的自尊心很强，做事之前需要给他鼓励。

"这件事我试一下。"素茂留有余地地说，随后就带领村里的年轻人回村了。

"你说，素茂明天能搞定吗？"老于不放心地问我。

"素茂看到了刚才发生的事情，没有参与达克的行动，可见他并不赞成。素茂是码头的土地主，把码头封锁了，影响他们的利益。如果达克讲理的话，他会同意素茂的要求，我们去找肯定没戏。"我说。

"对！看来一定要有当地的铁哥们，有事让他们去摆平。"老于若有所思地说。

达克到了生活营地，也把大门锁了起来。营房的外面聚了100多人，达克在人群中酒气熏天地摇晃着身子，用英语大声喊着："这次不解决赔偿问题，就把营地一直封锁下去！"很多当地人也随声附和。

现场的人互相推搡着，场面开始混乱，警察向天空开了一枪，才将局面稳定下来。

警察让达克把锁打开，让中方外出的工人和车辆进入营地。达克随后再次把大门锁上，和支持者们一起，登上一辆装载机连喊带叫地往明珠村开去。

我们本以为达克不敢封锁营地，可这次他真的出手了。

当晚，现场各单位负责人一起开会研究对策。会议中间，翻译小陈将达克中午交来的信译成中文交给大家：

中方的先生们：

在等待损失补偿付清期间，我们将关闭营地，所有工作必须无限期停止，直到补偿完成。

你们必须理解，我尝试了各种途径，要求中冶集团支付补偿，但是得到只是一再的欺骗。因此，我只能采取这一办法来让他们付清补偿款。

补偿款种类如下：

1. 干扰农业活动补偿和土地种植园收入损失补偿，共计102024基那。

2. 土地使用补偿和TALA土地植物破坏补偿。与22冶签订的当地雇员食堂和宿舍建设合同，也有4000基那的余款没有付清。

我个人和恩菲管理层及员工并没有任何矛盾。但是存在很多因素，导致土地主与中方人员之间产生冲突。因此，这些问题应尽快解决，确保现在及将来顺利开展工程。

因此，在此我谦恭地、和平地要求你们，通知所有部门，为安全起见，今天5：30之前停止所有工作，将所有机械和车辆带回营地。

感谢你们的关注、合作。

达　克

看到这封信，大家犹如看到了达克的内心独白，看到一个巴新男子汉摆脱了外方雇主的束缚，站出来公开自己意见的胆量；采用事先告知的方式，也让大家看到了他敢做敢当的性格。

当晚，我将情况汇报给马当，得到的指示是继续与达克交涉。

中午没有及时将达克的信翻译好，把他要封锁营地的信息传达给各个单位，在现场造成了措手不及的被动局面，为此我为内疚不已。

当时，现场施工单位的主要负责人都不在，我这个被罢免的恩菲现场负责人欲罢不能，还要维持局面，只能硬顶上去了。

23日上午7点多，几个单位的负责人和警察开车去明珠村找达克交涉。半路遇到达克坐在装载机上往营地开来，双方一起回到营地展开谈判。

我们首先说明关闭营地是违法的，要求打开大门，保证工程正常进行。达克坚持解决补偿问题才可恢复工作，但同意定时放行生活所需的水车、油车、小车等。达克要求与中冶集团管理公司和马当政府谈判。

此时，素茂站在旁边，看着事态的发展。见达克有片刻空闲，他立刻走上去，在达克耳边说着什么。达克考虑了片刻，向一个年轻人示意，把钥匙交给了素茂。

素茂向老于挥了挥手，走出了大门。老于明白，素茂已经把事情搞定了！

素茂回到码头，打开工地大门，车辆开始自由出入，卸船工作可以正常进行了。

中午时分，马克来到中方营地。看到我，他立即前来拥抱，并表示歉意说："我们与你们的关系很好，今年多数人都有了工作。只是老百姓对赔偿看得很重，一年多一直没有得到解决，所以达克采取过激的行为。他这么做不是针对你们的，希望你们能够理解。"

"我们能理解他的心情。就我所知,中方赔偿款都准备好了,只是政府方面有些工作还在进行中。"我回答道。

当天,瑞木管理公司对外关系部的翻译小潘从马当专程来到村里和达克谈判,但也没有结果。

生活营地被封锁的同时,码头的卸船工作已经如火如荼地展开。老码头指挥着部下把一批批物资卸到码头上,素茂村里的年轻人爬上爬下地穿钢丝绳、摘吊钩,忙得不亦乐乎。还有一些人戴着红袖套充当保安。卸船工作没有受昨天事件的影响,素茂功不可没。

当天晚上,中方营地的大门被达克又加了一把锁,马当领导指示再去找达克交涉。

第二天,因为大门被锁,车辆无法开出,我和同伴只能徒步走到明珠村。

达克的家紧靠着海,在一棵茂盛的芒果树下。达克面对大海,坐在黑色的藤椅上,手里拿着一本厚厚的书,正在专心地看。

似乎听到了外人的来临,他微微转过脸。看到来的是我们,一丝轻蔑的目光扫过后,他转过头又看起书来。

我主动向他打着招呼,达克勉强抬起头,没有回应。以往对老板毕恭毕敬的谦卑态度,已经变成冷漠无视的神情。

我耐着性子,和气地对他说:"今天我们找你来,希望和你谈谈。"

达克坐在那里一动不动:"这件事和你们没关系,我们之间没有什么可谈的。"

"营地的大门又被你加了一道锁,我们的生活都成了问题。"

达克还是不语。一个小伙子急得用英语直接对达克说:"我们建厂是为了你们好,为什么和我们过不去?"

还没等他说完,达克像一头猛兽,从椅子上跳了起来,冲着我们高喊:"滚!滚!滚!从我的家中滚出去!"

刚到巴新的年轻人没有见过这种阵势,着实吓了一跳。此时的达克,极力维护着主人的地位——在巴新,在自己领地内主人拥有至高无上的权利。

"这次中冶集团和政府不来人,就不要想开门。"他愤愤不平地说。

看着激动的达克,我知道再谈也无济于事,只好打道回府。

24 日下午，中冶集团的雇员带着警察上岛，再次找达克谈判，还是没有结果。

25 日，马当政府官员在封闭营地后的第四天姗姗而来，到巴萨木克找达克谈判。

这天的对话有了进展，政府承诺在一个月内彻底解决土地赔偿问题。达克的目的达到了，他同意将营地门打开，解除封锁。

在封锁营地的五天里，营地的中方人员窃窃私语：我们的领导到哪里去了？他们不是认为当地人不会封锁营地吗？现在出了事，连现场也不来，把兄弟们丢在这里。大家怨声载道。

27 日上午，中方生活营地前举行了一个简短的开门仪式。在仪式上，达克讲了话，说明他的本意不是和中方过不去，只为了让政府加快补偿的进度，并向中方表示歉意。

达克的讲话没有引起在场的人的共鸣，他的做法无法让我们接受。那些没有土地赔偿要求的多数村民早就想上班，对他也心怀不满，当地人之间产生了分歧。

巴萨木克关闭营地事件终于结束了，达克得到政府的口头承诺，我们耽误了一个星期的工程进度，当地人失去了一个星期的收入。

澳大利亚人警告："当地人将会封锁中方营地。"这个预言，被达克的行动印证了。

60. 难产救助

9 月上旬的一个下午，土地主协会副主席高瑞急急忙忙跑到营地，说亚嘎纳河对岸有一个妇女难产，希望我们派车把孕妇接到岗劳村医疗站进行抢救。

救人要紧，我们立刻安排车将产妇接到医疗站。

傍晚时分，高瑞又来到营地，急迫地请求我们派汽车将产妇送到马当。孩子现在还没有生下来，大人和孩子都面临生命危险。

这个问题却难倒了现场的人员：最近去马当的公路上几次出现车辆被淹的情况，为了安全，管理公司规定，不允许现场开车走公路去马当。

我立即向马当报告，请予特批，但没有得到同意，原因是转运过程中万一出现意外，中方要承担责任。

巴萨木克远离城市，医疗条件十分落后，当地百姓都在自己家里生孩子，婴儿死亡率很高。

天渐渐黑了下来。高瑞和马克等人坐在办公室内迟迟不肯走，苦苦等待我们派车。我再次联系马当，答复仍然是不同意派车。

看着这些纯朴的当地父母官，为了一个普通产妇，一再地祈求，不弃不舍地等待，我被深深地感动了！但此时的我进退两难：如果不答应要求，产妇出现意外，一定会激起当地民众的不满，从而引发不可想象的冲突；如果自作主张派了车，中途出现意外，自己犯错误不说，领导也难辞其咎。现在我已被管理公司撤了职，而现场其他负责人都不在，在巴新的一年中，这是我最痛苦、最纠结的时刻，作为一个基层的负责人真难哪！

有了上次学车惹祸的教训，我知道此事人命关天，处理不好后果将不堪设想，我们的营地也将不保。我与齐大夫等人商量，大家一致认为，这时候一定要伸手，要倾力相助。派车不行，先派人过去帮忙救人。齐大夫叫上营地的三个大夫、两个翻译，备好抢救的药品和器械，开着两辆车在漆黑的夜色中向岗劳村开去。

半路上，突然看到两道手电光忽明忽暗地向车辆方向移动。靠近一看，原来是当地的阿莫斯医生，他正是来中方营地求援的。请他上车后，我们加速向医疗站开去。

澳大利亚公司留下的简易医疗站

医疗站里，一盏煤油灯挂在房顶上。房间里弥漫着灯油的烟气，令人感觉憋闷。昏暗的光线下，产妇躺在床上低声呻吟着，身下一大片红黑的血迹，一只干瘪的小胳膊伸出来，皮肤皱皱的，颜色已经变黑。

阿莫斯介绍说，产妇下午在村里生下一个婴儿，现在是第二个。由于是横位，头没有出来，胳膊先出来，孩子肯定已经死了。现在的问题是要把这个死婴取出来，保住产妇的性命。

阿莫斯与齐大夫商议，决定先给产妇输液，镇静情绪，确保她的生命安全。看到医疗站的输液器械已经用光，况且靠煤油灯也无法实施抢救，我和齐大夫决定，马上回营地取应急照明灯和抢救器械与药品。

齐大夫重返医务室，两盏应急灯将房间照得透亮。他立即给产妇输上液，一会儿工夫，产妇安静下来，大家感到一丝安慰。

突然，屋外传来婴儿微弱的哭泣声，大家很吃惊。阿莫斯说这是产妇之前生的第一胎，现在一个女孩在外面照顾。

屋外，一个女孩站在那里，头上挂着一个网袋。借着应急灯的光线，我看出网袋里是一个蜷缩着的婴儿，身上裹着一块布。我想起在村里经常看见房檐下或树枝上挂着这种网袋，孩子就躺在里面睡觉，没有想到刚刚出生的婴儿也是这样被随身带着。我为当地人顽强的生命力而感慨。

阿莫斯有很高的医术，在内科和妇产科方面都有丰富的临床经验。但现场没有手术器械，最理想的办法是把死婴送回子宫里，调整为顺产位，再把婴儿拉出。给产妇打了止痛针后，阿莫斯左手把住产妇的臀部，右手握着死婴的小胳膊，缓缓地用力，想将其推入子宫内。产妇疼痛不已，不停地呻吟。阿莫斯不得不停下来，第一次尝试失败了。

休息了片刻，又开始了第二尝试。产妇难以忍受的叫声，让在场的人们都为她揪心。第二次、第三次的努力都失败了。

看着阿莫斯浑身是汗、满手是血，听着产妇撕心裂肺的呻吟，大家都不知所措。阿莫斯喘了口气，解释说婴儿死亡时间过长，胳膊僵硬，送回子宫已不可能。最重要的是产妇体力消耗过大，流血过多，继续下去可能危及生命。

从产房出来，大家的心情十分沉重，都焦急万分。我知道再也不能迟疑了，便拿起步话机再次跟马当总部联系，将抢救情况和严重后果做了详细汇报，请求总部给予支持。

5分钟后，总部领导决定，将现场的越野车借给土地主协会，由他们负责产妇护送和急救，同时提醒他们，要为可能发生的不测做好准备。如需配合和帮助，中方全力支持。

消息传来，双方人员立刻共同为运输做准备：我们把药品和器械留给医疗站，回到营地配备好两辆越野车，安排两名技术娴熟的当地驾驶员，车上备了海绵垫、枕头，还有充足的食品和水。一切准备停当，晚上11点半，车辆终于出发了。

到马当医院，要经过4条大河，有近100公里的路程。大家都在祈祷产妇能平安到达，顺利实施手术，尽快恢复健康。

几天后，产妇的亲戚专程来到营地报信：死婴取了出来，产妇得救了，正在医院康复，他们全家非常感谢中方的帮助。上帝保佑善良的巴新人民！中国人都松了一口气，也被当地人的超常忍耐力和旺盛生命力所折服。

事后，我陷入深深的自责，为没能立刻派车协助抢救而惭愧。应该感激的是那位产妇，她以顽强的精神战胜了死神，否则如果悲剧发生，不仅她的家庭遭受痛苦，瑞木工程也将受到重创。还要感谢当地的村医和村官，他们为百姓服务的真诚和执着，洗涤着我们的灵魂。巴中两国医务人员是救死扶伤的天使，是当地人的知心朋友，他们践行着人道主义精神，播洒着友谊和爱心。

> 规定制度是必要的，但境外工程状况瞬息万变，在紧急情况下，应允许现场及时解决、事后补报。工程负责人应更多时间在第一线靠前指挥，处理问题避免主观、教条，要深入基层，倾听民众呼声，否则很难真正做好当地民众工作。

61. 世代习俗

巴新从原始部落到现代文明的转变，只经历了一二百年的时间，国家85%的农村地区依然处于半原始状态。全国有630多万人口，部族林立，光语言就有800多种。在部落中，世代相传的特有习俗依然盛行。

（1）孤儿有人养

在巴新有一种现象：社会上没有弃婴和孤儿。"孤儿有人养"，是原始部落传承千年的一种习俗。如果一个孩子的父母不在了,他的亲戚就会担负起抚养的责任;如果没有亲戚,本族人会把他当成自己的孩子,无条件将其养大。哪个村里的孤儿没有人管,这个村就会受到社会谴责。在原始部落里,一个族群就是一个大家庭,依靠集体的力量获取食物,共同分享,集体意识相当浓厚。村里的孩子们就像一群小猴,光着身子在一起玩耍,你很难区分他们的家庭和身份,其中就有吃百家饭的孤儿。很多白人及有钱的土著人都会主动领养孤儿,这在当地是品格高贵的表现。马当的教会主持罗达尼就领养了两个孤儿,孩子长大了离开领养家庭独立生活,就像是一件再平常不过的事情。当地人一代又一代传承着这种习俗,这些孤儿在责任和亲情的呵护下健康成长。

婴儿躺在网袋里,被男孩挂在头上

(2) 穷人有饭吃

在巴新街头,你很难看到流浪汉和乞丐。那里的穷人无法糊口时,可以到同族的富人家吃饭。无论是在农村还是在城市,只要祖辈是同一家族,就不得拒绝。在经济落后的巴新,政府没有足够财力补贴社会弱势群体,这一原始习俗救助了无数穷人,既缓解了社会矛盾,也没有因饥荒引发社会危机。"穷人有饭吃"这一习俗,不能不说是原始社会族群自我调节的一种手段,这也是当地富人为社会做贡献、为国家尽责任的一种方式。

我知道马克家就经常有穷人来吃饭,并曾亲身体验这一传统习俗。

那天是马克大女儿的生日,作为好朋友,我受邀去参加庆祝宴会。走进院子，几个瘦弱的老人和六七个孩子也在那里。马克把他们介绍给我，说："他们都是我的亲戚和朋友。"我向他们点头致意。我明白了，这些就是教区里没有饭吃的穷人。

晚宴虽然简单，但在当地也是高规格的，院内的长条木桌上摆放着五六个碗，一碗猪肉，其他的是各种蔬菜，主食是米饭。主人和客人都围着桌子坐，兴奋地边吃边聊。可能是当地的习俗，宴会的主角——马克的女儿没有上桌。站在四周的老人和孩子，依次走到桌前，往碗里夹着菜，然后找到一个地方，或站或蹲，大口地吃着，享受着难得的美餐。依在厨房门边的马克夫人，双手撑着劳累过度的腰，面带微笑望着这一切。她是马克事业最坚定的支持者，夫妇俩年复一年为教区的穷人慷慨解囊，无怨无悔。

一个在巴新娶妻生子的潘先生，为大家讲述了他的经历：他祖籍山东，几年前来巴新打工创业。一次在一个土地主家借宿的时候，他认识了现在的妻子。她是这个家的独生女，读过高中。两个年轻人很投缘，没有想到一次借住，却留住了这个中国小伙子的脚步，不久他们跨越了种族的隔阂，喜结良缘。这个中国年轻人成了远隔重洋的部落中的女婿。

中国人在当地人心目中是聪明能干的。这个小伙子在村里的威望很高，那些亲戚朋友更是他们家的常客。起初，这位姑爷很自豪，用皮金语解决了很多邻里间的问题。但久而久之，他招架不住了，像蜜蜂一样多的同族人来他家吃住，原来一家人可以吃米饭，后来只能吃红薯和香蕉了。无奈，他和妻子决定离开家乡，来到一个小城市开了一家商店。

在大家问他让他最感慨的事情时，他激动地说道："我很多年没有回国了，前些日子回了一次国，在过海关时被扣了下来，因为我的护照已经多年没有盖章了。我和警察说我已经在巴新结婚，他们不相信，把我关了起来。得知情况后，妻子带着孩子及部落长者到警察局作证，但警察不相信他们的证言，因为巴新居民没有身份证、结婚证等相关证件，警察不能确定他们的身份。这时一个警察灵机一动，看到皮肤和长相异样的孩子，问他我是谁。天真无邪的孩子说，他是我的爸爸。警察将信将疑，让孩子叫我，孩子一下就扑到我的怀里，连声叫爸爸。此时，这些疑虑重重的警察才相信了我的话。他们抱歉地说：'你儿子证明了你，没想到中国人能在我们国家扎根落户，我们欢迎你。'于是我往返巴新的绿色通道办成了。"

(3) 厕所单人间

中国人刚到巴新时，简易营地里那个倒霉的连通厕所被登在报纸上痛批"不尊重隐私权"。当地人在搞集体活动时，是怎么建厕所的呢？一次集会，我询问当地人厕所在哪里。顺着指示方向，我看到远处有几个茅草搭成的小房。男女厕所相距较远，约有50多米。到了近处，发现每个厕所都是一个"单人间"，里面一个土坑，坑上平放着木棍，没有什么特殊的，只是厕所围得比较严密，从外边看不到里边的人，而且同性的"单人间"也相隔几米远，互不连通。这个困惑我们很长时间的问题被解开了，当地人保护隐私的世代习俗不过就是"单人间的厕所"。

一次长途行车途中休息，中国人下车四处便溺，只见当地司机一边不住地骂，一边按着车喇叭表示愤怒和抗议。在场的中国人不知出了什么事情，大感不解。事后才了解到，当地人解手都要找到无人的地方，不能被窥视，甚至连粪便都要掩盖起来，外人很难看到。巴新的土著人把阴部包裹得很严实，作为个人的隐私，外人不得看见。民风民俗，世界各国都有所不同，做国际工程不了解这些"细节"，就会引来大麻烦。

(4) 杀人不偿命

在中矿公司的施工现场，出现过这样一起杀人事件：中方雇用的当地员工玛琅家的一条水管，被一个小伙子用刀砍断了，玛琅与那个小伙子为接水管的事谈崩，两人举刀对砍，玛琅的刀砍到对方脖子，那人顿时鲜血喷出，"扑通"一声倒地，当场死亡。第二天早晨，中方营地知道了这事，大家都在为玛琅这个老实小伙子杀人感到诧异与惋惜。

在野外测量午休时，中方老测工见一个小伙子没带干粮，就把自己的那份分给他，用半生不熟的英语和他聊天："你们村昨天死人了？"对方点点头，没有回答。

"是谁砍的呢？"老测工问道。

"It is me!"那个年轻人用手指指自己。

听到这话，老测工顿时睁大眼睛，张着嘴，半天说不出话来。他感到手脚发麻，动弹不得，半信半疑地指着对方，艰难地蹦出三个英文单词："Who are you?"

"I am Malan."听到玛琅两个字，他头一晕，眼前一片模糊，向后一仰就倒在了树干上。玛琅见到他不对劲，一手扶着，一手把水壶的水喂进他的嘴里。他认为是天气太热，中国人中暑了。

忙了半天，慢慢地，老测工神志清醒了，脸色也恢复过来。看着眼前这个小伙子和善的面容，老测工怎么也不能把他和"杀人犯"联系在一起。要是在中国，这个十恶不赦的"罪犯"，早已被警察关进了看守所。可是在巴新，昨天刚杀了人，今天却若无其事地来上班，让人大惑不解。

原来，前一天晚上，村里的长老商议决定，要玛琅赔偿死者家属2000基那。对他来说，这些钱要用一年的时间才能挣回来，这可能就是他今天赶来上班的原因。对他来说，这是一个严厉的惩罚。

现今的巴新，杀了人法院也不判死刑，只是关在监狱里。巴新监狱人满为患，很多罪犯关几年就放出来。因为罪犯一旦被判刑，受害者家属就很难得到经济赔偿，所以如今在巴新偏远地区，部落之间调解仍然很盛行。一旦部落调解成功，就不再交法院处理了。

> 这些习俗在巴新自古相传，虽然与现代法制社会有很大差距，但应该说它还是适合当地人的民风民情的，也符合现行的社会经济、政治、文化、传统的实际状况，得到当地人的认同与遵守，不失为维护社会稳定、化解民间矛盾的一种可行方法。

62. 餐厅开业

瑞木工程 MOA 协议中明确规定，项目实施过程的商业机会，应该由当地土地主公司（以部落为基础的公司）或伞型公司（各区域的土地主公司合并组成）承担，以支持本地商业企业的经营，带动地区经济的发展，提高民众的生活水平。

按照以上要求，冶炼厂现场将后勤、餐饮等服务包括营地管理、修路建房、农副产品生产供应等配套工作，都分包给了当地公司。

考察和学习了利希尔金矿及 NCS 餐饮公司的经验，我们进行了餐饮服务招标工作。几家公司报价相差不大，每人每天在 28—30 基那之间，其中 15 基那为伙食费，其余为人工工资、设备购置费等，在成本基础上加 12%

的利润。这个报价比原来中方自办的费用高了不少，超出了当初的工程预算，也是我们没有预料到的。但任何事情都有它的两面性：首先双方员工同等待遇，增强了当地员工的主人翁意识，激励了他们工作积极性，同时提高了当地公司的经营收入，对社区的经济繁荣和社会和谐发展有巨大的作用。

经过调查和评选，我们选择了有丰富经验的 NCS 公司。NCS 立即着手准备工作：在马当建冷库和仓储站，接手中方的运输船运送货物，在冶炼厂营地外租房子，到周边村里招员工。他们还及时与当地伞型公司签订服务合同，承诺赢利的 50% 归当地公司所有。该公司办事效率高，属地化工作也做得很好，刚开始有两个白人主管，十几天后便离开，全部工作改由公司当地的老员工负责。

10月1日早晨，餐厅试营业。餐台上摆着面包、黄油、果酱、鸡蛋、牛奶、咖啡、饮料等各种食品。当地员工从来没有见过如此丰盛的早餐，餐厅内人声鼎沸，饮料自取处里三层外三层挤满了人；有人一次竟拿20片面包，还有人抓起黄油、果酱塞到嘴里空口大吃起来……这是自工程开工以来最让他们开心的事情。

营地餐厅正式开业，中巴员工共同就餐

中餐和晚餐是米饭、蔬菜和肉。每人一个不锈钢盘子，装满了饭菜，当地员工吃得很开心。餐厅备有各种饮料，他们都争先恐后地抢着喝冷饮，开胃降温，十分惬意。除了排队领饭的时间长一些，当地员工对餐厅伙食十分满意。

形成鲜明对照的是中方员工的反应：早饭的面包、牛奶和香肠对于普通的中国人来说很不习惯；中午的米饭夹生，菜不仅花样少，还是熬菜，完全不合口味。很多人吃不下去，只好回宿舍吃方便面。

连续几天下来，中方员工的抱怨越来越严重：餐厅不允许用自己的餐具打饭，不允许将饭带回宿舍吃；不锈钢餐具不经消毒，简单清洗继续使用；餐厅没有空调，人多空气不好等。不少中国人提出要退出大餐厅，22冶的工人干脆将炊具拉回原来餐厅，重新开火做饭。

在这种情况下，餐厅管委会召开会议，中方提出意见，要求NCS尊重中国人的饮食习惯，改进管理工作。经过了一个星期的调整，中餐也慢慢上了正轨。在一喜一忧、有褒有贬中，营地的餐厅正式开业了。但仍有100多个中国员工坚持自己另起炉灶。

NCS公司在巴新办餐饮业的确很专业，对当地人的饮食习惯和企业的要求比较清楚。在冶炼厂试生产以后，因为工人轮班工作的需要，餐厅营业时间从早上6点直至晚8点，早班员工4点钟上班，夜班的晚上9点多才离开，服务比较规范。

但NCS对中国文化和饮食习惯知之甚少，他们要让世界上最会吃、最讲究吃的中国人满意不是件容易的事。为此，NCS计划从中国广东招聘专业的中餐师傅。几个月下来，餐饮公司发生了比较大的亏损，于是公司调整规定，将随意领取变为定量供应食物，以减少浪费。NCS有信心办好餐厅，他们看重的是冶炼厂今后几十年生产经营期的餐饮服务。

瑞木公司根据MOA的规定，委托专业公司办餐厅，提高了员工的生活水平，促进当地经济发展，取得了初步的成果。这是我们学习国际矿业公司的经验、走向国际化的成功一步。

营地餐厅开业不久，矿业部常务秘书又一次来现场检查。他首先查看了二期营房的建设、当地员工宿舍、在建的大餐厅、文化娱乐室及公用厕所和浴室等。从营地出来，开车到现场，站在高坡上俯瞰，施工现场秩序井然，比年初他第一次来检查时有了较大的改进。他仔细地听着介绍，一边看一边点头。

回到营地，我们请他到餐厅检查。门外两侧摆满盆景和鲜花，迎面的墙上挂着中国、巴新的国旗及马当省省旗，屋顶上吊满彩带和彩花，一片喜气洋洋的气氛。检查官走到厨房，NCS的管理人员向他介绍情况。看着员工们身着整齐干净的工作服,厨房里有全套的不锈钢厨具餐具,检查官满意地笑了。

此时已到午餐时间,工人们来到餐厅,只因中西餐分开,中巴员工在不同窗口打饭。检查官看到两国员工在同一餐厅就餐,没有种族歧视,十分高兴。他说,中方的工作有了切实的改进,这是这次检查中最让人满意的事情。

临走时他对现场提出三点意见:第一,场区要设限车速的牌子;第二,场区的危险处要设警戒线;第三,现场工人要戴防尘口罩。比起年初检查时的19条意见,现场的改变十分显著,说明我们做出的承诺是兑现了的,说话是算数的,他表示相当满意。

> 澳大利亚人将办餐厅50%的利润交给土地主,得到当地人的支持。笔者在叙利亚做工程,当地分包公司面临破产,中国工程面临罚款(拖一天罚款18万美元),中方拿出100万美元支援他们,最终工程如期建成。这种"让利合作"是成功的,双方都获得了最大的利益。

第九章　告别巴新

63. 视察（二）

巴新大选后，瑞木当地个别官员和部分土地主向索马雷政府提出，瑞木镍钴项目属非法投资建设，要求政府关闭项目。

索马雷总理从亚太峰会返回巴新后立即明确表态，瑞木镍钴项目是合法的，目前存在的矛盾主要是缺乏沟通造成的，并驳回了土地主的申诉。

在回应媒体询问时，索马雷还表示，瑞木项目在开工前经过充分研究和长时间谈判，瑞木人也来马当参与讨论，所以项目完全合法，巴新政府欢迎外国企业带着资金、技术和管理参与矿山开发。

瑞木工程实施已经快一年了，此时工程的进展没有预期的顺利，问题不少，矛盾重重。九月初，参与瑞木工程的众多单位的领导都来到巴新现场，准备参加中冶集团召开的现场会议。作为总包的恩菲公司的张董事长也来到马当。现场会之前，总包内部举行了小范围会议了解情况。参会人员你一言我一语地道出了总包工作的困难和问题，张总耐心地听着大家的发言，会议结束时他提出要到冶炼厂现场看一看。

第二天上午，我陪同张总乘快艇前往冶炼厂，途中他仔细询问了第一线的情况，并问大家有什么建议。

我想了想说道："矿山和冶炼厂的第一线高温潮湿，生活条件差，同志们非常辛苦。是否可以给一线同志一些经济补贴，鼓励大家安心在前线工作？"

大家随声附和着，最后张总说道："我这次到冶炼厂就是要看看一线的情况。集团领导要求我们的工作向第一线倾斜，恩菲公司可先行先试，保护第一线同志们的积极性。回到马当，我就和项目部同志研究落实这项措施。"在场的人员都兴奋地看着他，希望这项得人心的规定能够出台。这次现场会议之后，恩菲一线的同志每月按出勤领取这份补贴，虽然金额不算高，但起到了鼓励士气、稳定军心的作用。

2007年9月7日下午，中冶集团沈总等领导来到冶炼厂，这是他第三次视察瑞木现场。沈总在会议室的冶炼厂微缩立体模型前仔细听取了工程进展的汇报，随后立即到现场实地检查。

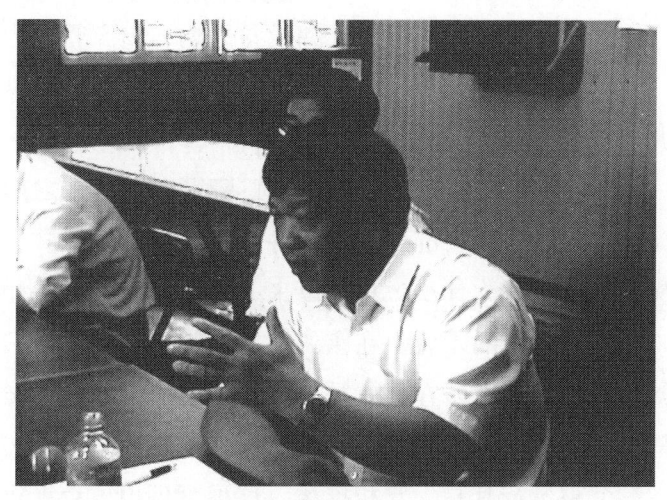

中冶集团沈总第三次视察现场

当时正值旱季，很少下雨。从山顶向场内看去，工地上车水马龙，一辆辆自卸车过后，阵阵烟尘冲天而起，遮天蔽日，车后弥漫着黄龙般的尘土，久久不能散去。虽然两辆洒水车在不停地喷洒道路，但杯水车薪，解决不了大问题，司机们在这种恶劣的环境里开车真不容易。

沈总不停地查问施工机具配置、施工难点、机具损坏等情况。当听到工程进展不快，很多外部、内部的问题难以解决而严重影响了工程的进度时，他脸上的表情十分严肃，让在场的人心中深感不安。

从山坡上下来，领导们直奔四公里外的永久营地建设基地，这里还没有实质性的进展。经追问，原来是内部矛盾所致：管理公司决定采购澳大利亚的板房，而施工单位22冶没有资金支付预付款，供货商不同意签合同、不交付设计图，现场只能望天而叹。

沈总离开巴萨木克前，严厉地对大家说："明天在马当召开会议，接到通知的同志务必参加！"

对比沈总前一次的现场视察，人们觉得此次他来去匆匆，心情沉重，不知要发生什么事情。

9月8日上午，马当管理公司的大会议室内，召开了瑞木工程中层以上干部会，会议开了三个小时。

会后，各单位立即播放会议录像，传达会议精神。工程开工以来，一项管理机构的调整措施出台了：为了加强业主负责制，减少管理层次，恩菲公司不再承担总包工作，仅负责工程设计和设备采购，施工管理由管理公司直接负责。这一决定在参战的各单位中引起了不小的反应。在观看会议录像时，沈总的讲话成了大家关注的重点。

沈总说："这是我第三次到巴新现场，心情很沉重。来之前集团领导班子进行了认真研究，做了两手准备，如果各方在目前管理模式下能把项目推进，就不做这样的调整。为什么？自古以来，中途换将，大忌也。但是来了一看，产生的问题、反映的矛盾、在座的心情，都说明必须对目前这种管理体制进行调整！问题的症结所在，就是工程管理的机构重叠、分工不明、责任不清。这里有三个头：一是瑞木管理公司，二是恩菲总承包方，三是集团派的指挥部。三个头各行其是，互相推诿，这种管理模式存在很大的缺陷。

"工程开工近一年了，我们在合同中为巴新政府承诺的就业机会、商业机会、商业计划等没有落实；和当地原住民多次发生矛盾，得不到及时解决，以致我们的同志挨了打，我们营地的大门被封了五天。谁来出这个头？谁来解决问题？没人出头。这些说明什么？说明我们的管理有问题，管理制度及各方责任没有明确。不是大家不想出头，是责任不明确，没有压到第一责任人的头上。

"这次调整是将各参战单位领导的意见集中起来，经集团研究做出的决定：第一，承包方式进行调整，由过去恩菲工程总承包，分解为恩菲承担设计和采购，土建施工管理由管理公司负责。第二，管理体制进行调整，把过去的三个头调整为业主负责制，工程由管理公司统一指挥协调。这样的调整完善了项目责任制。

"集团要求在座各单位领导认真领会调整的重要意义，自觉主动宣传并落实会议精神，带领全体同志共同奋斗，实现瑞木项目的成功建设与运营。

"在这里给大家提几点要求：

"第一，统一思想，各个单位回去以后宣传落实这次调整工作。

"第二，建立工期的考核制度，奖罚分明。

"第三，确保质量，确保安全。

"第四，搞好对外关系，改善外部环境，加快社会工作计划的落实，由被动转为主动。

"我们到这里来进行资源投资，对当地社会是有承诺的，要解决劳动力的就业，要完善基础设施建设，要促进当地社会与经济的发展。这些事你做也得做，不做也得做。为什么？因为这些计划已经以法律的形式固定下来。这些计划是与土地主的切身利益、与当地政府和普通民众的利益结合在一起的，现场出现一些被动局面，就是因为我们没有做好这些工作。由于中巴两国的政治、历史、文化、宗教及民俗完全不同，我们首先必须深入他们、了解他们、尊重他们，和他们交朋友。我感觉当地人非常纯朴善良，只要我们尊重他们，他们就会反过来尊重我们。他们十分珍惜这份工作，因此要加快兑现我们的承诺，该让人家做的事，就要让人家做，他做不来的，我们教他们做。

"搞好外部社会环境，是建设好瑞木项目的前提。当地人堵了五天门，就是因为土地价格没有确认，补偿迟迟不能落实。如果这个问题早一点重视，先把话说到，把能做的事情做好，还会出现这个问题吗？！

"第五条，我们要发挥集团企业文化的作用，体现中冶集团的社会形象，体现团队精神，一方有难，各方支持。关于待遇问题，前方、后方要有差别，现场生活条件差，施工确实辛苦，前方的待遇应该比后方的高，这个问题一定要解决好，只有这样才能把项目搞好。"

这次会议是瑞木工程建设史上一个重要的转折，工程管理关系调整了，实施措施出台了，对工程下一步的顺利进行起到了积极的推动作用。

64. 教会与学校

2007年是巴新的大选年，这一年国家要进行五年一届的选举，由获胜的党派重新组阁。巴新的天主教教会也正值换届年，马当省的天主教会定在离巴萨木克10公里的路德教会中学举行年会。

这所中学建在一片平缓的山坡上，通往马当的公路从中穿越而过。公路一侧是绿草如茵的足球场，球场的旁边是教学区，一间教师办公室里放着全校唯一的一台电脑，房间里没有电扇，更没有空调。旁边的几间教室，一些地板不知道哪里去了，低头就可以看到浅绿的草地，黑板也缺边少角，学生用的桌椅都是一整条，大多用红木制成，通常不用油漆，多少年下来仍是那样的结实耐用。

马路的另一侧是生活区，有一个用木框架和镀锌瓦楞板做房顶、水泥地面的食堂，两个综合实验室，还有教职员工和学生的宿舍。

学校有 300 多名学生，分设九、十两个年级，每年级 4 个班。每年每个学生交 1200 基那，包含了学费、住宿费及伙食费。学生宿舍分上下铺，自己带日用品和床上用品。学科设英语、数学、社会科学和自然科学四门。在这里结束两年的课程，还要到马当上两年高中，才能报考大学。教师每月的工资约 600 基那，学校为他们提供家属宿舍。

教会利用学校放假时的住宿条件在这里开年会，集中吃住，讨论教区的年度工作报告、财务支出、年轻人的教育、教徒的学习等问题。会议最后还要投票选举教区的新一届主教，并举行主教加冕仪式。

虔诚的教徒从四面八方云集于此，有些甚至从一两百里外赶来，很多都是两鬓斑白的长者和妇女。上午 9 点，约 150 名教徒在教学区前排好队，在白衣牧师带领下举行升旗仪式。大家仰望缓缓升起的旗帜，唱着悠扬动听的宗教歌曲，那歌声传得很远很远，人们的心绪被悦耳的歌声感染，沉浸到那神圣的意境之中。

升旗仪式结束，教徒回到餐厅开年会。首先由牧师带领众教徒做祷告，全体起立，双手放在胸前，低头沉默不语，牧师口中念念有词。祈祷后众人落座，开始下一项活动，一个个教徒上台讲演，中方员工好奇地站在外面静听。

不久，两辆警车从远处开来，后面六辆小汽车依次停下，众多官员从车里出来，径直走向会场，原来是上任不久的马当省省长、上届马当省的大法官来此参加仪式。看来当地政府官员对宗教活动是很重视的。

宗教活动举行时，我和翻译小陈在教学区四处转，无意之中遇到一位金发碧眼的姑娘。我很是吃惊，主动与她攀谈起来。这位姑娘戴着眼镜，身体匀称，白白的皮肤，长得很清秀，名叫安妮，是一位来自英国的志愿者，在这里教学两年了。

"你在这里教什么课？" 小陈问她。

"自然科学。" 安妮回答。

"你用英语教课,学生们听得懂吗?"

"这里的学校很多老师都用英语教课,学生们从小讲英语,多数孩子听说都没有什么问题。"

"你一个人在这里生活习惯吗?"

"我有一间住房,每天要自己做饭,已经习惯了。"

"你去过中国吗?"小陈问。

"去过,我在中国的河南新乡教过两个月的英语。"安妮兴奋地说。

"你觉得中国怎么样?"我问。

"中国人很热情,对我很好!"安妮说。

"中国的饭你吃得惯吗?"陈问。

"中国的包子很好吃。"安妮用中文说着包子两个字。听到这里,我们都哈哈大笑起来。

"这里就你一个外籍教师吗?"我又问。

"学校里就我一个。英国在巴新有一个志愿者组织,我每月回马当一次,在那里聚会并与家人联系。"

"你喜欢这个工作吗?"小陈问。

安妮伸出一双沾满泥土的手,不停地把泥搓下来。

"你看,我天天和植物、泥土打交道,以前没有做过,为了教书,我也在学习。"说完她开朗地笑起来,笑得那样自然,那样绚丽。这位来自发达国家的年轻志愿者,在巴新这样的第三世界国家里,以苦为乐,无偿为百姓服务,我被深深地感动了。在这个简陋而宁静的学校里,远离城市喧嚣,与大自然亲密接触,与纯朴的乡村孩子相依,可使人的心灵净化、青春常驻。

"有机会请到我们营地做客。"临别时我热情地邀请她。

"吃包子!"安妮用中国话说。

"对,吃包子!"大家再一次大笑起来。

9月21日是年会的最后一天,我又一次来到中学。会前遇到了马当省主教罗达尼,他说这次改选后将退休,希望恩菲的朋友给教徒们介绍工程情况。中冶集团为这次会议提供了3000基那的资助,恩菲也送来一些食物,但并没有准备发言。面对主教的盛情邀请,我硬着头皮走到台前:"大家好!我今天来这里和大家见面,可能会让大家失望,因为我没有带来赞助费。"

小陈将我的话翻译出去，大家都笑了。

"但愿我介绍的工程情况能给在座的朋友们带来信心和力量。瑞木工程是目前巴新在建项目中的第二大工程，建成后可以解决马当省年轻人的就业问题，提升马当省在巴新的经济和政治地位。我们希望能得到你们的理解和支持……"

没有想到，话还没说完，一个教徒站起来说："我们不是巴萨木克的土地主，不会对你们造成威胁，也不会和你们要工作和合同。我们是教徒，你们如何用实际行动给予我们的教会支持？"这个问题提出来，实在让我难以回答。

"我们和当地的教会保持着良好的关系，共同组织了培训班，赠给教会电视、发电机等教学设备和学习用品，帮助当地年轻人学习，今后解决他们的工作……"我做着介绍。

罗总向路德教会中学赠送拖拉机

"我们不是当地人，是马当的教徒，你们将怎么给我们帮助？"另一个教徒站起来质问。

看到教民发难，罗达尼主教站起来替我解围："这位先生给这次会议提供了不少食物，他们是工程的承包商，不是投资者，所以提供经济支持不是这位先生负责的事。"

遇到如此尴尬的局面，我不得不匆匆结束讲话。没想到巴新的教会中也有一股强烈的"经济靠援助"思想，这也是巴新民众对国外公司的普遍预期。

自从来到这个陌生的国度，与当地人发生了大大小小的矛盾和碰撞，一个挥之不去的思想一直在我的心头缠绕：如何与当地人和睦相处，用什么办法化解两者之间的隔阂、冲突和对抗？为此，我和主教罗达尼有过几次交流。

年过六旬的主教，戴着一副老花镜，慈祥的脸上露着睿智的笑容。他慢慢地说道："你们现在开培训班，让百姓有机会学习和工作，这是一个好的开始。但要和当地人搞好关系首先必须了解他们、尊重他们，只有感情和思想的融合才是真正的融合。应该像耶稣对百姓那样带着赤忱的真心，到时候老百姓会理解你们的。"

"你能给一些具体的建议吗？"

他看着我那期待的目光，停顿了一下，说道："我给你们一个建议：在你们的营地里建教堂！"

听到主教的建议，我茅塞顿开，眼前一亮，好主意！既然营地里有那么多当地人，他们是这里的主人，我们也应该为他们提供必要的宗教活动场所。就像其他生活设施一样，这也是他们日常生活的必要需求。满足他们的要求，为他们提供服务，这也是我们对他们表示尊重，与他们建立感情、密切联系、增进友谊的好方式。

"好！我们在营地里建一座教堂。"我兴奋地应答。

"我们可以派牧师来给当地员工做礼拜，疏导和安慰他们，教导他们与中国人和平相处。"主教说。

"我们可以在这里与当地员工和村里的长老交换意见，化解矛盾，促进和睦相处。我们还可以在这里举行晚会，加深彼此的了解和友谊。"我说。

我们虽然国籍不同、身份迥异，但思想还是能够相通的，真可谓"心有灵犀一点通"。不同国度的人民要和谐相处，最高境界是精神和文化层面的契合。各个民族都有人性中真、善、美的东西，我们应该彼此尊重和学习，摒弃偏见和傲慢，找到朋友和知己。

一项对业主和教会有益的尝试敲定了，建教堂的设想得到恩菲公司胡经理的支持。工程上中国制造的板房都比较小，不能满足教堂做礼拜的需要。我与马克商议，由教会组织力量建可供五六十人使用的木质教堂，费用由中方出，材料和人力由教会负责。经过双方努力，教堂终于开工建设了。

65. 分　别

在妻子去世前一个星期，老李匆匆赶回国。当他来到医院，再一次见到妻子时，她缩在病床上，脸色苍白、两眼紧闭，已经是昏睡时多、清醒时少，就像油灯在油耗尽前，发出微弱的残光，时明时暗，只差一阵风把它吹灭了。

几天过去，妻子在又一次昏迷之后，再也没有醒来。她安详地离开了这个世界，离开了她的亲人；她带走了满足和安慰，留下了关爱和希望。老李把妻子的后事安排得隆重而周到，以表达这一生对她的爱恋和感激。

当老李再一次回到巴新现场时，瑞木管理机构已经做了调整，我们属于恩菲公司的人就要回国。晚上我到他宿舍去看他，两人见面，互相拍着对方的胳膊表示安慰。

"家里的事都处理好了？"我问。

"全办妥了，现在我也没有什么可牵挂的了。老哥，你什么时候回国？"老李问。

"把手头的事情交接一下，时间不会长。"

"没想到事情变化得这么快，以前咱们两家还打得不亦乐乎，现在想打也打不成了。"老李感慨地说。

"是啊，世界上的事就是这样千变万化，我们身在其中，都不由自主。一年前我们开始并肩合作，现在却要分别了。"

"老伴走了，我觉得对不起她。我的心也彻底凉了。"老李痛苦地说道。

我关切地安慰他："你的路还长，要打起精神生活下去。"

临别时两人的感情交流，是彼此留下的最好纪念。我们两人在一起奋斗了一年半，相互理解、相互安慰，化解了外界的各种压力。虽然即将分别，但友情是永存的。

知道恩菲公司人员就要离开，老码头邀请我参加一个联谊活动。

一航局组织员工到岗劳村向村民赠送礼品，感谢当地人在卸船工作中提供支持和帮助。看到这些，我十分欣慰，高兴地说："老弟，你们是第一个给当地人送礼物的施工单位，不简单，有头脑。今后的工作一定会很顺利。"

"这次咱们卸船、建场地，素茂帮了不少忙。圣诞快到了，咱们中国人也得有情有义呀，你说是不是。"老于深有感触地回答。

带着礼品开着车，大家来到了岗劳村。素茂急忙走下木阁楼，上前来与我拥抱，我们借此机会拍了张合影，留个纪念。在亲人朋友分别时，当地人没有忧伤，在他们眼里一切都是天意，只要泰然处之便是。

一航局带来的礼物有大彩电、发电机、DVD机和一些影碟。我们把这些设备连接起来，启动电机，在电视上把影像调出来。不一会儿，村里的人们都围拢来观看。

几个老朋友在一起又说又笑，大家谈论码头的建设，畅想自己的未来，对将来充满希望。在他们眼中，中国人已不是外人，而是兄弟和知己了。

第二天，我又得到一份请柬，打开一看，是邀请我参加当地伞形公司组织的工程公司挂牌典礼的，地点就在营地的大餐厅里。

挂牌仪式上来的人很多，我见到不少熟悉的面孔，很多妇女和孩子也前来捧场。其中有弗兰西村的两个女学员，一个是嘉米斯，现在做测量工；另一个是电工班的女孩。她俩打着一把红色雨伞，摆出姿势，让我给她们照相。

前来参加祝贺的还有弗兰西村培训班的组织者杰尼。他兴奋地告诉我，当时的学员现在大多数已经和中方签订了长期合同，他们是巴萨木克表现最好、最守纪律的员工，现在已成为工程的骨干。

我还见到了罢工的组织者沙马，他主动上来和我拥抱，不久前他已经回营地工作了。我问他近况如何，对我们的工作还有什么意见，他笑了笑说："这几个月以来，你们的工作改进了不少。你没有看到这几个月没有罢工了吗？"说罢，我们都笑了起来。

会议开始前，我向公司的组织者表示祝贺。他们满面春风，自豪地对客人们说："没有想到上帝赋予我们新的使命，让巴萨木克的居民有了自己的公司。耶稣赐予我智慧和力量。"大家有说有笑，好不高兴。

过了一会儿，会议主持人走到会场的中心，宣布仪式开始。大厅外五台从莱城开来的大汽车一起鸣笛以示祝贺，全场来宾不断鼓掌和欢呼。我看到了当地人的自信和成长，看到了工程的未来和希望，也沉浸在这欢乐的气氛中。

在恩菲公司总包人员即将撤离巴萨木克工地期间，一批批国内的分包队伍来到了现场。他们来自多个省市，操着各种方言，三个一群、五个一伙地聚集在一起，显得很兴奋。看得出，他们大多是第一次出国。在饭厅里，有人光着膀子，旁若无人地大声说话；还有人不停地咳嗽，随地吐痰。当地员工看着这些人的举止，不断地皱眉，互相私语着。

看到这些，我心里很不是滋味，但也无可奈何了。只期盼现场的新员工教育和培训工作能够得到重视，并尽快开展。

现场交接工作开始了。马当管理公司的负责人早来晚归，与恩菲人员谈话，决定他们的去留。新来的分包队伍的负责人也来到恩菲的办公室，交接着现场物资以及工程相关资料。

交接时，我还谈到自己的经历和教训，建议他们到周边的村庄，加强与当地百姓的联系，做好民众工作。可是对方却表示，合同里面不包含这些内容，也没有这方面的经费，这不是他们的工作。

我心寒了：有形的工程交接不成问题，无形的社会工作交接却中断了。一批老人的离开，一批新人的到来，可能让巴萨木克的社会工作又回到工程初期的状态。

在离开现场前两天，我到明珠村与马克和达克告别，不巧他们都不在家。我把一本非常精美的中国剪纸画册交给马克的夫人，请她转交马克。我在画册首页写下"祝你事业顺利！马克先生惠存"，并让翻译把英文写在了旁边。

我和达克在联欢会上合影

两年来，在这个热带雨林的原始村庄里，我和马克兄弟从相识到相知，从隔阂到合作，已结下深厚的友谊。如今就要分别了，确实是依依不舍。我内心深处，永远珍藏着那美好的回忆，那份真挚的跨越种族和国界的友情。

2008年春节前，我即将离开营地回国。临别的夜晚，老李约我去他宿舍。他拿出一瓶白酒，说道："今天给老哥饯行，咱们喝点酒，说说心里话。"

"好啊！我明天就走了，咱们还很少在一起喝酒呢。"

"去年咱们到巴新打头阵，准备开工典礼，大家认为办不到的事，咱们哥们办成了，挺高兴！一年多来磕磕碰碰，现在刚和当地人的关系缓和一些，没想到我们却都被革了职。更没有想到，一年里我老伴没了，老哥你也差点丢了命。"

老李叹了口气，两人都不作声，陷入沉思中。

过了一阵，老李倒了两杯酒，说道："比起去世的海洋兄弟，我们还是幸运的，至少人还在。咱们应该敬他一杯！"老哥俩用中国人的方式表达了深深的怀念。

"接下来工程还会发生什么事呢，真想不到。"

"当初澳大利亚人说当地人要封锁我们的营地，是因为他们吃过亏，我们当时也没有重视。这次来的施工队伍在国内干工程都是好手，现在机构调整，管理层次减少，工程会比以前顺畅，但与当地人的关系仍然不一定能解决好。"老李心有所思地说。

"我们国家基建是强项，如果不适应当地情况，不但发挥不了自己的优势，反而会被当地人的反抗、罢工搞得效率低下、事件不断。国际工程的关键就是处理与当地人的关系。"

"对，'搞不好与当地人的关系，就不要搞矿业开发'，这话是有道理的。"老李道。

"1997年我去叙利亚之前，到外交部前驻叙利亚大使张真家拜访。他热情地接待了我们，介绍了叙利亚的历史、政治、宗教和民情风俗，如何与阿拉伯人打交道，在国外做工程应该注意的事项等，对我们的帮助和启发很大。我们采取'让利合作''以柔克刚'的方式，与刚正不阿的叙利亚人的关系搞得很好，工程开展顺利，三年如期建成。这与外交部和使领馆对我们的帮助是分不开的，现在想起来也非常感谢他们。如果我们国家有关部门能组织出版一批介绍各国情况的图书就好了，有关于做工程的客观报道或书籍更好，这些对我们走出去少走弯路，一定能起到很好的作用。"我把以前的这段故事和自己的想法慢慢道来。

"我看老哥对这个问题很上心,你有什么打算吗?"老李问。

"不瞒你说,我到了巴新就觉得与叙利亚大不一样,发生了很多意想不到的事情。瑞木在国际上也是一个比较特殊的工程,所以我有时间就写日记,把发生的情况记下来。"

"我说你怎么晚上总不出门,你宿舍的灯常常亮到半夜,原来是这么回事。现在写了多少了?"

"写的不多,有12个本子,大概有30万字。"

"回国后打算怎么办?"

"先把这些日记打印出来,整理好。"

"要出书吗?"

"没想好,我的语文水平差,再说这种内容要出版,问题一定很多,只能走一步看一步了。老李,你还要在这里继续干,祝你工作顺利,保重身体!"

"祝老哥的日记能够出版,回国再见!咱们干一个!"

"干一个!"两个在现场奋斗的老伙计喝了不知有多少,但仍意犹未尽。

老李和我,两个老伙计在工地上合影

回国那天早晨,我特意到未完工就已废弃的教堂转了一圈。用方木条搭成的房屋框架已经竖起来,孤零零地站在那里,冷冷清清,让人不免感到失落。

尾 声

66. 矿山投产

2008年春节前，我回到了北京。和家人共度新春佳节后，我走上了恩菲安排的新工作岗位。但是我一直心系巴新，不断从网上查询关于瑞木公司的报道和监理月报，通过回国探亲的同事了解现场情况。2008年11月因巴方责任发生中方员工被拘的"护照事件"，2009年5月当地工人听信谣传导致"五·八"工地被围事件，我从网络和报纸上看到相关报道后，感到十分忧心、牵挂。

在这些风波之后，瑞木公司领导加强了现场的管理监督和员工培训，同时与当地民众深入沟通、联系，为他们排忧解难，修路、通电，做了大量利民富民的工作，得到了民众的好感和友谊，给工程的顺利开展打下了良好基础。

2008年，瑞木工程大规模土建施工全面开展。在现场指挥部坚强有效的领导下，中冶人突破降雨多、罢工多、突发事件多三多困境，克服劳动力少、工程机械少、工程材料少三少困难，矿山、冶炼厂、矿浆管线三地同时施工，在人迹罕至的热带雨林中，战胜了暴雨、激流、酷暑、疾病、供给不足等恶劣条件，发挥了国企大兵团作战的优势和中国人吃苦耐劳、勤劳智慧的优良传统，参建的各单位都做出了卓绝的贡献。135公里矿浆管线用了不到两年的时间完成，让估计八年才能完成的西方矿业公司惊诧不已。

由22冶、20冶共同完成的135公里的矿浆管线绵延起伏，震惊世界

2009 年，设备安装工作进入实质性阶段。成千上万吨的设备、机械和材料，或卸在莱城港通过陆路到矿山，或直接卸在巴萨木克冶炼厂。两个厂近千名中巴工程技术人员共同努力加紧设备安装，先后完成三台 700 吨高压釜的滚装上岸安装及大型码头施工和吊机安装等工作。

由 20 冶负责安装的直径 5 米、长 40 米、重 700 吨的国产高压釜

同年 11 月 4 日，正在巴新访问的国务院副总理李克强和巴新副总理等政府官员在首都莫尔斯比港出席了瑞木项目里程碑庆典仪式。李克强副总理做了重要讲话，高度评价瑞木项目在中巴友好合作中的标志性作用，赞扬企业勇于承担社会责任，实现了合作双赢的好局面。

2012 年 12 月，瑞木项目土建及安装工程全部完成，具备了试生产的条件。该工程包括 165 个子项目，土方 450 万立方米，混凝土 21 万立方米，设备 23000 多台套，钢结构和非标设备 4.9 万吨，矿浆管道 135 公里，工艺和给排水管道 276 公里，共计完成投资 18 亿美元。

2012 年 12 月 6 日上午，瑞木镍钴项目竣工暨投产庆典在冶炼厂隆重举行。巴新政府总理彼得·奥尼尔和前总理、国父麦克·索马雷爵士和中冶集团国总经理、管理公司罗董事长等欢聚一堂，与巴新当地社区民众、中方员工近 300 人共同见证了生产运行的繁忙景象，分享胜利的喜悦。

仪式上，罗董事长向大会报告了工程建设和投资完成情况，回顾了项目开发九年来的艰辛跌宕和努力奋进的历程。最后，她满怀激情地宣布："瑞木镍钴项目正式竣工投产！"

谷总经理高度赞扬了中巴两国员工艰苦创业和顽强拼搏的精神，衷心感谢中巴两国政府对项目给予的关注和支持。

巴新总理奥尼尔在致辞中盛赞中冶集团成功建设瑞木镍钴项目并顺利投产，兑现了帮助巴新发展经济、改善民生的诺言。巴新政府对于中国政府、中冶集团、各方股东及融资方为信守承诺所付出的卓越努力表示感谢和敬意。

瑞木镍钴项目竣工暨投产庆典在冶炼厂隆重举行

50年前澳大利亚公司发现了瑞木镍钴矿，经过40年迟迟没有开发。中国人接手后，仅用了6年时间就建成了这座现代化工厂。中国人吃苦耐劳的精神、无所畏惧的勇气和驾驭复杂局面的能力让世人刮目相看。巴新矿业部长认为：在金属市场低迷、国际范围红土矿项目开发纷纷受挫的情况下，瑞木项目是一个成功的案例。

建成后的码头，矿石在此装上船运回国内

建成后的瑞木冶炼厂

建成后的瑞木矿山基地

67. 凤凰涅槃

2013 年底，镍钴项目在投产一年后，生产能力仅达到设计产能的 50%。此时恰逢国际镍价大幅下降，试运营初期的困难和镍价低迷带来的亏损让瑞木人更深刻地认识到，成功建设一个国际矿业企业是多么不容易的事！建成投产只是万里长征走完了第一步，以后的路还很长，困难还很多，矿业公司的寒冬是漫长和严酷的。中国的国际矿业之道路必定是曲折的，一个更新、更有挑战性的课题摆在中国人面前，考验着中国人的能力和智慧。

面对重重困难，中冶集团选派葫芦岛有色金属集团的高总带领团队加入瑞木管理层，开启了生产运营的攻坚战。这个高水平的管理生产团队有着丰富的生产经验和刻苦的钻研精神，出色地完成了减亏增效、达产达标两项重要目标。正如当初承诺的那样：

2015 年，达产率首次突破 80%；

2017 年，终于实现了全面达标和盈利；

2018 年，累计生产的混合氢氧化镍钴（MHP）含镍、钴金属量分别为 35354 吨、3275 吨，双双创新高；2019 年，生产经营再创佳绩，达产率 100.5%，居全球同类项目之首，竞争优势明显。

截至 2019 年 11 月，中冶瑞木项目累计生产 MHP 含镍 38279 吨、钴 3452 吨，实现营业收入 31.62 亿元，实现利润总额 1.16 亿元，收入及利润均提前一个月超额完成全年预算指标。瑞木项目在世界红土镍矿 11 个湿法冶炼项目中领跑，持续高产稳产，产品产量连续三年进入世界镍钴行业前 10 名，单位生产成本处在世界镍行业前 25 分位，成为世界红土镍矿湿法冶炼的标杆。

更加令人惊喜的是，技术人员发现红土矿中含有稀有金属钪元素。经过不懈研究和试验，钪产品终于被提炼出来，一种新型稀有金属材料应运而生。这是我国工业生产中稀缺且附加值很高的产品，目前全球金属钪的年产量仅 15 吨。经探明，瑞木红土矿中伴生稀土钪约 2000 吨，价值 4000 亿元人民币。

2017 年 9 月 6 日，中冶瑞木新能源科技有限公司在河北曹妃甸工业区成立。它以巴新瑞木红土矿镍矿原料为依托，充分利用国内高技术人才和现代化工业设施，将瑞木项目产品精细化加工，以满足国内高科技产品的需求，实现"一带一路"起点和终点的产业融通。

2018 年，瑞木新能源公司一期工程建成，成为国内最大的高镍三元前驱体和全球最大的高纯氧化钪研发及生产基地，推动钪系列材料在我国航空航天、舰船、轨道交通、核能等国防军工和民用领域发挥作用，开启了国内外联手提升瑞木红土矿价值的新篇章。

2018 年，APEC 会议在巴布亚新几内亚举行。会议期间，在中巴两国领导人见证下，中冶集团和巴新矿业部签署了瑞木镍钴矿项目再投百亿资金扩建项目的协议备忘录，扩大后的矿区面积达249平方公里（目前仅开发十分之一），中冶集团将成为全球第三大钴矿商。据初步估算，采矿总产达镍200万吨、钴20万吨、铬4万吨。万亿价值的矿产，巨大潜力的项目，值得世人期待。

2018年12月9日，第五届中国工业大奖发布会在人民大会堂隆重召开。中国恩菲工程技术有限公司和瑞木镍钴管理（中冶）有限公司联合申报的"巴布亚新几内亚瑞木镍钴项目"，在全国诸多高端企业和科技项目的竞争中脱颖而出，荣获中国工业大奖表彰奖。

瑞木镍钴项目荣获中国工业大奖表彰奖

这些振奋人心消息的不断传来，让我这个第一批进入瑞木项目现场的拓荒者、已经75岁的老人热泪盈眶、感慨万端。中冶集团以非凡的眼光、惊人的魄力及永不言败的坚守，选择了经济落后的南太平洋岛国那片原始森林，投资建设瑞木项目。经过6年的建设期、3年的投产试运行期，开始达标运行。

瑞木项目的成功，打破了"中国矿业企业走出去项目大约80%是失败的"梦魇，在党中央"一带一路"倡议的实施过程中，为中国企业大规模走向世界并取得成功，提供了宝贵的经验，坚定了必胜的信心。

一部世界矿业史，就是人类文明发展史的缩影。几个世纪以来，世界各国矿业志士仁人前仆后继，延续着这种传承。中国矿业走出国门开发新的矿业资源，与世界各国携手共建和谐矿业，将是国家复兴和民族崛起的重要一步。

早在 1920 年，英国的大思想家罗素就曾经预言："中国物产丰富，人口众多，完全能一跃而成为仅次于美国的世界强国。"他的预言正在被中国人一步步的坚实步伐证明着。

68. 思　索

瑞木项目的经验和教训告诉我们，实施国际投资项目是一项极其复杂且艰苦困难的工作，它时刻面临着各种风险，除了工程建设通常出现的环境、技术、经济等风险外，一触即发的社会风险以及由此引起的变幻莫测的政治风险对项目的危害最大，必须给予高度重视。

工程初期，澳大利亚友人曾向我们发出忠告："瑞木项目的反对者——国际上的非政府组织活动分子，长时间以来并没有获得当地人的支持，这使得他们看起来像一小撮外国的麻烦制造者，完全缺乏正当性。然而，中冶集团的工作如有疏忽，就会导致当地人支持并追随国际活动分子，情况很快就会改变，你们面对的将是仇恨的大众。"

瑞木工程这样一个得到两国领导人高度重视的项目，在七年时间里爆发了几次较大的风波：工程初期的"劳资纠纷"，引起国际舆论的关注；在巴方责任导致的"护照事件"中，中方员工被拘；一起工伤消息误传引发"五·八"事件，掀起了巴新全国连锁反应。这从内因上看，是我们刚走出国门，缺乏工程经验造成的：没有注意到国际风云的复杂变化、地缘政治的角逐，对各国的政治环境、宗教文化及政策法规等知之甚少而又没有认真研究，对风险估计不足，对政治问题嗅觉不敏感，对复杂形势的掌控力较小，预防措施和解决问题的经验欠缺等等。一旦工作中稍有失误，处理不当，就会引起当地群众不满，发生事端，甚至酿成政治风险。

"搞不好与当地人的关系，就别想搞好资源开发项目。"——这是国际投资开发项目成败的关键，巴新矿业项目的众多案例，瑞木工程建设中的种种矛盾与挫折，完全证明了这句话的精辟与准确。瑞木人经过多年与当地民众的接触、对抗、合作、反思，逐渐认识到应该做好以下几项工作：

（1）构筑工程的保护屏障

国际工程建设者首先考虑的应是安全意识：工程营地的安全，人员的生命安全。而当地民众对工程的拥护和支持，是工程最有效的保护伞。为此，实施项目时必须考虑保障当地人眼前和长远的权益。双方的协议应包括各方责任和义务,明确培训、用工及就业的原则,制定切实可行的社会与经济发展计划,落实费用以及违约惩罚的相关办法等内容。在项目建设过程中,应同时加快当地基础设施建设,促进经济发展,切实提高当地民众生活水平。只有与当地民众荣辱与共,才能建立起一道攻不破的保护屏障。

(2) 向有经验的国际公司学习

学习它们正反两面的经验和教训。投资前必须深入学习、认真研究项目所在国的相关法律、人文、历史等情况。瑞木工程初期,比较晚才了解到 MOA 协议、有关罢工的规定以及工作签证等问题,未能提前制定相应的措施和准备,结果事后发现,为时已晚,损失严重。这是瑞木项目前期准备不足、工程匆忙上马的结果,应该引起走出国门企业的高度重视。

(3) 注重对当地人的尊重

在第三世界国家投资项目,不能像对待国内民工一样,这是个政治问题,因为他们是工程所在国的真正主人。"请尊重我,不要像对待二等公民、原始人那样威胁我们。"这充分反映了他们的民族自尊心和抗争精神。他们内心埋藏着不满和怒火,随时可能爆发。瑞木领导提出"同一个瑞木,同一个社区"的口号,就是要求中国人与原住民交朋友、做兄弟,共同努力,建立国际化合作双赢的新社区。

(4) 树立国际化"企业公民"的良好形象

中国基建企业技术先进、装备优良、队伍整齐、速度超常,大兵团作战能力令世人惊叹不已。但长期习惯的"先生产,后生活""唯生产至上,不管社会工作",管理工作中的官僚、主观主义作风,以及一些低素质员工的陋习弊端,导致各种矛盾爆发。因此,走出国门的过程也是企业进一步改革旧体制、转变旧作风、向国际化企业迈进的过程,树立国际化"企业公民"的良好形象等工作势在必行。

(5) 预防和控制突发事件的发生

当地土著人富有同情心和群体意识,最能拨动他们神经的是同族人的生死和不公的待遇。突发事件的起爆点往往在这些问题上产生。布干维尔危机、利希尔金矿罢工以及瑞木镍钴矿"五·八"事件的爆发都是以上问题没有解决好造成的,这是国际工程管理人员应该关注的重点。解决突发事件的有效方法是：劳资双方形成常态化的沟通和交流机制；及时解决不满情绪；加强医务和社会管理部门的力量；增强信息情报的采集力度和社会公关的能力；增加培训和纪律监督的专职人员；工程领导要常驻第一线，快速控制突发事件。这些都是工程取得成功的重要保证。

(6) **中国基建应与世界有效"嫁接"**

中国是基建强国，企业走向世界是历史发展的必然趋势。各国的国情民俗、法律法规、自然地理、气候环境与我国千差万别，中国企业在国内做工程是行家里手，但到了国外有时就像莽牛闯入火阵，被烧得遍体鳞伤。这是因为我们缺少国际工程经验，干部和工人缺乏学习意识和自律精神，结果往往事倍功半。要搞好国际工程必须**重调研、选良将、避风险、严管理**，要融入工程所在国，多边合作，与其共商共建共享共赢，把中国高效的建设能力"嫁接"到世界各国的基础建设之中，发挥中国人民的聪明才智，做好适合不同国情的"中外结合"的创新工作，这样才能使国际工程结出丰硕的成果。

如何与投资所在国的民众相处？我们的回答是：

当你付出的是敬意和友谊时，你结交的将是善良和淳朴的朋友；

当你展示的是歧视和冷漠时，你遇到的将是疾恶如仇的"暴徒"。

走出国门的朋友们，献出你们的善良和爱心吧！

一个和谐美好的世界将展现在你们的面前！

河北曹妃甸中冶瑞木新能源科技有限公司

河北曹妃甸中冶瑞木新能源科技有限公司鸟瞰

从南半球热带雨林中飞出的艳丽的天堂鸟,跨越重洋来到了中国渤海之滨的新巢,浴火重生为世人瞩目的"金凤凰"。这一淬火蜕变是中国人改革开放、走出国门结出的丰硕成果。

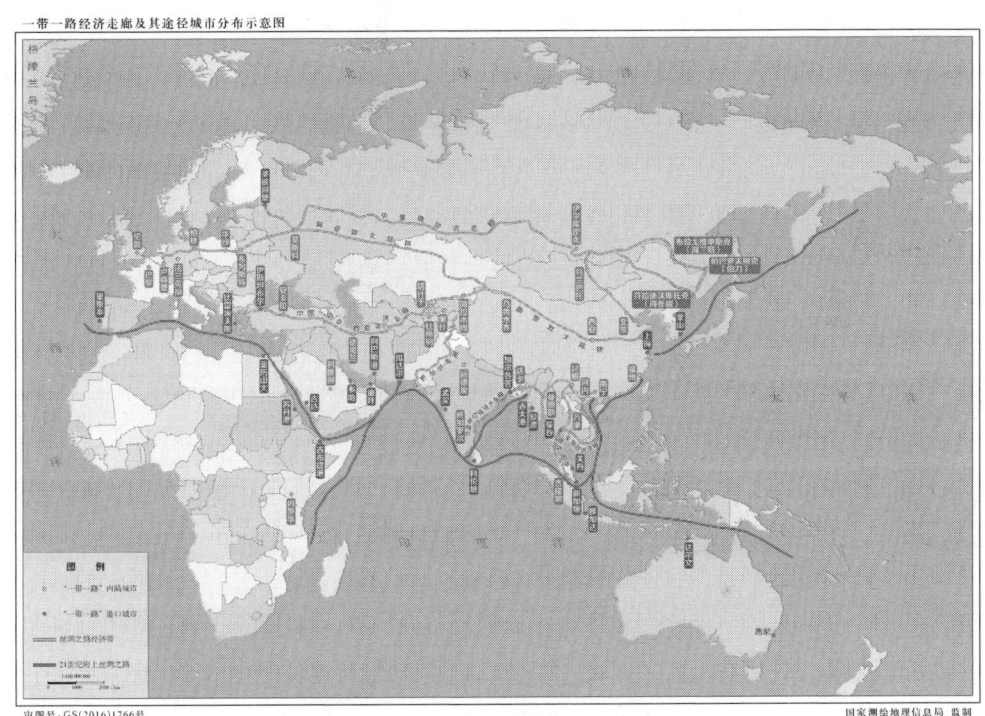

一带一路经济走廊及其途径城市分布示意图(国家测绘地理信息局监制,审图号:GS〔2016〕1766号)。21世纪海上丝绸之路,将巴布亚新几内亚与中国联结起来